陕西师范大学中国语言文学"世界一流学科建设"成果

地丁花开

张宗涛 著

天津出版传媒集团

百花文艺出版社

图书在版编目（CIP）数据

地丁花开 / 张宗涛著. —— 天津：百花文艺出版社，
2019.11
ISBN 978-7-5306-7858-9

Ⅰ.①地… Ⅱ.①张… Ⅲ.①中篇小说–小说集–中
国–当代 Ⅳ.①I247.5

中国版本图书馆 CIP 数据核字(2019)第 293378 号

地丁花开
DIDING HUAKAI
张宗涛 著

选题策划：韩新枝　　　　　装帧设计：蔡露滋
责任编辑：郑　爽
出版发行：百花文艺出版社
地址：天津市和平区西康路 35 号　　邮编：300051
电话传真：+86-22-23332651（发行部）
　　　　　+86-22-23332656（总编室）
　　　　　+86-22-23332478（邮购部）
网址：http://www.baihuawenyi.com
印刷：山东临沂新华印刷物流集团有限责任公司
开本：787×1092 毫米　　1/16
字数：199 千字
印张：15.75
版次：2019 年 11 月第 1 版
印次：2019 年 11 月第 1 次印刷
定价：36.00元

如有印装质量问题，请与山东临沂新华印刷物流集团有限
责任公司联系调换
地址:山东省临沂市高新技术产业开发区新华路 1 号
电话:(0539)2925659　邮编:276017

总　序

　　陕西师范大学中国语言文学学科至今已经走过了七十多年的发展历程。数代学人培桃育李、滋兰树蕙，在学科建设、人才培养、科学研究以及社会服务等方面取得了令人瞩目的成就，涌现出了一批蜚声海内外的硕学鸿儒，形成了"守正创新、严谨求实、尊重个性、兼容并包"的学术传统和"重基础训练、重理论素质、重学术规范、重人文教养、重社会实践、重能力提高"的人才培养特色，铸就了"扬葩振藻、绣虎雕龙"的学院精神。数十年来，全体师生筚路蓝缕、弦歌不辍，获得中国语言文学一级学科博士授予权，中国语言文学一级学科博士后科研流动站，中国古代文学学科也跻身于国家重点学科；建成"国家文科（中文）基础学科人才培养和科学研究基地"，教育部、国家外国专家局"长安与丝路文化传播学科创新引智基地"，教育部"2019年全国普通高校中华优秀传统文化传承基地""陕西师范大学语言资源开发研究中心""陕西文化资源开发协同创新中心"等多个省部级科学研究平台；汉语言文学专业为教育部特色建设专业、陕西省名牌专业、入选陕西省"一流专业"建设项目，秘书学专业和汉语国际教育专业也入选陕西省"一流专业"培育项目；形成了从本科、硕士、博士到博士后完整的人才培养和科学研究体系，中国语言文学学科走上了稳健、持续发展的道路。

2017年，中国语言文学学科被教育部列入"世界一流学科"建设学科，迎来了难得的发展机遇。中国语言文学学科全体师生深知"一流学科"建设不仅决定着我校中国语言文学学科能否在新时代开创新局面、取得新成就、达到新高度，更关乎陕西师范大学的整体发展。在学校的正确领导下，各有关部门同心协力，兄弟院校及合作机构鼎力支持，文学院同仁更是呕心沥血、发愤图强，学科建设取得了显著成效。为了及时汇总建设成果，展示学术力量，扩大学术影响，更为了请益于大方之家，与学界同仁加强交流，实现自我提高，我们汇集本学科师生的学术著作(译作)、教材等，策划出版《陕西师范大学中国语言文学世界一流学科建设成果》丛书和《长安与丝路文化研究》丛书，从不同的方面体现我们的研究特色。

丛书的出版得到了陕西师范大学学科建设处、社会科学处以及有关出版机构的大力支持，在此一并致谢！

作为陆路丝绸之路的起点与丝路文化中心城市高校，我们既承载着历史文化的传统与重托，又承担着新时代的使命与责任。作为新时代的中国语言文学学科，既古老又年轻，既传统又现代，包容广博，涵盖古今中外的语言与文学之学。即使是传统的学术学科，也是一个当下命题，始终要融入时代的内涵。用一种人人参与、人人分享的形式，借助于具体可感的学术载体，传播中华优秀传统文化，发扬中华优秀传统文化，彰显中华现代文明，这是新时代人文社会科学工作者的重要使命。"士不可以不弘毅，任重而道远。""一流学科"建设永远在路上，中华优秀文化的发扬光大永远在路上。我们将不忘初心，不辱使命，努力前行！

陕西师范大学文学院院长　张新科

2019年10月30日

目 录

红岨招凤

1

一辆超豪华型黑色福特房车,在山间公路上小心翼翼地缓缓行驶。宽大的真皮沙发上,半坐半躺着大腹便便的胡天佑,怀里半偎半抱着一个鲜得像朵花儿嫩得像个果儿的女孩子,酥胸半裸着,挑不出半点瑕疵的迷人笑脸上,红唇微噘,嗲声嗲气地娇嗔:"干爹你可真坏呀,人家嘴里现在还有味儿呢!"

被称作干爹的胡天佑哈哈一笑,电钮一按,用对讲系统问前边的司机:"快到没?"

"再有十分钟!"司机回答。

胡天佑亲一口怀里的酥胸,示意其穿好衣服,自己也坐起来穿鞋子理头发。

胡天佑是个兴趣爱好非常广泛的成功商人。喜收藏,凡奇石奇树古玩字画无不搜罗;爱好书法,写一笔好字,还弄了个省书协理事的头衔,既有钱有势又风雅倜傥。另外一大嗜好,就喜欢粉嫩嫩的小姑娘,光干女儿就认了三四个。

此行,他是为精心打造的皇家园林项目来搜罗奇石异树的。

司机小罗告诉他,家乡一带有个红岨崖,崖壁上长着一排春天开白花秋天结红果的歪脖儿树,形态很怪异,听老辈人说过去曾被当神树烧香磕头敬拜过。一下激起了胡天佑的好奇,这不,兴致勃勃带上他最小最疼的干女儿,风风流流来探宝。

但凡他看上的,还没一样能从眼皮子底下溜过去的。他皇家园林里的奇花异草怪树,被省内最知名的植物学家称赞胜过省植物园,堪为未来植物学科考研究的基地,已成了各界名流各路权贵争相认购的顶级商住楼盘。

只是,精明的胡天佑依据他敏锐的市场洞察力和判断力,认为地产业中商住楼盘开发这种一次性商机,已不具备可持续发展优势,更不符合科学发展观理念,他开始琢磨新的投资和开发目标。

红岨崖到了。

胡天佑下车一看,眼睛一点一点变亮了,最后竟烁烁地闪着光。他对司机小罗竖起大拇指说:"好小子,奖你两千!"

干女儿跳起来了:"那我呢?"

胡天佑如饥似渴地打量着红岨崖,眼都不眨。腕上那块表一抹:"今儿太高兴了,这个奖你!"

干女儿双手捏表惊喜得尖叫着雀跃。这可价值几十万元哪!

胡天佑却捧起挂在脖子上的相机,咔嚓咔嚓地拍照。取景框里,那一溜儿几棵形态古怪的歪脖儿树,在他飞速转动的脑海里,变幻成了别样的风景。

2

红岨崖上斜伸着几棵歪脖儿树。碗口粗的树干糙糙地铁黑着,粗细不一的枝枝杈杈斜刺着伸向半空,像一把把缺了半边的油纸伞,飘飘摇摇苦撑着,遮不住雨,挡不住风。

春天来了,它们开一树树的白花,粉粉的,远看像团薄薄的云絮,给红岨崖营造出点烟霞锁腰的意境,很招眼。一到秋天,挂出满枝的小红果,那样晶莹剔透的红果果,密密实实,累累坠坠,像一片红云,招惹得喜鹊麻雀一拨拨飞来。

崖下停着一大片小汽车的大院里,落一层的红鸟屎,在水泥地和车身上,印出梅花般的大小写意。

红岨崖没有九十度的垂直,也总有七八十度的陡峭,棕红色的砂岩上寸草不生,却于突兀的崖壁当腰一条横向裂缝里,向外矗了这一排七八棵歪脖儿树,春花夏荫秋实,成为当地一景,叫"红岨招凤"。

外人瞅着一拨拨飞来飞去的野雀,撇着嘴笑:"还招凤呢!"

红岨崖下过去是红岨寺,香客络绎,香火缭绕,是方圆百十里还愿祈福的首选。现在则是红岨崖镇政府的大院子,中间矗着栋宽敞明亮的五层办公大楼,前院一个大花园,后院一个停车场。停车场紧挨红岨崖,红岨崖上,那排斜伸着的歪脖儿树,就成了天然凉棚。

红岨崖上面是红岨崖村。

红岨崖村三百多户一千五六百口,叱家和霍家各占一半,都是老户,两姓之间多有联姻,见面打招呼从不称名道姓,多以"亲家"相称。即便在过去的灾荒岁月和争斗年代,红岨崖村都一没饿过肚子,二没撕破过脸。

富足与和睦曾是红岨崖村的骄傲。

老辈人就说:"红岨招凤,明白了吧? 这就叫风水!"

姑娘不对外,房子半边盖,婆娘帕帕头上戴,汉子吃饭蹲下来,说的就是红岨崖村。

如今的红岨崖村,小伙子大姑娘都出门打工,一打工就不想再回来。一些俊俏点活泛点的姑娘都嫁到了外省外县外乡外村,村里的大小伙说个媳妇就有点难了。庄稼不值钱了,种庄稼必需的一切却越来越值钱,一年一个价,年年都在涨,土肥地壮的红岨崖村,除了没力气外出打工赚钱的一干子老弱病残,很少有人侍弄地了,出现了一片一片的撂荒田。

老支书霍解放背搭着双手,村头村尾转圈儿数,数了二十一片撂荒地,有进城务工后再不见面的,有县城买房举家搬走了的,有忙着做生意跑运输提起种地就撇嘴的,硬生生让这些撒把种子就能打粮食的上等地,荒草长出来半人高。

霍解放皱巴着脸嚷:"天爷,赶紧来场年馑,快让这帮龟孙子尝尝饿肚子的滋味!"

叱明义瘸着腿一拐一拐地从地里拔草回来,问:"亲家,又看不惯谁了?"

霍解放唾沫星子一溅一溅:"我刚转着数了一圈,统共二十一块荒地。又多了两块!这一帮败家子!"

叱明义龇着牙呵呵呵笑:"亲家你就省口唾沫罢,你还当是咱的世事哩!没见楼堡子镇的工业园区?四五个村子上千亩好地,连齐腰的庄稼都翻埋了,碗口粗的果木树,成片成片被挖了。花恁多的钱,又修路又架电又引水,咋?铁栏杆围七八年了,成年喊招商,商没招来一个,地荒得光长柴草了,这你骂谁?"

老支书霍解放把头摇得像拨浪鼓,唉唉直叹气。

叱明义把怀里那包青草往地边一撂,两人坐下,各自摸出包烟,叱明义的是一包磨砂猴王,霍解放的是一包硬盒芙蓉王,叱明义就把自己的装起来,一把夺过芙蓉王,一人抽一支,剩下装进兜里,嘿嘿嘿笑:"谁叫你女婿比咱儿官大?"

霍解放和叱明义在红岨崖村搭档了半辈子,早年一个当贫协会主席,一个就当贫协会副主席;后来一个当村支书,一个就当大队长。实行责任田后,双双老了,许多事玩不转,就都退下来,把位子腾给了年轻人。霍解放侄女霍凤云嫁给叱明义侄子叱开放,两家就成了亲家,加上叱明义儿子叱云又是霍解放女婿上官睿手下的两办主任，关系就亲上加亲好上更好，老哥儿俩平时无话不说。

霍解放一边吸着烟卷一边问："亲家，你说这是咋想的？楼堡子要这没那的，交通又不便利，咋就能整那么大个工业园区？有啥工业做？谁没脑子，会来这里做工业？"

叱明义说："亲家，你要真闲的慌，走，帮我拔草去。"

叱明义两个儿子，老大叱雨在美国读完博士留下了，两个孩子连中国话都说不顺溜；老二叱云在红岨崖镇做两办主任，媳妇同霍解放女儿霍一圆在县妇联，家里只剩老两口。他一生看重土地，巴掌大一块都要精耕细作。人上了年纪心却不老，怎么劝都不听，两个儿子一合计，把责任田都栽成了红叶李，想断了老汉种地的心思。可叱明义闲不住，天天往地里跑，不是拔草就是壅土，要么就修枝剪叶。谁笑他，都说："咱一辈子就这土命呀！"

两人正起身要进地里，见一辆白色越野车开过来。霍解放远远认出是女儿霍一圆的车，站在路边迎。霍一圆在县妇联上班，隔三岔五回来给霍解放送烟送酒送米送面。车到跟前，打个招呼，隔窗撂给叱明义一包烟，说："中午参加婚礼给的。"就招呼她爸上车回家了。

霍解放说："搁从前，当官回来，要把马牵着走进村的。不坐！"

霍一圆咯咯一笑："我没当官，开车回呀！你当了半辈子村干部，大小是个官哩，就走着回！"

叱明义嘿嘿嘿瞅着霍解放，说："咦，嘴咋不快了？"

霍解放也笑了，跟着车屁股走了。

3

霍解放回到家，霍一圆正和她妈坐在院子里的葡萄架下拉家常，面前石桌上摆满了烟啊茶啊酒啊肉啊一大堆。见他回来，怀里一抖拎出件衣服，拉着他非要试。霍解放假装生气："又胡花钱！"心里其实美滋滋的。

一圆是霍解放四十岁才得的老生女，人长得乖，嘴生得甜，从小到大没让他操过心、生过气；女婿上官睿又上进又孝顺，爸长爸短地不见外不生分；外孙女上官欣怡在读大学三年级，说正在复习考研。一家三口，都是霍解放心里头的得意，面子上的荣光。

衣服试了，霍一圆给霍解放沏了杯酽茶，说："爸，我今回来替我哥跑腿。他一个朋友看上了崖上那几棵树，想买，要你给说和。"

霍解放咚地把杯子往石桌一蹾，吓得正低头择菜的老婆扑啦一惊。

霍一圆就笑："爸你这脾气得改一改了。都啥年代了，你这也看不惯，那也看不惯，也不怕气出病来？"

霍解放说："他龟孙不来，把你当枪使？不管！"

"好好好，不管就不管。你喝你的茶，我跟我妈去做饭，一会儿上官睿也回来吃。"

霍一圆她哥霍一方，是老支书霍解放唯一的儿子，父子俩见面说三句话就崩，谁都不让谁。老支书看不惯霍一方的张扬，霍一方气恼老支书的一根筋，气得一圆妈戳了这个戳那个，恨不得提桶水浇湿一老一小，看还进不进火星儿。

霍一方原是县信用联社的一名职工，媳妇在妇幼保健站上班，是红岨崖村寥寥无几的双职工，让霍解放很有面子。可霍一方不知珍惜，吊儿郎当把事不当事，后来竟把工作辞了。如今挣了两个臭钱，烧得跟炭一样红，开的是大奔，戴的是劳力士，抽的是软中华，喝的是茅台五粮液，银行里却欠着一屁股债。

霍解放还生着霍一方的闷气，上官睿就一边接听着手机一边走进院子。打了招呼，一看石桌上的茶叶茶杯，笑着问："爸，这茶香不？"

霍解放呵呵笑着说："香！"

"这是极品金骏眉,武夷山桐木关产的,一斤几万块!"

"就这?一个茶叶?"霍解放眼瞪得老大,"你买的还是人送的?娃,咱可不敢……"

上官睿打断了老丈人的话:"在咱家,这茶叶,只有我哥霍总才喝得起!"

霍解放就扯起嗓子朝屋里喊:"一圆!一圆!"

霍一圆一出来,霍解放就指着石桌上的东西问:"这谁买的?谁买的?"

霍一圆斜一眼上官睿,上官睿把舌头一吐,进屋去见丈母娘了。霍一圆冲他背影嘟囔句:"多嘴!"转身赶紧去哄她爸。

"爸你别总躁烘烘的!这些年你抽了不少,喝了不少,也吃了不少,哪一样是我俩能经常买得起的?还不都是我哥叫我送回来的。别把人家的好心当驴肝肺!"

霍解放哗地把杯中茶水一倒:"这茶我不喝,喝不起!还以为你孝顺,原来是借花献佛!"

气得霍一圆大声叫起来:"你不喝别倒啊,两万多一斤哩!妈,妈,你瞅瞅我爸,还讲不讲理了?"

一圆妈早听到了,颠儿颠儿出来,骂:"老驴犟了一辈子,还没犟够。福享得烧了?给你吃了喝了还不落好?一圆,给你哥说,一根烟一口酒都别给买,你叫他烧!"

老支书霍解放就一声不吭了,勾着头只管生闷气。憋到饭时,呼噜呼噜吃着煎汤面,却问女婿上官睿:"几棵歪脖儿树,谁要它弄啥?"

上官睿一头雾水,拿眼睛直睃霍一圆。霍一圆就说:"我哥说一个朋友看上了红岨崖那几棵树,想出钱买,说要当风景树。"

上官睿转脸问老丈人:"听说这几棵树上百年了?"

霍解放说:"怕不止!我小时候,崖下还是红岨寺,寺后一潭水,水从崖上长树的石缝流下。老辈人都说水是神水,能祛百病;树是神树,能驱百魔。人到寺里烧完香许完愿，都要到寺后去给水和树磕头。说来也真是奇怪，那时这几棵树就这么粗，六七十年过去了，现在还这么粗，好像一点儿没长。"

上官睿端着饭碗沉思半天，说："这事恐怕没那么简单，先别声张，我了解了解再说。"

回去的路上，上官睿心里一直琢磨这事，越想越觉得里面有文章。

作为红岨崖镇党委书记，他已经来了七八年了，对各村不说百分之百了解，起码也有百分之七八十的熟悉。红岨崖镇是个典型的农业镇，多数村子靠天吃饭，在全县算经济落后镇，除过红岨崖村等少数几个自然条件稍好的村子，主要经济来源一是种地，二是打工。种地现在刨去种子化肥农药，耕种碾打的花销和劳动力成本，基本上是负收入，用农民的话说，种粮还不如买粮吃划算。但凡有力气有门路有本事的青壮劳力，都没人愿意种地，非种不可，也都是种子一撒只等着收，很少花心思费力气。

想当年，上官睿由县老干办副主任的闲职升任红岨崖镇党委书记时，关系密切的几个哥们儿都曾替他打抱不平：

"给你这么个烂摊子，小伙子，你算没指望了！"

"任重道远呀伙计，往后的日子，不会好过的！"

"你呀，心眼太实，明显是停摆么，我都替你冤！"

"不说了不说了，显然工作没做到位，这你怪谁？"

上官睿心里自然不是滋味。花了那么大的力气，下了那么多的功夫，用几年时间挣了个党校研究生的学历，逢年过节大事小情比谁都跑得勤、跑得欢，该找的找了，不该找的也找了，甚至该跑不该跑的也都跑了，连霍一圆都嘲笑他是天下第一大尖脑袋。都说得好好的，到头来却落得这种结果，怪谁？只怪自己表现得还不够。不过他还算对自己有信心，不信铁树开不了个花。组织部长也拍着他肩膀说："组织相信你能让红岨崖镇旧貌变新颜的。"当时，他还心劲儿很大地宣誓说："决不辜负组织信任，领导重托！"

可七八年过去了，除了村村通工程让各村的路不再雨天泥泞，旱天扬尘；除了村村亮户户净工程，让生态环境和卫生情况有了很大好转和改善；除了被迫无奈地努力搭建劳务输出平台，将一批又一批青壮年剩余劳力，一拨拨送往全国各地打工挣钱……红岨崖镇并没发生实质性变化。一村一品没落到实处，苹果村由于品种落后、管理粗放、市场饱和、价格低迷，树都被农民连根挖了；柿子村里的柿子，挂在枝头红彤彤一片，农民摘都懒得去摘，烂一个啪掉到地里，烂一个啪掉到地里。就连唯一的一个企业——红岨崖镇砖瓦厂，都由于设备陈旧、技术落后、销路不畅倒闭了，至今还没恢复成耕地，被大会小会作为典型，点名批评。前几年，上官睿东奔西跑，调研考察论证，想利用红岨崖丰富的红砂岩资源建一个新型建筑装饰材料厂，折腾来折腾去，牵扯到土地、环境、拆迁安置一系列复杂问题，最终也不了了之。

上官睿有劲儿没处使，憋着一肚子的不服气，成天眼珠子骨碌骨碌转，就想着能树一点儿政绩，能挽回一点儿面子。

从红岨崖村到红岨崖镇政府，就一道斜坡的距离，总共不到两三里路。上官睿一进镇政府院子，就看到了霍一方的那辆奔驰车。

4

霍一方架着个二郎腿，正坐在上官睿的办公桌后眯着眼吸烟，一手搭在桌上，指头敲得玻璃台板嗒嗒嗒响。见上官睿进来，说："真是衙门好进，官难见呀，我一包烟都快抽完了。"

上官睿接道："要知道你来，我就再陪爸多骂你一会儿，让你抽一条烟过饱瘾。"

嘻嘻哈哈打了会儿趣，霍一方要上官睿帮忙移植崖上的那排树。

上官睿说:"这事有难度!"

霍一方嘴一撇:"给谁都想打官腔?有啥难的,不就是个钱么,你给个数,多少人家都不会眨一下眼!"

上官睿点了支烟,眼睛在烟雾后边瞅着一身名牌的大舅哥,试探说:"十万?"

霍一方从椅子上站起来,边笑边说:"哥做事会亏待你?不说了,二十万,你看着办!"说着就要往外走。

上官睿一把拉住他:"这事我怕做不了主,你得等我话。"

霍一方的车刚出院子,上官睿就打电话叫来叱云,给他分派工作:1.弄清红岨崖上几棵歪脖儿树到底是什么树,树龄多大,有什么用途;2.摸清霍一方在给谁买这些树,什么来头,什么背景,要这些树干什么用;3.搞清这些树长在红岨崖村谁家的地畔下边;4.咨询长在红岨崖上的这些树,崖下是镇政府,崖上是红岨崖村,应归属谁;5.咨询林业局,这几棵树能不能买卖,能不能挖移。

他要叱云一一记下,拿过来看一遍说:"你亲自去了解,要快。记住,这事眼下只有你知我知,谁都不能告诉,包括你媳妇!"

叱云从笔记本上撕下那页纸,叠好,装进贴胸的口袋。又拿起笔记本逆光照照,连撕两张空白,撕得碎碎的扔进纸篓,拍拍手走了。

上官睿又点上了一支烟。其实他正在戒烟中,血压血脂都高了,主动脉粥样硬化,医生警告再不戒烟,发生心脑血管危险的概率会直线飙升。女儿电话吵,短信劝,微信监督;一圆当面说背后骂甚至威胁,都强逼着他戒烟断酒。没有办法,他只能忍痛割爱。可今天,他却在破戒。

霍一方他们是生意人,生意人要的是回报率。花这么大价钱买几棵七扭八歪不成材料的老树,这里头肯定大有文章!

那道石缝里,有他们想要的宝贝?

这些歪脖儿树,真是什么稀罕东西?

霍一方浪迹商海这么多年，漫说七八棵七扭八歪的歪脖儿树，就是一抱粗的古柏几人合围的老槐，他也开不出这个十分之一的价钱！前几年他瞄上楼堡子一户人家藏的那尊铜佛，高有三尺围约九寸，那家人老实巴交不识货不懂行让他开价，他先开了三千元，那家人让再加，他便一百元一百元慢慢往上加，最多加到一万一千元，就死活不加了。上官睿问他："这佛一倒手，你能卖多少钱？"他一笑，竖了两根指头。上官睿说："两万元？"他斜上官睿一眼："你这么小看我？至少二十万元！"上官睿就瘪着个嘴，一脸的鄙视，你们生意人，心就这么黑？霍一方脸板得平平地说："在商言商，跟心黑不黑无关！你也就只能当个小官，做不了大生意。"据说后来霍一方一倒手卖了六十多万元。

瞧，他和亲妹夫都不说实话。

你说这里头，能没有大文章？

上官睿心里有点小激动。七八年了，他这个红岨崖镇党委书记，一把手，工作上没起色，仕途上不得志，窝窝囊囊平平庸庸，人前说不出话，背后挺不直腰，心不甘啊！意难平啊！这一次会不会是个机遇？能不能做成个事情？

上官睿坐卧不宁地等待着叱云的消息。

他不能亲自出面，那样很容易走漏风声。要让霍一方知道了他在打探、摸底，不要说亲戚难做，事情都会变得非常复杂微妙。以霍一方多年来织成的关系网人脉链，再加上他的商人手段，上官睿知道，他能立马被架空，连说一句话的权力都没有。即便不架空你，事还让你管，但你就说了不算，只能是个傀儡。

他也不去打电话催叱云。叱云是他一手提拔的，是心腹，百分之百言听计从，人心细点子多，办事放心。你不催他，他只当是你交代了个要办、要办好的事。你要催他一两次，他就会当成个大事，就会有想法生联想，心就会不静。你要沉不住气天天催天天问，他就会生疑惑有想法；生了疑惑，就会寻找解惑释疑的路子;一寻路数,就一定会节外生枝。

上官睿官场混迹多年,自认懂得人心也能知人善任。因此即便坐卧不宁,都没给叱云打过一个电话。中间叱云倒是来过一个电话,汇报说其他问题都基本弄清,他正带着拍的照片、录的视频、采集的标本往省城赶,去省植物研究所找相关专家确认树种。

上官睿心想:这小子果然得力。

嘴上却淡淡地说:"知道了,注意安全。"

叱云第五天上午准点进了镇政府大院,他先在办公室处理了一会儿事情,瞅上官睿办公室没人了,才拿着一个需要书记签字的文件走了进去,随手关上了门。

上官睿接过文件,大致扫了几眼,正签着字,叱云小声说:"重大收获!"从贴身口袋掏出一张纸,上面密密麻麻写满字,放到正签字的文件上。

上官睿拿起来就看:

1.红岨崖上的几棵树,经省植物研究所三位资深植物学家通过看照片、视频和标本,一致认为其属树龄古老且尚未被国内外列入植物分类名录的无名树种,是重大发现。几位植物学家激动万分,强烈要求实地考察;

2.霍一方在替省城一位名叫胡天佑的富商出面购买这些珍稀古树。胡天佑是省城著名的天佑房地产开发公司、天佑建筑公司、天佑投资有限责任公司、天佑艺术品投资交易公司等十一家公司的董事长,省人大代表、省政协委员、省企业家协会副主席、省收藏家协会副主席、省书法家协会理事,头衔非常多。他目前在建的皇家园林项目,是一个集别墅、商住、园林为一体的高端地产,里面已经移植的奇花异草、南北林木,蔚为大观。连几位植物学家都啧啧称奇,说皇家园林比省植物园更具植物科研价值,是大手笔大眼光。

3.红岨崖古树上边的承包地,户主是叱开放。

4.经咨询土地局、林业局,均回复红岨崖上的古树,属国有。

5.原则上,无论集体和个人砍伐买卖林木,均需依法向林业部门提交申请,获批后才能砍伐买卖,否则违法。

上官睿一拍桌子:"漂亮!"从椅子上站起来,点上一支烟深吸了两口,边转圈圈边说:"叱云,有事干了! 要干大事!"

5

上官睿前脚刚进县委书记办公室,霍一方后脚就踏了进来。书记哈哈一笑:"你俩约好的? 到底是郎舅亲啊!"

霍一方沙发上一坐,跷个二郎腿,脚一晃一晃地说:"刚好咱们三对面了,我觉着是天意。李书记,这么多年我可没给你添过一点儿麻烦,今天巧了,我就求你个人情,给我这个妹夫挪挪窝,调进城算啦,都老大不小了。"

李书记看霍一方一眼,说:"那他多少也得给我做点事出来,让我能说得起话啊!"

李书记比上官睿还小两岁, 又是当着妻哥的面,上官睿就讪讪笑着说:"我无能,辜负书记了! 你们先忙,我一会儿再来。"

出了书记办公室,上官睿心里一时间五味杂陈,来时的那份兴致勃勃一扫而空,心里有点凉。他忽然感觉自己就像个受惯指责的顽皮孩童,好不容易找到个能博得赞扬的机会,却感到能力不够,沮丧、着急,却一筹莫展。

凭感觉,他知道霍一方今天找书记,肯定和他一样,都是为了那几棵树。

两人为同一件事来找,一个要东,一个要西;一个头脸大后台硬人脉广,一个位卑言微,结果会怎样?上官睿感到了一股强大的压抑。他咬着牙,飞速地转动着脑子。

能不能找新闻媒体,把红岨崖发现珍稀树种的消息一发,先声夺人造成舆论,断了霍一方他们的后路?这样做是要冒风险的!这么大的事情不先向顶头上司汇报,背着他私自咬耳根动心思,你还想不想混了?上官睿还没到破罐子破摔的地步!怎么办?他想起了老同学铁哥们儿林业局局长衡致远,电话一打,人在办公室,就急匆匆赶了过去。

衡致远一听,两只大眼瞪得像铜铃:"不会吧?那几棵树我见过,明明像沙棘吗?"

上官睿也疑惑了:"会不会是专家看走眼了?毕竟看的不是实物!"

"我看也有可能!"衡致远说,"要不抽时间请专家来,给个结论?"

上官睿就把霍一方怎么叫霍一圆寻她爸,又怎么寻自己,今天又来找李书记的事述说了一遍,还把叱云了解的一些情况简单介绍几句,最后说:"这事怕等不起,夜长梦多!"

衡致远听完,沉吟半晌,说:"哥们儿,看来这是一道浑水呀!"

上官睿就定眼瞅着衡致远。衡致远把脸躲在烟圈后面:"要我,就躲远远的!那头是你妻哥,牵扯着你的家庭;这头是顶头上司,关系着你的饭碗,你自己掂量。"

上官睿顿时没了主张。

这时,手机在腰里呜呜地震动,拿起一看,马上接,一边答应一边给衡致远示意,径自出门走了。

来到李书记办公室,果然便问红岨崖的那几棵树。上官睿就把事情前前后后详细汇报了一遍。

李书记听完看着他的眼睛,半天没说一句话。

上官睿忽然恨不得抽自己一个大嘴巴。心里悔得肠子发青,脸上就现出了尴尬,没话找话说:"事情就是这样。"

李书记收回了目光,面无表情地说:"那就到这吧,我还有事。"

上官睿被下了逐客令。

走出县委大院的上官睿，忽然对自己的智商和能力产生了从未有过的质疑，心情一下子沮丧到极点，连几个熟人的招呼都没能周全得体地应付。四十多岁的人了呀，官场也摸爬滚打了近二十年，怎么能政治上这么不成熟，看到一点儿机遇就能头脑发热，弱智到向你的顶头上司说自己背着妻哥去摸底，暗里给妻哥使绊子？连待你极好的妻哥你都使阴招，耍小聪明，你想向你的顶头上司证明什么？你想让他怎么看你？他一见面就问红岨崖的歪脖儿树，明摆着霍一方找他就为这事，你连领导的心思意图目的都还没摸清，就先把自己卖了个精光！上官睿啊上官睿，你还睿哩，你分明就是一头蠢猪！跑着叫着攮刀子的蠢猪！现在咋办？嗯？现在怎么办？

上官睿正在懊恼不已，霍一圆电话打了过来："你在哪？"

"啥事？"

"你啥意思？"霍一圆声音很炸。

上官睿感觉不妙："怎么了你？"

"你回家，马上！"霍一圆不由分说挂断电话。

一见面就吵得电闪雷鸣不可开交。霍一圆兜头盖脸骂他是狼心狗肺忘恩负义的阴险小人，一句紧接一句，标点都不带，噎得上官睿窝在沙发上一句嘴插不进去。

这是从未有过的。结婚二十多年了，当初的那些缠缠绵绵深情款款，虽说也被岁月和生活消磨得疲疲沓沓，可两人很少脸红脖子粗过。

上官睿一时百感交集急火攻心，抓起茶几上一个玻璃杯，哗啦摔出一地的破碎。

霍一圆的声音戛然而止。

她冷冷盯了上官睿足足几分钟，转身冲进卧室，砰地把门一关。

上官睿又气又悔地坐了一会儿，把地上的玻璃碴叮叮当当收拾净，去推卧室的门，反锁着，站了会儿，叹口气出门返回了红岨崖。路上接了一个多小时女儿上官欣怡的电话，质问为什么要对舅舅阳奉阴违，舅舅对咱们这么好;质问为什么要惹妈妈生气,你想要干吗? 千叮咛万嘱咐要他去给舅舅道歉,哄妈妈开心。

哄着劝着刚一挂断女儿电话,叱云的电话就打了进来。叱云焦急地说已经打他电话一个多小时了,让他赶快回来,叱大拿都来闹了一上午了,谁也拿他没治。

叱开放外号叱大拿,是叱云的门中堂弟,霍一圆的堂妹夫。自小不务正业游手好闲,手下一帮子打架滋事偷鸡摸狗的小混混,专门干些坑蒙拐骗的营生混日月。年轻时看上了霍一圆的堂妹霍凤云,穷追不舍死缠烂打,先用各种花言巧语,使各样小恩小惠俘虏了霍凤云的心,却遭到霍凤云整个家族的反对。叱开放深谙擒贼先擒王逮蛇打七寸的手段,先找到霍家说话最管用的霍解放,扑通一跪说:"叔,你是解放我是开放,咱是两代人! 两代人就有两代人的活法,你没年轻过? 年轻时谁不像个石头,糙棱糙角的? 难不成你年轻时就像现在这样是个鸡蛋,东怕撞着西怕摔了? 叔,你同意了我和凤云,你就是成人美事哩,大拿一辈子不敬妈不敬爸也敬着你,你要还不同意,大拿这块石头没长眼睛,碰上谁就没轻没重。"手一招,七八个混混一人一个包,烟啊酒啊茶啊糖啊,霍解放面前摆了一溜儿。霍解放瞅着眼前的叱开放,哈哈哈笑了,想起来自己年轻时的愣劲儿,说:"好,大拿,我不说啥了。可有一样咱得把话说在前头,不管你怎么胡作非为,一不能犯王法,二要对凤云好,你答应不?"叱开放咣咣磕了两个响头:"叔,我要做不到这两条,提头给你当个尿壶。"可霍凤云她爸却没这么好说话,门一关,咋都不见人。叱开放带上他的一帮小兄弟,门外跪成一圈,一人手里抱一份礼,惹得大人小孩里三层外三层看热闹。整整闹腾这么三天,叱家和霍家就都受不了啦,说啥的都有。霍解放找到凤云家劝,差不多就行了,难道要等把娃给你抱来,把老霍家的脸丢尽了你才答应? 霍凤云她爸她妈牙一咬脚一跺,只好答应。

前两年叱大拿倒腾煤发了一笔,光房子就买了好几套,把霍凤云打扮得花枝招展，像个开屏的孔雀，把丈母娘丈母爹哄高兴得像个刚下完蛋的鸡，通红着脸四处夸女婿。这几年煤价跌得一塌糊涂，听说拖了一屁股的债。

上官睿一进镇政府大院，就看到叱云和维稳办几个人，正围着大呼小叫的叱开放劝。叱开放一瞅见上官睿的车，撇下他们，"姐夫，姐夫"地叫着跑过来。

"还知道管我叫姐夫？"上官睿下了车，一把搂过叱开放肩膀，"都成老板了，还不注意形象？走，喝茶去！"

叱开放扭头冲叱云说："云哥，你得好好跟姐夫学学，你看看人家！"

还要说什么，被上官睿拥进了办公室。

6

叱开放居然知道了霍一方找上官睿要买崖上那几棵歪脖儿树的事，连开价二十万元的细节都知道得清清楚楚！

"姐夫，镇政府才多少年？红岨崖村可是自古就扎在这儿的。说到天上去，这树也不可能是镇上的！"

上官睿心里的火苗儿腾腾腾蹿，咯哩咯吧燃烧着一个又一个冒出来的念头。八字还没一撇，那头是县委李书记不阴不阳地过问，这边又跳出来个叱大拿明目张胆地纠缠，明天又会是谁？谁嘴么这敞，半个门不把？叱云？霍一方？还是……脸上却一片平静，沉着气说叱开放："兄弟，沉住气好不好？不要听风就是雨！"

叱开放哈哈一笑："姐夫，兄弟这么多年白混了？这么给你说吧，李书记昨晚放了几个屁，打了几个饱嗝儿，你不知道吧？兄弟要想知道，就几个电话的事，你信不信？兄弟今天来只讨你一句话：这树你要卖了，钱归不归我？"

上官睿也哈哈一笑："姐夫相信你的话，大拿的名头不是白浪的。我只能给你说,我要把这些树卖了,不光你,红岨崖村老老少少一千多口,谁都可以吐我一口唾沫,我不擦不躲!"

叱开放一听就急了,咋咋呼呼站起来:"跟红岨崖村一千多口有什么关系,树是长在我家地下边的,关他别人什么事?"

上官睿趁机说:"你不是不懂道理的人,这树多少年了,你承包地才多少年。再说了,你以为承包地是你的吗?那是集体的土地。"

"姐夫,我就一个农民,只知道两个多一个少,你别给我上课,没用!"叱开放的死娃劲儿上来了,开始耍赖。

上官睿在基层干了这么多年,啥事没经过,啥人没见过,他知道对付叱大拿这种二赖子,霸王硬上弓只能两败,唯一的办法就是迂回,先哄着把毛理顺,不能叫他上蹿下跳惹出一连串响动。就笑着说:"你没交学费,我白给你上课?想得美!走,陪姐夫吃碗羊肉去。后边的事,真要到了那一步,咱们再想办法。"

叱开放就坡下驴,跟着上官睿出去了。上官睿斜了一眼叱云,叱云招呼几个人跟上去,被上官睿挡了。叱云看着书记和堂弟一前一后去了街道,叹了口气,悻悻地回自己办公室了。

在羊肉馆刚一落座,老板马上迎出来,一边掏烟一边招呼:"哟,叱总叱总,贵客贵客。就你和书记?"

叱开放手一挥:"老三样,要快,吃完还有事!"

老板点头哈腰颠颠忙去了。

上官睿浑身不自在,就夹了支烟抽,让升腾的烟雾罩住自己的脸。他忽然想起不知哪里看到过的两句诗:"行乞贷而无处,退顾影以自怜。"觉得这大概就是在写自己目前的情形。

叱开放却嘿嘿嘿一脸坏笑:"姐夫,都说你们'三天一只鸡,五天一只羊,顿顿都有熘肥肠,夜夜当新郎,天天换新娘,村村都有丈母娘。'这顿羊肉,就能交代?"

上官睿一声没吭，眼睛看着面前的这个人，心思却早跑了。

他在想县委李书记，他在做什么？陪上级领导在检查视察调研，还是正在找哪个部局领导或校长谈话？是在同当地的富商大贾谋划项目，还是与他安插在霍一方公司里的"甜嘴猫"在玉女湖畔别墅里颠鸾倒凤？

玉女湖是一处自然形成的堰塞湖，风景如画，冬天不结冰，湖面水汽蒸腾，仿佛仙境；夏天无酷热，凉风习习轻渗肌骨，是消暑胜地。开发成玉女湖生态旅游景区时，专门建了六栋别墅，装修奢华配置高端，曾经是招待上级领导各界名流以及著名书画家的专用场所，现在改成了玉女湖宾馆的高级套房，专门接待游客。可谁都心知肚明，一手遮天的李书记，在山高皇帝远的此方，仍然是这里的常客。私下里大家都议论："他竟敢顶风？"但明面上没见一个敢说半个不字。

"甜嘴猫"名叫田琪琪，高考落榜后成为县委招待所里的一名服务员。这女娃长得那叫个特色，让人看一眼心里就会一惊，直诧异这样山干水瘦的地方，会养出这么水灵的女子。就是个木头刻的男人，都会生出亲一亲近一近的念头，再也忘不了她。不知怎么就委身到了李书记的怀里，让他身边的粉黛顿然失色。后来就安排到了霍一方的公司，二十来岁的年轻娃，却担任了霍一方公司的副总经理，传说年薪二三十万元……

可他呢？他这个最烂乡镇的最烂书记，却只能抛下生气的妻子，在这里陪一个混混儿吃羊肉，目的只有一个：稳住他，不要让他上访告状，不敢让他惹是生非。倘若稳不住，去找人大找政协，找纪检委找信访局，那就是你这个镇党委书记的失职。

要是再闹到他请来几个挂羊头卖狗肉的真记者或假记者，上上下下一咋呼，那就光等着被当成孙子吆喝吧。他们不怕你没政绩，最怕你惹乱子。不能脸上贴金是你能力不够，机遇没来，情有可原；要敢给脸上抹黑，那就是你的政治素养欠缺。一个欠缺政治素养的人，你凭啥占我的位子？

上官睿心里堵得慌。

吃完羊肉,上官睿去结账,老板死活不要。

上官睿生气了:"我啥时吃饭没付过钱?你这是坏我名声呢!"

老板说:"不是不是,上官书记,你是叱总的客人,我们咋敢收钱!"

上官睿把两张百元钞票朝柜台上一摞,转身走了。

叱开放追出来,把两张钱递给他,见他不要,手一抬装进了口袋。

打发走叱开放,上官睿又下乡检查了一番秋耕秋播和几个重点村的优扶工作,回到镇政府已是晚上。叱云还在等他,一见面就说:"书记,你是了解我的,我嘴不会那么贱!况且,叱大拿说的那些,有些情况我根本不知道!"

上官睿拍了拍叱云的臂膀,长吁口气说:"好了,我想一个人静静。"

上官睿和衣往床上一躺,心乱如麻。那个蓦然间在心里勾画出来的蓝图,县委李书记的面孔,妻兄霍一方的眼睛,妻子霍一圆的怒吼,女儿上官欣怡的质问,林业局局长衡致远的眼神和盛满酒似的两个酒窝……幻灯片一样在他紧闭了的眼前一一叠闪。闪着闪着,杂糅交汇成一片混沌,变成暗夜里波涛汹涌的海面,黑乎乎黏稠着起伏……而他,红岨崖镇党委书记上官睿,就在这黏稠里飘飘摇摇……

电话铃的尖叫声惊醒了上官睿。

乡镇干部得二十四小时开机,每个电话都要随响随接,什么时候都得随叫随到。你不知道哪一个电话,就是一个大事,就能决定你的命运。尤其半夜的电话,响一声就是一个心跳。

霍一方在电话里大呼小叫:"书记大人,你还有心情睡觉啊?一圆胃大出血,在县医院!我妹妹要有个三长两短,我跟你没完!"

上官睿头嗡地一炸,赶紧跳下床叫叱云:"快!快!一圆胃大出血,你开车!"

三十多公里的山路,叱云开到了一百迈,上官睿还喊慢。一进县医院,霍一方的一个手下早在门口等着,拉着他直奔手术室门口。

霍一方被一大帮人陪着，有他公司的，也有医院的几个头头脑脑。霍一方看他一眼，没吭声。医院焦院长说："在止血。救护车准备好了，血一止住，就往四医大送，霍总都联系好了。"

上官睿连忙掏出电话，还在拨号，霍一方说："别忙活了，李书记那边我给你打过招呼了。我派公司的小黄跟你去，钱她带着，不够我再打。你只管把我妹妹照顾好就行。"

上官睿不敢看霍一方眼睛，喉咙发热地说："谢谢哥！"

霍一方"哼"了一声，转过身去和医院几个头头儿说话。

7

霍一圆被查出来胃癌。

医生找上官睿一谈话，他整个人被雷击一样，头发唰唰唰一根根竖起来，手脚都冰凉了。他求医生千万不能让一圆知道，也千万不要告诉女儿上官欣怡。医生是霍一方找的关系，他表示会尽全力。

上官睿不知他是怎么出的医办，怎么下的电梯，怎么到的小花坛。他蹲到花坛里的一棵矮松下，眼泪噼里啪啦往下滚。他的一圆，才四十六岁不到，离退休还有将近十年，这叫他咋办？要是让她知道了，她会不会垮掉？一旦女儿欣怡知道，她能不能承受？自己的父母还有一圆的父母，他们个个满头白发，刚享了几年的福，能受得了这个打击？

七八年了，他在偏远的乡镇，聚少离多，他没照顾好她，很少尽到一个丈夫的责任。当初，他离开老干局要下乡镇时，一圆苦巴巴瞅着他说："你们男人，为啥要有那么多野心？不挣钱不当官就不能活吗？咱就做个普通人上上班逛逛公园看看电影，管管孩子孝顺孝顺老人，不是很好吗？"

他还笑话她胸无大志太小资呢。

几年过去了，她很少埋怨他的不着家不管娃。倒是他，多把职场上的不如意和升迁上的没指望,变成一肚子怨气向她撒,埋怨她哥的不帮忙,指责她的不上心,倒好像自己的怀才不遇和仕途不顺,都是她的错。

有一年初二全家聚餐,霍一方专门定了酒店,空运来原料,饭桌上洋洋得意地介绍这是什么虾那是什么鱼,这个海参是哪里运回的,那个鱼翅是谁从国外捎来的。霍一圆啪地把筷子往桌上一拍,说:"哥你别显摆了!你要真有能力,就把上官睿给我调回城。你一天到晚耀武扬威,让你妹子守活寡,你也忍心?"

霍一方先一愣,他从未见过温婉的妹妹发这么大脾气。接着哈哈一笑,对全家人说:"这事怪我怪我!等我们把手头几个大项目做完,一定把妹夫的事落到实处。眼下先忍耐一下,咱别树大自招风,给人落下把柄,让李书记不好应付,影响咱的大事。轻重缓急,我自有分寸!"

一时倒让上官睿脸臊得没处搁。

霍解放为给上官睿解围,就接茬说:"他光认得个钱!钱多少能够?活人才是第一!没人了,要钱能吃还是能喝?吃饭吃饭,别谈这些闲话!"

谁料老丈人随口说的这句话,却一语成谶。

上官睿忽然感到无助又渺小。偌大一个人世,居然顷刻之间就没人能够去商量去同他分担。过去有什么事,都是一圆与他一起分担一同分享,今天,他能求助于谁?他拨通了霍一方电话,响了几声,对方就挂断了。再拨,再挂。他想一想,拨通了叱云电话,一直听到"您好,您拨打的电话暂时无人接听"。他又连续拨了副书记镇长副镇长电话,都是响几声后出现"您所拨打的电话正在通话中"的提示音。

上官睿隐隐感到,家里有事了。

不管发生了什么,上官睿都无心顾及了。他目前应该全力以赴的,就是心无旁骛地为妻子治病。眼下顶顶重要的,就是要稳住阵脚,不能让一圆和欣怡觉察到任何异常。

霍一圆狐疑地瞅着走进门的上官睿,在他的脸上搜寻自己想要的信息。医生叫他去谈话,居然这么长时间。

上官睿温柔地笑着迎接她的目光:“镇上打来电话，啰啰唆唆一大摊子烂事,我怕你烦,就下楼去接了。噢,叱云他们说暂时顾不上来看你,让我向你问好。这小子,喊着等你回去做卤面吃呢,他这一说,我也想吃了!”

霍一圆虚虚弱弱一笑:“欣怡怎么也出去那么久?你去看看。”

上官睿心里一惊,脸上却风平浪静,慢悠悠出了病房,快步向医生办公室跑去,果然看见女儿在同医生争执,马上进去拉女儿,欣怡把手一甩:“我要求看一下我妈病历,有什么大不了的,他们不让看,态度还特恶劣!”上官睿这一刻心如刀绞,却满脸堆笑说:“医院有医院的制度,好了好了,主任已经找我谈过你妈病情了,我来告诉你,走走走,你妈叫你呢!”上官欣怡嘟嘟囔囔不情不愿被拽离了医办。

一出门,上官睿就把女儿拉到一边训斥:“你都是大人了,还这么不懂事?你妈还在治病,你就跟医生杠上了,合适吗?咱只有和医生同心协力好好配合,才让你妈早日恢复健康,这点儿道理你难道不明白?”

上官欣怡不满地嗔他一眼,噘着嘴说:“你光会训别人!要不是你,我妈会生气?我妈生气了,你哄哄她劝劝她陪陪她,她会喝那么多酒?她不喝那么多酒,会胃出血?说别人一套一套的!”

“好好好,都怪我都怪我!”上官睿装出一副认错讨好的可怜样子,“不过可别跟你妈说要看病历这档事,免得你妈疑神疑鬼,对康复不利!”

上官睿就这样哄了大的哄小的，把全部的心灵折磨和情感苦痛独自承担着,以保证霍一圆精神不垮,意志不倒,心情放松,无忧无虑地配合治疗。

他祈求着上天的开恩和命运的眷顾。

这天,他握着霍一圆的手怜爱地看着她时,霍一圆又一次旧话重提,问:“你为啥要拆我哥的台?他固然私心重,没给你帮上忙,可他这么多年来,对咱不薄呀!”

上官睿把头一奔拉，忽然间百感交集，止不住噙满眼泪。

"一圆！"他摩挲着妻子被针头扎得青紫的手，几近哽咽。

上官睿告诉霍一圆，他是有点儿私心，想做些事情挽回点面子，证明自己不是个窝囊废。可天地良心，他绝不会做背信弃义中饱私囊的事。都说不在其位不谋其政，他在这个位子上，又是在她的家门口做事，这几年始终记着她爸叮咛他的那句话：雁过留声，人过留名。

他对霍一圆说，那些树可能是地球上仅存的古树种，它们就扎根在红岨崖，世世代代一直至今。别说二十万元，就给两百万元两千万元，咱把它卖了，也只是一槌子的买卖，卖了就没了。为啥这些世上少有的树，咱红岨崖会有，还不是一棵，是一片。除了它长在悬崖上，人糟蹋不了，牲口吃不到，还有一个，就是红岨崖多少辈人了，都讲究个前人栽树后人乘凉，把多栽树、少伐树、多行善、少作恶，当作传家继世的法宝，才让这些在其他地方已经绝迹的古树，只在红岨崖有。他得好好保护这些树，让它不但能在红岨崖世世代代传下去，还能给红岨崖带来福祉。

他说他是这样想：把红岨崖开发起来，找植物学家和文化专家论证，把红岨寺恢复了，把红岨崖建成观光景点，把红岨崖村家家树木成荫户户插柳植柏的古风展示给世人。他甚至连名字都想了，就叫"红岨崖世外桃源生态休闲旅游观光园"。这不比卖二十万元、二百万元甚至两千万元值钱？这才能给红岨崖世世代代带来财富！

…………

霍一圆缺少血色的脸上，忽然浮上了两片红云；没精打采的眼睛，也亮晶晶一闪一闪地盯着上官睿看。这种表情，这种眼神，几十年前他们在中师恋爱，霍一圆偎在上官睿身边听他展望未来畅谈抱负时，曾无数次出现过此神情。此后几十年里，在柴米油盐的操持和职场沉浮、角名逐利的奔波里，再也没有见过。

一圆眼里有了泪，小声说："你怎么不早说？"

上官睿伸手用拇指擦她的眼泪:"好了好了,都过去了。我现在心里啥都不想了,只盼着你好起来! 我再也不瞎折腾了,每天都陪着你。再过几年,我就可以退二线了,咱们去好好逛逛转转。我亏欠你的,都给你补上!"

霍一圆脸上,绽出来温柔的笑。

过一会儿,她紧紧地抓住他的手,说:"人这一辈子,能做几件好事? 你想都想好了,就要去做,把它做成! 我支持你!"

上官睿的心里,涕泗滂沱。

但他的脸上,却挤出来一个暖暖的笑,摇着头说:"眼下我心里,只想着你!"

霍一圆手术后的第六天上午,霍一方和县委李书记双双来到病房。李书记司机搬上来几个明艳的大花篮,霍一方司机拎上来一大堆营养品。霍一圆被那些鲜艳的花朵包围着,笑得十分灿烂。

他们在病房待了很长时间。李书记要霍一圆安心养病,早日康复。他告诉霍一圆,单位上他已经打好招呼,出院后也不用再去上班。他代表县委县政府送来一万元慰问金,以表示对她长期勤恳工作和任劳任怨的表彰和鼓励,也表示县委和政府对她的关心和爱护。

他最后说,但是上官睿得马上回去工作,红岨崖镇一摊子事情等着他去解决。霍一方插嘴说,这段时间,除了小黄姑娘继续留下来侍候和照顾,他还给一圆雇了个陪护,人就在外面等着了。

上官睿就偷偷拽霍一方,使眼色要他出去说话。一到走廊,上官睿质问:

"到底有多大的事情,非要我回? 一圆都这样了,你也忍心?"

霍一方说:"你是医生? 留这能干啥? 再说你该干啥不该干啥,我说了能算还是你说了能算?"

上官睿还想说啥,霍一方把手一摆:"一圆是我亲妹,我比你疼她!"说完指挥雇来的陪护进了病房,留上官睿一个人待在走廊。

上官睿明确地感觉到了,红岨崖镇已经彤云密布。否则,霍一方不会这样轻慢他的妹妹。

他被告知需同李书记、霍一方一同返回,只好去向霍一圆告别。霍一圆伸手理了理他的衣领,说:"你放心回吧,我没事。记住你说的!记着每天晚上给我打电话!"

上官睿轻轻握着霍一圆的手,不忍放下。她把手一抽,说:"走吧,还有欣怡哩!"

临出门,霍一圆叫住了霍一方,说要单独和他说会儿话。

出了病房下楼时,上官睿给女儿打了电话:"欣怡,你就成你妈的脊梁骨了,一定要给她长精神!

李书记和上官睿在楼下等了好一会儿,霍一方才匆匆下来,铁青着脸对上官睿说:"场面上混,你得分清孰轻孰重!"

8

红岨崖果然出事了。

上官睿送霍一圆去看病的第二天,镇里接到了县上的指示:为了大力支持省上的重点工程,为我县招商引资创造良好的声誉和条件,要红岨崖镇政府全力以赴,积极配合,确保将红岨崖几棵歪脖儿树不伤根、不断枝、不掉叶,百分之百成活地移植到省城。并特别强调,由于上官睿同志家有急事,身不在岗,特命镇长全权负责,其他同志鼎力配合,不得节外生枝。尤其跟红岨崖村有亲情联系的同志,更应坚持党性,做好保密工作,不得搞小动作、耍小聪明,以免惹是生非,造成不良影响。

虽然是电话口头指示,但措辞严谨,滴水不漏,语气十分严肃,显然经过了充分思考和认真推敲。

当天下午,镇长刚主持召开完动员部署会,两台巨臂吊车就开进了红岨崖镇政府大院。一个二十多人的作业组,由林业局几位专业技术人员牵头,也随后进驻,被巨臂吊车高高擎上红岨崖,去勘察地形地势,研究移植方案。

红岨崖一下子围了好多人看热闹。

红岨崖村第一个赶到现场的,是吅开放,身后跟了几个掮着镢头扛着铁锨的小喽啰,咋咋呼呼站在崖畔上制止:"咋?耍开流氓了?光天化日之下明抢了?给你们十分钟,赶快撤!十分钟后,我们就砸了!石头瓦块没长眼睛,别怪我们没打招呼!"

镇长一边安排迅速制止,一边打电话通知镇派出所。

镇上一班人马赶到崖畔时,吅开放他们已经开始向红岨崖一锨锨扬土了。崖面上霎时间尘土飞扬,崖下围观的群众纷纷退远,大呼小叫着,兴奋得手舞足蹈。正在悬崖上作业的一干人大声咳嗽着高声叫骂,满头满脸满身的土。

镇政府工作人员一面厉声劝阻,一面上前制止。刚伸手一抢铁锨,吅开放的一个手下就地骨碌一滚,躺在那里大呼小叫:"打人啦!打人啦!共产党的干部打人啦!"

红岨崖村里拥出来黑压压的人群,呼啦啦围了一崖畔。有不懂事的娃娃,搬起地里的土块向崖下扔,比赛着谁扔得多谁扔得少,尖叫怪笑着在人堆里窜来窜去。

后边赶到的派出所一班人马,也干着急没法子,干瞪眼难动手。

吊车巨臂只好把作业组的人先放下来。

作业组几个灰头土脸的小伙子破着嗓子骂,被吅开放一帮子二混混弟兄呼啦围了一圈。双方剑拔弩张,火星子唰啦唰啦冒,大有一触即发的架势。派出所工作人员马上列成一排,插进双方中间。

派出所的人跟吅开放混得烂熟,所长就劝他:"你别为难我们,我们也是奉命行事。"吅开放大头一摇,胸前的金链子滴溜滴溜晃:"哥,我不为难你。把二十万元卖树钱撂下，我们马上走人，谁有闲工夫在这磨牙！"所长嘿嘿笑着说："大拿你想钱想疯了？二十万元？你咋不说二百万元哩？"叱开放一瞪眼："亏你还是个所长呢，原来不过就是支枪！你去问问李书记，问问上官睿，要不信再去问问霍一方。"

红岨崖村民闻言一下子炸了锅，说啥的都有，骂啥的都来，一时间吵吵嚷嚷，把个镇政府院子挤得满满当当。

有的说："怪道上官睿不露面，原来人家一家子在做事！"

有的骂："狗日的见钱眼开，谁的钱他们都敢挣，连村坊邻居亲戚都黑？"

有的喊："叫上官睿出来，让他给大家说说清楚！"

有的叫："叱大拿凭啥要钱？这树又不是他家的，是红岨崖村大家的！"

嚷着叫着，就都撕破了脸皮，起了冲突，撕扯的撕扯，推搡的推搡，恶言恶语之间，姻亲的那些个温情，邻里的那些个容忍，一时间变成了暴跳、粗口和血脖子红脸膛。

吵吵嚷嚷撕扯打闹一直折腾到后半夜。

来看热闹的外人就嘻嘻哈哈怪话不断："瞅瞅，红岨崖真的把'疯'招来了！"

第二天一早，几辆警车鸣着长笛开到了红岨崖镇政府大门外，车门一开，跳下来几十个身穿防暴服、手持警棍盾牌的特警，随着口令列成整齐的队伍，冲进镇政府，将把守在两台巨臂吊车上的十几个暴力"抗法分子"一一擒拿。叱开放人被铐了，嘴却不软，大声叫骂着抗议，被警棍肋间一捣，就闷不作声被架进了警车。

早有崖畔上蹲守的村民，撒腿跑回村，敲着脸盆飞报。现任村支书村主任早已不知去向，老支书霍解放把叱明义一喊，猫着腰向红岨崖跑来，他们身后跟了一群老弱病残。

踢踢踏踏跑到镇政府，却被挡在了门外。霍解放看见镇长在院里，就高声叫,镇长装作没听见,头也不回进了办公楼。叱明义大呼小叫着喊叱云,叱云跑出院子训他爸:"你是想撂我的饭碗了?赶紧回去!"叱明义脸红脖子粗地跳脚便骂,被霍解放拉住,说:"叱云只是个跑腿的,他又主不了事,你跟他吵啥?"手一背,昂着头往大门里走,被防暴警伸手挡住。

霍解放说:"我身上一没家伙,二没炸弹,你怕啥?放我进去,我找你们头头。"

两个防暴警一人一只手紧紧攥住霍解放胳膊,他动都动不了。霍解放脖子上的青筋突突一跳,脸变得酱紫酱紫,扯着他那赛过锣的声腔吼:"把爪子拿开!"

大院里的头头脑脑回脸看了两眼,手在空中一劈,两台吊车便轰隆隆发动了,开向红岨崖。

叱明义把手一摇,说:"往里冲!"带头冲过去。红岨崖村老老少少跟着霍解放叱明义,嗷嗷向前扑,潮水一般把人墙冲开了一道口子。带头冲进去的几个妇女堵在了吊车前,吊车被迫停住,轰轰隆隆鸣叫着。镇政府大门口躺倒了几个人:两个妇女,一个半大孩子,还有一个老人。叱明义的额头流着血,蜿蜿蜒蜒地像挂了条胖胖的蚯蚓。

叱云慌了神,高声喊:"是不是非要弄出人命?"

镇长胆也怯了,蜡黄着脸说:"快停下!快停下!我先去请示!"

镇长被劈头盖脸挨了一通骂,抽抽着脸像害了几天牙疼,出来告诉大家:原地待命,不得离岗,协调工作组明天就来。公安局的几辆车想要返回,被红岨崖村以及街道上南来北往不相干的群众团团围住。

一会儿,镇卫生所赶来一拨人,把躺在大门口的几位伤者拉走去检查包扎治疗了。叱明义拒绝医治,坐到镇政府办公大楼的台阶上,呼儿呼儿喘粗气,气得胆小怕事的叱云直跺脚。

由林业局局长衡致远带队的协调工作组第二天就赶到了红岨崖镇,他们分头深入红岨崖村各家各户,充分细致地倾听呼声,了解诉求,征询

意见,最后汇总归纳出以下几条:

一、红岨崖村共三〇九户,同意移树的三〇一户,不同意移树的八户(其中三户坚决反对;五户认为移树会破坏风水,属可做工作对象);

二、同意移树的三〇一户中,二九六户要求卖树的收入必须平均分配(其中一二〇户要求按户平均,八十户要求按人平均,九六户说怎么分都一样),五户坚决要求树在谁家地里,收入就该归谁(包括叱开放家、叱开放父母家、叱开放岳丈家和叱开放哥哥弟弟家);

三、关于树价问题,三户认为要20万元是狮子大开口,太离谱;二〇七户认为既然对方开价20万元,就自有他的道理,表示接受;另外九一户认为就几棵歪脖儿树,敢开价20万元,证明该树不止这个价值,坚决要求请有关树木专家进行评估,重新合理定价;

四、坚决要求树价独占的五户表示要不惜一切代价维权;三户坚决反对移树的表示就是告到中央,也要捍卫权益;

五、共产党员、退伍军人霍树堂,联合老共产党员霍解放叱明义,正在写材料准备到新闻媒体和相关单位上访,部分内容已上传至县情网。

协调工作组做了大量工作,宣讲政策分析利弊,动之以情,晓之以理,均没有取得实质性进展。

霍一方有些气馁。他说:"干点儿事真难!"

李书记则拍着桌子大骂:"这点儿小事摆不平,我还怎么混?传出去我的脸往哪儿搁?养兵千日用兵一时,叫上官睿回来,臊臊他的脸,看看他是怎么给我治理红岨崖的!"

9

车子刚开进红岨崖镇,上官睿远远就看到了那几辆巨臂吊车,桅杆一样高矗在红岨崖下。红岨崖上边的崖畔上,一溜儿或蹲或坐或站着黑压压几排人,握着铁锨,攥着镢把,扛着洋镐,拖着钉耙,男女老少雕像一般静默着。一进镇政府大院,又见巨臂吊车的履带上,车头车尾的地上,蹲坐着不少老年人。

上官睿刚一下车,崖上崖下的人群便一阵聒噪。

路上,上官睿已经从县委李书记简短的表述里,大概对事情有了个囫囵了解和基本判断,就喊叱云把无线扩音话筒拿来,站在院子里冲崖上崖下的群众说:"父老乡亲们,我是上官睿,咱们红岨崖村的女婿。我现在不是以红岨崖镇书记的身份同大家对话,我以红岨崖村女婿上官睿的身份,向红岨崖村叱姓霍姓各位亲戚立誓:我上官睿,一定和红岨崖这几棵古树共存亡!我在,树在!我就是死,也要保证这些树不被任何人挖、任何人移、任何人卖!"

镇政府院子里全员到岗的机关工作人员,镇长、副书记、副镇长、各办主任包括叱云,先是惊得睁大了眼,继而一个个悄悄返回了办公室。

崖上崖下的红岨崖村人,都在扑闪着眼睛,好像没有听到,又像听了后很不信,他们就那么眨巴着眼睛在对峙。他们已经对峙了许多天,白天全员上,夜里轮流守。

霍解放叱明义他们身后跟了一溜儿人,从崖上下来,进到镇政府大院。

上官睿的印象里,这是自他到红岨崖镇政府工作以来,第一次见老岳父踏进这个大院子。一次街道遇上,上官睿请岳父去办公室喝茶,老支书手一摆:"家门口工作,本来就难,轻不得重不得,深不得浅不得。你忙你的,我不给你添一分一厘的乱,避嫌!"他对上官睿的工作从不多问一句,也不多说一声,那么一个好管闲事、看不惯就要说的老人,能做到这点多么不易。单就这点,上官睿就非常敬重他。

"爸!"上官睿上前招呼。

霍解放深深看了上官睿一眼。这样又深又长久的眼神,翁婿二十多年了,上官睿从来没有见过,他从里面感受到了疑惑、心疼、担忧还有怜惜。

上官睿心里一热,说:"爸,您放心……"

霍解放背搭着的手抬起来一摆:"这件事上,我不是你爸,也不是霍一方他爸,我只是红岨崖村的一个社员,一个老党员。既然派你出面,那你就得主事。红岨崖一千多口,眼下有三个要求:第一个,把抓的人放了,赔礼道歉;第二个,给打伤的人看病,赔偿损失;第三个,把打人的处理了,还个公道。这些,不过分吧?"

上官睿脸一沉,转身朝办公楼大声吆喝:"叱云! 叱云! 你出来!"

叱云走到楼门口,眼睛飘忽着扫了一眼他爸和村邻,看着上官睿。

上官睿问:"咋回事? 还抓了人? 还伤了人? 谁这么胆大包天,还有没有党纪国法?"上官睿的声音很大,通过扩音话筒在红岨崖上下响出一片激越和振奋。

上官睿没去理会叱云的嗫嚅,他早知道了事情的原委,也知道抓了人也伤了人。虽然李书记和霍一方话说得轻描淡写,表情也风轻云淡,可单从他们硬把他从霍一圆身边拽回来,他就感觉到了事态的严重和他们内心的怵火。他们有所顾忌了,否则,事情不会成现在这个样子!

上官睿这是在以他的基层工作经验疏导怨气,化解冲突,争取人心。

红岨崖畔,人们开始有了动静。

有人说:"看来上官睿不是他们一伙的!"

也有人说:"他要真心为咱好,又为啥不让卖树? 明显见咱要分钱,自己捞不上了!"

还有的起哄:"红岨崖自己的树,他凭啥说卖就卖,说不卖就不卖?"

七嘴八舌嗡嗡成一片。

不知谁说了句什么话,叱姓和霍姓两家就吵上了,话撵话越撵声越大,越大越上火,最后竟撕扯起来。而跟霍解放他们进到政府院子的,有不同意卖树的几个,还有被抓被打的几户家人,男人骂的骂,女人哭的哭,场面相当嘈杂混乱。

上官睿没去管红岨崖村群众的吵吵嚷嚷，他知道他们也活得非常不易，丈夫儿子乃至妻子母亲长年进城打工，城里的房子买不起，家里的房子住不上，年老的父母没法孝敬，幼小的孩子无力教养，他们只能吃最便宜的饭菜，出最苦最累的力气，把最低廉的工钱寄回家，来撑持这些常年留守的老弱病残一家子的温饱。柴米油盐酱醋茶，化肥农药耕种收，看病吃药学杂费，婚丧嫁娶过事钱，哪一样不得打算? 哪一样少得了劳神? 红岨崖村的老老少少心疼着他们在外受苦的亲人，最知道金钱的来之不易。上官睿是乡镇干部，农家出身，最能体谅和理解他们的斤斤计较!

上官睿接着说:"各位父老乡亲，我向你们保证:第一，我们尽快放人，登门道歉;第二，积极治疗伤者，赔偿一切损失;第三，马上解散移树作业小组，吊车撤离现场;第四，明天上午我们在红岨崖村委会召开群众大会，商量红岨崖几棵古树的开发利用事宜。大家如果同意，就都回去吧，以便我们清理现场，也给我们腾出看望伤者和联系放人的时间，行不行啊?"

红岨崖村群众，有的拍手叫好，大多数却原地不动。上官睿只好喊话叫他们下来。等崖畔上的红岨崖村人下到镇政府大院，上官睿笑着说:"几棵树，就给大家二十万元，咱每家每户能分多少? 五六百元嘛! 五六百元能用几天? 嘣噔一下就完了。"

他顿一顿，看看大家，才继续说:"我们正在论证，如果这些树很稀罕，咱就把它当个招牌，把红岨寺建起来，把红岨崖开发成一处景点，把咱们村建成民俗文化生态观光园。到时候咱可以开家庭旅馆、饭馆，可以出售咱们的土鸡蛋、土猪肉，当然还可以在园区当清洁员、服务员挣工资。这样细水长流，天天有进项，年年有赚头，大家说哪种合算?"

红岨崖村群众听得半信半疑。

几个在街道做小买卖来看热闹的外乡人问:"建好了，我们可以在里面做经营吗? 红岨崖镇街道的生意不好做，客流量太少了。"

上官睿说："可以呀，到时候我们会考虑招商引资的。到时候啊，街道的客流量就不会少了，我们也在考虑把过境公路引过来，就从红岨崖街道经过，交通一便利，还愁客流量吗？"

人堆里就有人喊："啥时候动啊？你们政府办事，光开会了，一件事研究来研究去，老百姓眼睛都能等绿！"

这时候，一直在人堆里定眼瞅着上官睿的霍解放，嘴贴在退伍军人霍树堂耳边嘀咕了一阵。完了就见霍树堂走出人群，站到上官睿旁边，面对着大家伙儿说："上官书记的这些话，大家都听到了，这是为咱红岨崖村祖祖辈辈谋事哩！他说得好，就把这几棵树卖了，不要说二十万元，就给咱一百万元二百万元，一家分上五千元一万元，能把咱分富？分不富！可一旦建成了生态旅游观光园，咱齐心协力好好经营，好好管理，凭咱红岨崖村人的勤快本分和热情好客，细水长流，不单咱们能过上好日子，也能让咱红岨崖的子孙后代过上好日子。所以说，咱们散场吧，好让上官书记他们给咱好好谋划。咱们等着明天上午开群众大会，回去后都想一想，议一议，到时候有啥好想法好点子，拿出来大家一同商量。走，回！"

红岨崖村在镇政府闹腾了整整一个礼拜的群众，这才陆陆续续撤了。

霍解放是最后一个离开的。临走，他过去对上官睿说："一方是个屌头，没有脊梁骨的东西。爸这一辈子，就靠你争脸了！"走出去几步，又折回来，问："一圆呢，这么多日子不见她回家了，电话也打不通？"

问得上官睿心里一阵阵发酸。

10

人撤了，院子空了，叱云还站在办公楼的台阶上，脸色阴不阴晴不晴，用忧郁的眼光飘飘忽忽打量上官睿。

作为镇上任命的两办主任，叱云其实既没职位也没级别，却侍候着上上下下几十号人,谁都能支拨和使唤。自小到大,美国的博士后哥哥叱雨一直是叱明义家族的无上骄傲,叱云就蜷缩在哥哥光芒四射的阴影里,敏感脆弱胆小,用讨好换取着不呵斥、不责骂。他自知文凭不硬、能力不强,单凭着小聪明小勤快,会看点儿眼色能猜点心思,在夹层里谋舒展,在卑微中求认可,只求能安安稳稳把这份工资挣上,能和和睦睦把日子过好,他就很知足了。

可今天,他却实在猜不透上官睿的心思。他竟然敢这样明目张胆地唱对台戏!

红岨崖镇政府上上下下,都把他当成上官睿的人,他心里也把自己当成了上官睿的人,虽然不管谁支拨谁使唤,他都二话不说地尽心尽力,可唯独对上官睿的吩咐和指派,则会格外多卖一份力气,多花一番心思。上官睿对他也确实不薄,前两年把他在偏远乡镇妇联上班的媳妇调进了县妇联,解决了孩子上学的后顾之忧,这个恩情,叱云一辈子都忘不了。忘不了就更勤谨更卖力,心里只盼着上官睿能步步都好,事事都顺。

可上官睿这个幺蛾子,自己却在扑火!他居然敢唱反调,敢违成命!上官睿你自己不想干了,你想没想过跟着你的人?

上官睿孤零零站在忽然静下来的大院子,心里有点儿冷。他知道身后这栋大楼里,有几十双眼睛在盯着他的后背,有狐疑有诧异,有讥笑有担忧,有幸灾乐祸有喜不自禁,各种表情,各样心思。他一转身,见叱云还站在台阶上瞅自己,一声没吭回了办公室,掏出手机,刚想拨霍一圆电话,铃声却响了,是霍一方。

霍一方声嘶力竭地喊:"上官睿,你还有没有良心?你就这点吃谁饭砸谁锅的本事?"

上官睿把电话拿离耳朵,颓然坐到沙发上,他不想听妻哥霍一方震怒之下的口不择言。看来已经有人向李书记汇报过了,这倒能省他不少口舌。令他难过的是,他与霍一方可能再也做不成好兄弟了。

他知道目前应该先做的，是向李书记电话汇报。由霍一方的气急败坏，可以推想李书记的愤怒程度。霍一方只是利益受损的气愤，而李书记却是绝对权力遭到意外抗拒的受辱。那么，该怎么向李书记陈情呢？

上官睿绞尽脑汁在搜肠刮肚。

霍一方的电话不知何时挂掉了。上官睿给他发去一个短信："哥，容我回头解释！"然后拨出霍一圆电话，调整呼吸，温声柔气问："你怎么样？"

"你怎么样？"霍一圆反问。听声音情绪不错，上官睿心里稍安，他说："我很好，你放心！"

"有事不要瞒我，咱们共同承担，不要硬撑！"霍一圆很担心他。

上官睿眼里有了泪，舒了口气说："一圆，你放心，我不会有事！五十三岁就得退二线了，还剩几年？我不再想啥，只求最后几年里，能给咱村办点儿实事，才对得起你，对得起疼我爱我的你爸你妈！"

打完这通电话，上官睿心静了，思维也变得很清楚。他站起身给李书记打电话，电话一遍遍拨过去，却始终不接。

这一夜，上官睿是和衣躺在床上睡过去的，他做了一夜噩梦。

大清早刚一上班，叱云慌慌张张跑进了上官睿办公室，递给他一张报纸，指头把一道标题戳得噗噗响——《谁在打千年古树的歪主意？》，原来省报竟然以读者来信的方式，加了一大段"编者按"，曝光了红岨崖的古树事件。

上官睿急匆匆看完，啪地一巴掌拍在桌子上。

叱云搓着双手，表情生动地说："这下能松口气了！你快把我吓死了！"说完，眨巴着眼睛颠颠地给上官睿倒水泡茶。

上官睿这才感觉到嗓子眼儿干得冒烟，肚子里空得发慌，忙叫叱云去街道买了碗杂肝汤，正呼噜呼噜吃着，就接到了去县上开紧急会议的电话通知。

李书记在会上作了自我批评，说一心只想着为招商引资铺路，积极支持省城建设，但由于工作不够深入，调研不够充分，不知这些七扭八歪的树竟然是千年古树，犯了急功冒进的错误。

会议做出了红岨崖镇镇长停职检查的决定。严厉批评了他工作方式简单粗暴，个人主义严重，不主动沟通协商，最终引发警民对抗恶性事件的严重错误。并对红岨崖镇副书记副镇长进行了诫勉谈话。

会后，上官睿专门去找李书记汇报，李书记正在批阅文件，看了他一眼，说："红岨崖的事，你处理得好。"

上官睿大略把依托千年古树，开发红岨崖旅游观光休闲生态园的构想做了汇报，李书记这才把眼睛从文件上移开，想了一想，说："很好啊！为什么不早说？"

上官睿这才放下心来，垂着手把自己的设想详详细细介绍了一遍。

李书记从桌后站起来，一手抱胸，一手捏着下巴，在办公室来回踱了几圈，站住，盯着上官睿说："这样，你下去把详细方案做出来，这个事咱们可以特事特办，要做就做好，做出个响动来！"之后，他明确指示：马上成立一个机构，县委亲自挂帅；立即请专家对古树进行考察研究，请相关设计专家实地考察论证；招商引资，列为县重点惠民工程给予全面优惠，政策上倾斜，资金上大力扶持。

李书记一反常态，和上官睿谈了两个多小时。末了，他对上官睿说："这可是更上一层楼的绝好机会，你要全力以赴，不要辜负组织对你的器重和信任！"

上官睿连连点头："我一定不辱使命，向党和人民交一份满意的答卷！"

返回镇政府后，叱云吐着舌头说："真悬呀，要不是一圆姐病了，倒霉的可能就是你呀！你得好好感谢一圆姐呢，这次是她救了你！"

上官睿冷冷地看他一眼。

叱云问："一圆姐得的啥病，咋还不出院？这周末，我们一起去看她。"

上官睿坐在办公桌前,愣愣的一声不吭。

叱云觉着异常,盯着上官睿的脸追问:"我虽是你的下属,可心里当你是亲戚,一圆姐到底咋样了?"

上官睿摸出一根烟,点上,狠狠吸了一口:"叱云,接下来的日子,你得为我跑好多路!我就告诉你吧,你口紧,我信得过,谁都不能让知道。你一圆姐,她得的是癌,胃癌!"

叱云整个人就呆住了,眼睛一点点变湿。他瞅着眼眶发红的上官睿,一下子明白了上官睿为何忽然就胆气冲天了,原来他这是在破釜沉舟,想背水一战啊!

11

著名植物学家支耀明研究红岨崖几棵歪脖儿树的论文,发表在了美国顶端学术杂志《生物科学研究》上,在国际植物学界引起了极大轰动。

国内各大媒体一时间蜂拥而来,拍照采访报道,红岨崖这个默默无闻的偏远小镇,一下子变得热闹非凡。还没有破土动工仍然还荒芜一片的红岨崖,游客已经一拨没走一拨又来,这让每一个人的脸上都乐开了花,心里都装满了笑。

上官睿每天都要向早已出院、定期接受化疗的霍一圆电话报喜。霍一圆也听得心花怒放,说:"因祸得福,这是老天爷对你的眷顾,对咱红岨崖的保佑!"

最终定名为"红岨崖千年古树天佑一方风情园"的县级重点工程,很快被列为市级扶持工程和省级示范工程,在各级领导的一次又一次视察、关心和指导下,夜以继日如火如荼地加紧开发建设了。

霍一方联手胡天佑,没费多少周折地成为最大的投资方,成立了"天佑一方风情园建设管理股份有限责任公司",法人代表是年轻漂亮爱说爱笑爱唱歌的田琪琪。剪彩那天，霍一方专门穿过人群，抓住上官睿的手摇了又摇，大声说："你成红岨崖的大功臣了！等忙过这阵，哥给你摆庆功宴，专门向你赔礼道歉！"

上官睿累死累活，跑前跑后把项目拉上辙后，在项目报批、规划设计以及股份配置几个环节上，东奔西走做了很多工作，其他事基本都在走马观花，睁一只眼闭一只眼，让事情平平顺顺过。至于什么招标啊融资啊计股啊等一系列复杂烦琐的事情，他能不参加的概不参加，实在推托不了的，就坐在那儿装装样子。这些事他插不上手也不想插手。自然了，作为项目领导小组的重要成员，设计的、施工的、投资的、供应的等等各路神仙，也通过这种那种或公或私的关系来疏通他，有的拿着卡，有的背着钱，做各种承诺，使各样诱惑，上官睿一概请吃不去，硬给不要。他恳切地对他们说："我就一个小芝麻官，一星星油都榨不出来，哪有西瓜大的本事？你们连人都认不准，找错了对象！"

上官睿只在三件事上较过真。

一件是在红岨崖村土地股份的折算上，他据理力争，寸步不让，尽最大可能地保障红岨崖群众利益。为迫使霍一方他们让步，他在霍一圆的再三要求下，同她一起接岳父霍解放去找了几趟霍一方。霍解放把霍一方骂了个狗血喷头，要他不能为了钱就连自己的家乡父老都做了垫脚石，硬逼着霍一方松了口让了步。

另一件是为了红岨崖村群众早早享受到开发建设的红利，给他们吃下定心丸，激发他的开发热情，再三要求领导小组同意了他的提议，安排施工工人入住有条件的农家吃住，并按优惠价格付给农民食宿费，使红岨崖村群众在开发建设的过程中，就尝到了甜头。

第三件是要求承建方必须在同等用工条件下优先招用红岨崖镇人民，并按月足额发放工资，不得拖欠。

红岨崖群众的开发建设热情空前高涨。就连叱大拿也不再闹腾了，腾出家里的房子做了小饭馆和小卖部。霍凤云人漂亮嘴又甜,见人又笑又说活话,生意做得很红火。见了上官睿咯咯笑:"姐夫,大拿就一个二杆子,你别理他!"红岨崖那些赴外在建筑工地打工的人,陆陆续续都回来建设自己的家乡了。家门口能挣钱了,谁愿意抛家舍业外出?

红岨崖村多数家庭,都筹了钱在翻修或加盖房子。好日子在向他们招着手,谁不想争着抢着往前跑。

除了每个月陪妻子去省城做化疗的几天,上官睿即便再忙,都一定要去项目工地上转转看看。身体虚弱的霍一圆笑着打趣他:"你真成一个监工了?要不要给你做条鞭子?"

上官睿被逗笑了:"鞭子倒不用,干脆你给我买把卡尺和量角器!"

他不关心工程进度,他只操心工程质量。比方地基的深度够不够啦,水泥的标号达不达标啦,灰浆的比例合不合要求啦,施工工艺按没按标准啦……他就像一个严苛的土财主,板着脸,迈着方步,这里量量那里掐掐。工地上大大小小背地里都叫他"事儿妈",远远见他过来,就互相警告:"小心着,事儿妈又来了!"

霍一方来几次都见他这样,又听工地上人说他这样那样,笑他:"你真是个卒子的命,生来当不了个帅。哪有你这样当领导的?"

上官睿反驳他:"你以为当领导的都只会吆五喝六、雁过拔毛?我叫你见识见识啥叫亲力亲为!"

霍一方嘎嘎嘎笑了:"就你?别装蒜了!"

经过两年多的建设,红岨寺在原镇政府旧址上矗了起来,雕梁画栋,飞檐翘角,其规模较往昔更见气势。红岨崖上架起了天梯、栈道,崖壁上摹刻了省内一批著名书法家的墨宝,胡天佑的"祈福台"三个大字下,是一处悬空而建的玻璃平台,供游客向旁边一溜儿排开的古树投币祈福。红岨寺和红岨崖上,都装上了彩色流光灯带,一到夜晚,闪烁的灯火勾画出迷人的幻彩,招引得方圆四乡八村的群众一群一群前来观看。

红岨崖的人气一浪一浪的,像潮水一样激荡着人们喜悦的心。

其间,著名植物学家支耀明当选院士,胡天佑专程陪同他再来红岨崖考察时,县委县政府还特地给他们举办了一场隆重的欢迎仪式和庆贺典礼。话讲得人心潮澎湃,鼓敲得让人热血沸腾,歌唱得人像喝了一通陈年老酒,晕晕乎乎美滋滋地乐。

红岨崖村因地制宜,"井"字形开辟了四条街道,家家户户房前屋后的大树,都被打上了绿色的地灯光,那些婆娑枝叶就变得格外翠绿。红岨崖一下子变成了一处不夜城,灯红酒绿得迷人眼睛。

外地人转着参观完还未交工的天佑一方风情园后,都羡慕地对红岨崖村人说:"真的是天佑一方啊,你们太有福气了!"

红岨崖村人也喜上眉梢地说:"红岨招风,真就把金凤凰招来了!"

这天早晨,霍一圆要上官睿陪她在初具规模的风情园转一圈,难得她有这样的兴致,上官睿心里很高兴。化疗让霍一圆弱不禁风,满头浓密的头发也掉得稀稀拉拉,一年四季都戴个帽子,睡觉都不脱,说不想让上官睿看到她光秃秃的样子。她给自己化了淡妆,穿戴得整整齐齐才出了门。

上官睿开车带她在园区里转啊转,一直转到她说停,停在了崖上村子的青砖路上。

霍一圆说:"我真爱这里!"

缓一缓,指着一片空旷的地方又说:"我死了,你就把我埋到那里,让我天天看着红岨崖,看着红岨崖上的这些歪脖儿树。看着你给红岨崖带来的这些美景,我就能安心睡了。"

上官睿手放在方向盘上,背对着坐在后排的妻子,潸然泪下。他柔声说:"一圆,你的旁边就是我,我陪你!"

上官睿不知道,就这时候,远处,叱云手里攥着一张报纸,默默地望着上官睿的车,灰头土脸地一动不动。秋风把他的头发吹得一飘一摇的,像一撮狗尾巴草。他看到,红岨崖上那几棵歪脖儿树,红彤彤地挂满了小果儿。一颗颗圆圆的小红果,在秋风的拨弄下掉落,落到地上,溅出一朵红红的梅花,像滴血的眼泪。

12

叱云给上官睿带来一个让他全身一震的惊人消息:胡天佑涉嫌违法资本操作被隔离审查!省报二版头条白纸黑字,上官睿不得不接受事实。

他第一时间想到的,是风情园的半拉子工程。

上官睿急得在办公室打转转,一遍又一遍轮换着拨打霍一方和李书记电话,两人手机都关机,这是他此前从未遇到过的现象。他感觉事情非常不妙。

他派叱云马上赶去县委。

"不要打问,光睁大眼睛看!竖起耳朵听!随时传递消息!"

可叱云刚走一会儿,他先沉不住气了,拨通县委办公室电话:"我是红岨崖镇上官睿,风情园这边有紧急情况要向李书记汇报可电话一直关机!"

电话那边说:"我们也在找李书记!今天例会,大家都在等他!"

上官睿马上拨打田琪琪电话。她的两个号码都关机。他一屁股跌坐到沙发上。还没坐稳,又呼地往外跑,招呼副书记、副镇长:"快,分头找各个项目的施工方,赶快查清垫资和工资结付情况,要快!"

反馈回的消息,让上官睿如雷轰顶。

初步查实,天佑一方风情园建设管理股份有限责任公司,拖欠红岨寺施工方材料、工程款总计五千多万元;拖欠红岨崖施工方垫资款四千八百多万元,施工费一千四百六十多万元;拖欠红岨崖村施工方道路改造、管道铺设、村容美化垫资与工费共计三千一百多万元;拖欠镇政府原办公大楼拆除费和新办公大楼建设垫资总计二千零八十万元……

"赶快报警!"上官睿失声大叫!

消息很快泄露。先是几个施工队去公司交涉无果，追到上官睿的临时办公室吵吵闹闹；接着就有街道商户与附近村民拥到门口，喊叫说收了他们每人十万元二十万元不等的园区商业街经营权保证金。正闹得不可开交，红岨崖村民听到风声，也一拨一拨围了来探究竟。

上官睿一下子成了众矢之的。

"霍一方是他大舅子，他们是一伙的！"

"他们一家子合起伙来坑咱们，把他扣起来，别让他也跑了！"

谁也不听更不相信上官睿的解释。他们挥着拳头，高声呼喊："还钱！还钱！"

上官睿被团团围住，进退无路。

这时候，比上官睿更难受的，是霍解放。他一见出院回家的霍一圆，看到她毫无血色的脸和光秃秃的眉毛，心就揪成了一团。之前，隔三岔五就一定回来的霍一圆，忽然一周没回了，半个月没回了，一个月没回来了，问上官睿问霍一方，他们都说去外地学习了，得好几个月。那时霍解放心里就有了很多猜疑。他试图从上官睿、霍一方脸上寻点儿蛛丝马迹，可他们的脸都像西瓜皮一样光堂，啥都看不出来。后来过一段时间，一圆便会打个电话来，说在省城学习得好几个月忙得要命，每次都匆匆几句就挂掉电话。霍解放这才心中稍安，劝自己不要瞎想。几个月后，一圆终于回家来了，刚一进门一圆她妈就失声惊叫："一圆你咋了？娃，你脸咋这么惨白？"霍解放心里一颤，当时就啥都明白了。他啥都没问，啥都没说，却从此变得婆婆妈妈，一会儿问一圆想吃啥，一会儿又问一圆想喝啥，门也不常出了，话也不多说了，一圆在时，就陪她有一搭没一搭地聊闲话，忆她小时候的乖巧，说自己过去的粗疏。一圆回她的小家了，他就经常独坐在葡萄架下，呆呆地发愣。这棵葡萄架是一圆拿回来栽的，那么小个苗现在长这么大，盖住了半个院子。霍一方倒像变了个人似的，时不时会跑回来，拿些东西坐上一坐。一圆妈惊喜地发现，这爷俩忽然就不杠了，能好好说上两句话了。

霍解放后来终于忍不住了,偷偷给叱明义说:"老亲家,一圆,她得了不好的病!"说完,流下了两股眼泪。

叱明义从此便很少下地,有事没事就过来陪霍解放抽烟喝茶说话,说着说着,两个人都会愣神儿。

红岨崖村人咋咋呼呼喊着出事了出事了,踢踢踏踏往崖下跑时,叱明义正陪霍解放摘架上的葡萄。霍解放让叱明义去看看啥事,叱明义一会儿回来说,跟一方合伙的那个省城老板被逮了,好多人都围着上官睿闹事,要欠账。霍解放指一指屋子,拉着叱明义慌慌忙忙出了门。

屋子里,霍一圆正在睡觉。她坐车只在园区转了几圈,人就累得不行了。一圆妈陪在女儿旁边偷偷抹泪。

霍解放和叱明义赶到上官睿的临时办公地时,镇政府上上下下几十号人,正在和上官睿口干舌燥地安抚大家,一遍遍要大家冷静,说政府不会袖手旁观,一定会协调处理,妥善解决。

每个情绪激动的人后面,都牵扯着一笔笔数额巨大的欠款,足以毁掉家庭,断送性命,陷于一生都不得安宁的各种纠纷或麻烦,谁能冷静?喊声哭声骂声吵闹声,响成一团。

霍解放猛然一个趔趄。叱明义眼尖,赶紧扶住他,高喉咙大嗓门地吼:"冤有头债有主,你们欺负老实人!柿子拣软的捏,算什么的本事,有种去找书记县长,去找胡天佑!"

吵吵嚷嚷的人群忽然安静了些。

霍解放推开叱明义扶着他的手,把腰杆挺直,看着大家:"我霍解放正直了一辈子,从没得罪过人欠过人!养儿不教父之过,我这张老脸,算给霍一方擦屁股了。大家听好,事情总有水落石出的时候,杀人偿命,欠债还钱,国有国法,家有家规,该他霍一方伏法的,他跑不了;该他霍一方还债的,他还不上,我砸锅卖铁卖房子还!"

人群嗡嗡声不断,说啥的都有。

上官睿分开人群,想到霍解放那边去,却被几双手扯住不放。上官睿无奈地说:"我去扶我老岳父,他都八十九岁了!"

上官睿把霍解放搀到椅子上坐下,回身大声说:"咱们这么耗着,啥问题都解决不了!我们需要了解情况,需要汇报沟通请示!咱们这么闹下去,不仅于事无补,还会延误好多事情!"

有施工单位的忽然高声大叫:"对,赶快,快报案,快申请财产保全!"

各施工单位的人纷纷离去。剩下当地群众,都是被以招商名义收取了经营权保证金的。上官睿对此毫不知情,安排人凭协议和收款收据进行登记。他说:"大家放心,我上官睿保证你们这部分钱款,一定如数还给大家!"

这边乱成一锅粥了,那边叱云的可靠消息终于才传过来:县委李书记、霍一方还有田琪琪,已于两天前被带去了省城。

上官睿的头皮一阵发麻。他明确知道他们回不来了!他清楚地意识到,天佑一方风情园已经成了一块儿烫手的山芋!

13

胡天佑因涉嫌巨额非法集资、倒买倒卖文物、非法滥伐林木罪、行贿,被依法逮捕。

县委李书记被以插手工程和人事、索要并接受贿赂、巨额财产来源不明和生活腐化,异地羁押立案侦查。

田琪琪和霍一方呢? 没有消息! 传言很多,但没有一句能够坐实。

园区建设陷入瘫痪了。施工队拿不到钱,工人工资发不出来,红岨崖村群众的食宿费拿不到手,每天吵吵闹闹哭哭啼啼。电视台、报社的记者一拨一拨赶来抢新闻赚眼球。租用民房办公的上官睿他们,被各路人马围追堵截得无法办公。上官睿气得拍着桌子直骂胡天佑是黑心的狼，骂完又怨各施工队："这么大的资金，你们竟然敢全垫？"施工队苦着脸道冤屈："这个行当，不垫资谁能揽到活儿？"

上官睿却在这个时候，先被任命为风情园开发建设领导小组主任，接替被立案侦查的前任县委李书记，全面负责风情园的开发建设工作。接着召开了两会，又被任命为副县长。"目前的主要工作，是协调处理风情园的善后工作与遗留问题，争取风情园早日竣工开园。"原县长、新任县委书记刘国栋在任命大会上铿锵有力地宣布。

面对朋友同事的恭喜祝贺，上官睿一脸苦笑。

叱云早把喜讯告诉了霍解放和霍一圆。上官睿一回去，霍解放一直阴沉着的脸上才有了些笑纹路，说："也算熬出了点儿名堂，别走，晌午，咱爷俩喝几盅！"霍一圆惨白惨白的脸笑得像朵花："恭喜你啊，大县长！"上官睿过去揽住她，疼惜地看着，心里一阵痛楚："我可能要忙好一阵子了，不能天天陪你！"霍一圆把头往他身上一靠："临危受命，我懂他们的用意，也知道你的心思。你放心去干吧，别操心我！我还要等着看咱红岨崖的好日子呢！"

上官睿第一件要做的，就是启动风情园开发建设中的垫资清偿工作，好让承建施工队无后顾之忧，加快园区建设步伐。他辗转于县、市、省三地，前后花了大半年时间，求爷爷告奶奶，只差没给人下跪了，终于获得特事特办的准许。那段日子，上官睿就像一个行乞者，挨门去求告，见人就诉苦，就连被调到风情园开发建设领导小组跑腿、基本上充当了上官睿司机的叱云，都嘴噘脸吊地躁了："咱咋说也是个副县长，搞的跟个叫花子一样，我都看不下去了。"一次为了确保能见一个领导，他们在人家会议室门口整整等了四个小时，站一站蹲一蹲，蹲一蹲站一站，还差点被当成社会不安定分子给抓起来。叱云说："人家跟个领导，都能吃香喝辣的风光，合着我跟上你就只能溜门口蹲墙角？"上官睿知道叱云这是在心疼他，只笑不搭话。

这些日子里，上官睿真是内忧外患。妻子霍一圆已经开始用杜冷丁了，女儿上官欣怡放弃读研选择了就业，说要挣钱给妈妈治病。上官睿多次要求霍一圆去住院，霍一圆每次都笑着问他："你想眼不见心不烦了？那你就别回来嘛，看外面的花枝招展年轻漂亮的去嘛！"上官睿明白她那是在岔开话题。她不想白花那些没用的钱。她忽然把存折啊银行卡啊看得很紧，捂得严实，说那是她留给女儿的，谁都不能动。霍解放也一天天地消瘦着，今天这儿疼，明天那儿酸，却不去看，咬着牙硬撑。上官睿心里非常清楚，老人儿子没了音信，女儿又是这样，他没倒下就算非常坚强了。

好在终于跑出了眉目，先解冻了被保全的胡天佑财产，用他在北京、上海、杭州、三亚和省城的几处房产抵押贷款，基本清偿了几家施工队的工程款和垫付款。风情园又复工建设了。

霍一方由于检举揭发有功被放了回来，要他全力配合，履行责任，以保证风情园这个省级示范工程的顺利建成。他跪在霍解放面前，流着泪说："爸，我给您丢脸了！您放心，从今往后，我再也不敢投机取巧搞邪门歪道了！儿向您认错！"

霍解放一脸老泪，纵横恣肆，抱住霍一方的头啪啪地拍打他的脊背。霍一圆和她妈也哭得嗓子眼里直打鸣儿。

眼看着风情园就要竣工了，大部分工程已经验收，一小部分在加紧收尾，人们都吁了一口长气，霍一圆尤其高兴。

头天晚上，上官睿眉飞色舞地向她汇报工程进展时，她还叮咛他，说开园剪彩那天，一定要用轮椅把她推到崖畔上，让她看看他这几年的心血，感受感受红岨崖的未来。

上官睿说："那不行，你得做嘉宾，得上到主席台。我要告诉大家，没有你的鼎力支持，也许就不会有现在的红岨崖！我还要告诉大家，告诉每一个红岨崖人，我的妻子霍一圆，这个生在红岨崖长在红岨崖的弱女子，是怎样忍受着病痛,忍受着亲情的冲突和对撞,在情和义、小家和大家的煎熬里,无私地选择了道义和公理……"

霍一圆伸手捂住了他的嘴,呜呜地哭出了声。这是她自生病以来,三四年了,第一次在他面前流泪。他从她的哭声里,体味到了她对命运的怨恨,对疼她爱她的哥哥霍一方的愧疚,对呵她护她的父母的怜惜,对她怎么也不忍心抛下的女儿上官欣怡的不舍……

上官睿肝肠寸断,但他表情坚强。他把霍一圆瘦成一把干柴的身体揽过来,抱了一夜。

早晨他出门时,霍一圆还对他说:"你晚上回早点,我要你再抱我一夜。昨晚你抱着我,我一夜都没疼。"上官睿答应着,说开园后他们就得住进县城了,他天天都抱着她。临了,她让上官睿把化妆包给她,自己坐到床上化起了妆。

哪知没到中午,邻居一个小伙儿奔到工地上来,拉起上官睿就往回跑。

化了浓妆的霍一圆,眼角挂着泪睡过去了,她再也醒不来了。

上官睿扑到她身上,狼一样的嚎!

霍解放咬着腮帮子,拉不起上官睿,喘着说:"娃,眼泪不要洒到一圆身上,她到阴间都会心疼的。"

上官睿转身抱住了霍解放的双腿。

14

距开园只剩下最后几天了。

县委书记刘国栋发现了风情园崖壁上"祈福台"三个字是胡天佑写的,命令赶紧凿掉。还发现红岨崖村没有悬挂欢迎省市领导的横幅,指示赶快制作。他对上官睿说,这是全省最高规格的一次开园典礼,要高度重视,一切细节都马虎不得。

还没等他视察完毕,却接到了通知:暂停开园,马上赶赴市里面见领导,马上!

出大事了!

胡天佑招供,红岨崖上的几棵歪脖儿树,并不是什么千年古树珍稀树种,而是他导演的一场闹剧。

胡天佑第一次到红岨崖,就看到了一个地产投资的新商机。他经验丰富,善抓商机,能游刃有余地进行各种商业操作,认为只要把红岨崖打造成一个闻名省内的休闲观光园区,就是个一本万利一劳永逸的好项目。当然了,若能再打造成全国知名的一处景致,就值老鼻子了!他把拍的照片送到著名植物学家支耀明的案头,支耀明拿起一看,问:"怎么了?"

胡天佑说:"认认什么树!"

"这还用认?沙棘。"

胡天佑说:"再认!"

"不用认,沙棘,没问题!"

胡天佑啪在桌上拍了一捆十万元:"再看!"

"胡总你什么意思?虽然这些树有点儿变异,形态上跟常见的沙棘有些区别,一般人可能不一定能认得出来,可我是干吗的?它就是沙棘!"支耀明一脸的莫名其妙。

胡天佑啪地又拍了一捆十万元!

"我,你还不信吗?这我敢用我的学术声誉来担保!"

胡天佑哗啦一声,把旅行箱里的一百万元倒在了地上,盯着支耀明的眼睛说:"我要它成为地球上绝无仅有的千年古树!"

"这怎么可能?"支耀明叫了起来。

胡天佑拉过另一只旅行箱,打开,哗啦又倒出来一百万元。

支耀明感觉眼睛有点炫,说:"这,这这……好说。"

巧不巧，霍一方经人介绍找上门来，想搭上胡天佑这条巨轮搏击商海，胡天佑踏破铁鞋无觅处，得来全不费工夫，一下子就把霍一方领进了圈套。先佯装花巨资买那几棵歪脖儿树，以引起高度重视；再买通门房，把来做鉴定或要请去鉴定的人，领进了支耀明办公室；植物学家，其实是胡天佑花钱雇请的外行，随支耀明介绍，顺支耀明说话。这样，绝无仅有的千年珍稀古树，就被环环相扣地定制了出来。

本来，胡天佑只让支耀明到此为止，谁知支耀明尝到了作假的甜头，居然自欺欺人地炮制出一篇论文，并利用自己的声望和人脉，发表到了美国的权威学术杂志上，这是胡天佑绝对料想不到的。为此他还沾沾自喜了好一阵子，觉着那两百万元的含金量堪比得上美元，不，比美元更硬！

后来的事情就更简单了，有霍一方牵线搭桥，投资兴建"千年古树天佑一方风情园"的招商引资项目，在政绩与回扣的双重利益诱惑下，那个县委李书记，只见了几面，一梭子弹就撂倒了，还害胡天佑准备了好几个弹夹。

…………

"这是对党的事业的严重渎职！对人民利益的肆意践踏！"市委领导拍着桌子怒斥。

上官睿一夜白了头发，背也弯了，走路都有些飘忽。在停职反省的这段时间，他常常穿过冷冷清清的风情园，坐到霍一圆坟头。霍一圆的坟头正冲着红岨崖，能毫无遮挡地看到崖上的那几棵歪脖儿树。上官睿就陪着霍一圆看那些歪脖儿树，一看就是老半天。

上官睿对他身边的霍一圆说："一圆呀，我对不住你，对不住红岨崖的父老乡亲！"

霍一圆说："都是我害了你！"

上官睿扭头看着她说："傻话！跟你有什么关系呢？你说，现在该怎么办呢一圆，啊？"

"你叫谁呢？我是霍一方！"霍一方不知什么时候也来了，挨着他坐到坟头。

上官睿说："哦，是你呀。我在跟一圆说话呢！"

春风柔柔地吹着，红岨崖上几棵歪脖儿树开出了一片细碎的花，粉粉的，像一片柔柔的云絮儿。上官睿眼睛有些湿。

霍一方拍拍他的手，说："人死不能复生，你也别太难过！"

两个人就默默地看着红岨崖，看春风把花瓣儿吹出来一片的粉蝶。

霍一方问上官睿："你打算怎么办？这么长时间了，那个植物学家的事，却再没动静，这里面……"

上官睿打断霍一方的话，反问："你现在有什么想法？"

霍一方长吁了一口气，说："我现在是戴罪之身，唯一的想法就是豁出来这条命，也得把红岨崖这个事弄成了，给自己一个交代，给一圆和爸妈一个交代，更给红岨崖村人一个交代。"

上官睿扭头看着霍一方，目光一点点清亮了："有你这句话，我心里就有底了！"低头轻轻拍着霍一圆的坟堆，说："一圆，你等着，我一定让你看到红岨崖的好日子！"

红岨崖上，鸟儿的欢声忽然响成了一片欢腾。

这么多的鸟儿，如此嘈杂嘹亮的鸟鸣声，上官睿还是第一次听到。难怪叫红岨招凤呢，真是一处相当别致的景致啊！这样好的景，谁敢辜负？

桂花年年香

1

桂花从梦中突然惊醒,睁眼一看,亮晃晃一轮圆月亮,孤零零镶在窗框里。

如水的月光从窗户泼进来,浇了她一身,把她浇得湿漉漉的。高原夏夜,凉凉爽爽,月光柔柔地吻着眼,风儿轻轻地抚摸着发烫的脸,朦朦胧胧纱一般的夜色轻笼着身子,该算一刻千金的良宵了吧?可她却只能两条热腿夹一床凉被,身子翻过来没个依的,屁股撅过去没个靠的,把个白白的身子热热的心,裹在夜色里揉黑晾凉。

然后她就看见了她的梦。

一看见她的梦,脸腾地着了火,烧着烧着把心给烫热了,扑通扑通沸腾。怎么会呢?明明能躲就躲能藏就藏,实在躲不过要照面,就故意脸上洒满霜,眼睛冷冷得像雪夜月光,心里骂:你以为你是谁?啥货!可怎么就会梦见呢,梦里怎么就能那样呢?

桂花狠狠地擦着自己的湿，心里呸呸地吐唾沫。吐自己，也吐他！

活儿还没把你干累？那些个白眼，那些个挂在嘴角要看你笑话的阴阴的笑，也没把你揉疲搓软？公公嗨儿嗨儿的叹气声，婆婆锥子一样的眼光，还不能让你心凉？男人金民十不管八不问，三夏农忙都不着家，还没把你心伤透？儿子金龙的病，还不够你忧心？……你倒好，还有这份闲情！

浑身又酸又疼，人困得动都懒得动，却再也睡不着，干睁着涩涩的眼睛想七想八，直想得月亮溜出了窗框，鸡儿叫响了第三遍。

婆婆早早起来了，有声无痰地咳着，脚踩得咚咚响，手上也弄出一些噼里啪啦响声。桂花回头看一眼睡得正香的金凤金龙，穿上衣服来到院子，压低声冲婆婆吵："你轻一点儿！俩娃好不容易有个星期天！"

婆婆正在院当中那棵四季桂下握着块瓦片磨镰刀，就停了咳嗽，手上轻轻地没了响声，头也不抬地说："米汤好了，馍在锅里。"

满院桂花香。这棵四季桂还是金民从城里买了扛回来的，为此遭受了一个个司乘人员的白眼。十几年了，那么小个苗，已经长得枝繁叶茂，碎碎的白花散发出清幽幽的馨香，给这个农家小院增添了一种情调，就像裸露的黄土崖上开了一株山丹丹，就像烟熏火燎的土坯墙上贴了一张大红奖状，叫人暖心。

桂花朝上房扬扬脸，问："伺候吃了？"上房里躺着瘫在炕上的公公。

婆婆回道："老鬼半夜就喊叫要吃，活不旺死不了，光知道害人！"

桂花剜了婆婆一眼，突然想：这会不会遗传？都说母子连心，难怪金民也这么无情了。这样想着，心里就恨恨地冷，咬着牙根故意去想那个梦，却模模糊糊一团乱，隐隐约约只记得自己的两只手，狠狠地掐进了那个光溜溜的脊背里。

2

每年苹果套袋前后,是最忙最累的一段日子。

先是油菜黄了,得收割碾打。金民的意思是不种油菜了,买油吃。公公婆婆不同意:农人就是农人,祖祖辈辈都吃自产的,钱多了烧的。

桂花也不同意。儿子金龙的病,成为她心上一道流血的疤,时不时会在胸口疼。

桂花之所以不同意,是怕买的油不好。没见天天在报道地沟油?没见这些年,村子里一会儿这个查出了癌,一会儿那个查出了癌?村东的志温爷,那么好个人,得个食道癌,看着看着没钱了,硬硬不吃不喝想把自己饿死。你说怪不怪,却怎么都饿不死,喝了农药才把自己毒死。村北的训练,才三十九岁,人那么勤快,身板那么壮,便血,一查,肝癌晚期,没出三个月就死了。死前拉着媳妇和三个娃的手直流泪:"我不甘心!我不甘心!"最可怜的是村西的荣录,他爷胃癌疼死在炕上,他爸埋他爷的先一天,怨恨老婆不肯花钱给老父亲看病,一时想不开,把自己吊死在院当中的杏树上。家里刚一前一后埋了两个老人,他就查出了肝癌。媳妇把两三岁的娃娃一撂,扬长走了,再没一点儿音信。荣录他妈哭天哭地要荣录去住院,去化疗,实在不行去换肝。她背着孙子到处找人借钱,逢集赶会跪在街头求人施舍……可荣录却只管咬紧牙关抢着去给人帮工,不要一分钱报酬,脸黑得像锅底,眼睛黄得像染了层蜂蜡,逢人便说:"我走了,请帮帮我妈,来世我做牛做马报答!"空余就没黑没明往家背柴火,拉黄土,把家里的苹果树侍弄得整整齐齐,茁茁壮壮。柴火码得有山高,够他妈烧好多年;黄土在门口垒起一个大土堆,够他妈垫好多年旱厕。硬硬扛了没半年,最后疼死在自家的苹果树下。发现时,整个身子蜷成一只死虾状,衣服都没法给穿上身;眼睛鼓鼓地突出来,像两只断了电的灯泡,怎么也合不上……

而桂花自己的儿子金龙，成天说困，成天说渴，到医院一查，糖尿病！他还是个娃娃呀，查出病时才八岁，比豆芽菜还嫩，往后咋办？啊？

可死金民却躁烘烘地说："好好好，种种种！你吃你的好油，我和娃就吃地沟油！"

桂花气得白脸发绿："你啥意思？"

"我没意思！"金民呼地一摔门帘，出去了。

金民跟孩子都不能在家吃饭，打工的打工，住校的住校。儿子金龙在镇上大姐家寄宿，桂花还不太担心。她最担心金民和金凤，回回叮咛他们不要在路边摊吃饭，不要吃油大的饭。

金民说："好！那我就进五星级酒店，装腔作势往那儿一坐，敲着桌子喊：'老板，来碗裤带面，再上一份优质面汤！'"

金凤不知这是风凉话，咯咯咯笑弯了腰，笑完给桂花说："妈，你放心，你只防着弟弟就行！"

所以金民收菜籽从不回来。

桂花家的油菜籽，明显要比周围长势差，秆儿比人家的细，角儿比人家的小，籽儿也没人家的那么饱满。婆婆麦草腿疼得弯不下去，只好弯着腰连根拔，拔一根说："瞅瞅，这就是咱种的庄稼！"再拔一根说："啥都想逞能，也不掂掂自己几斤几两！"

桂花听着听着来气了："你能不能不唠叨？是不是龙龙病了还不够，叫凤儿再病了你才心甘？"

婆婆把嘴撇到了腮帮上，小声嘟囔："吃五谷生百病，谁能保谁一辈子不害病？"

桂花镰刀一撂，腾地坐到地上，不割了。

金凤金龙正往架子车上装菜籽秆儿。金凤乖巧，跑过去拾起镰刀递给她妈，回头说她奶奶："奶你少说两句吧，还嫌我妈不可怜？"

桂花才又抄起镰刀咔咔砍起来。婆婆嘴闭上了，心里却不服气，掸菜根的土时,手上的劲儿就使得很大,啪啪响。

桂花家每年只种半亩油菜籽。自从儿子金龙查出了糖尿病,她就坚决不再施化肥打农药,产量就比别人低很多,为此没少跟公公婆婆和金民拌嘴。

急急火火把油菜籽收上场,顾不得碾打,赶快给苹果套袋。往年给苹果套袋金民都会回来,照看着把袋套完再出去挣钱。可今年桂花电话催了多少次,金民今推明明推后,就是不回。他倒好,撂挑子了! 桂花干脆赌气不再催。

桂花接连雇了几天人,却没雇上一个。精壮劳力大都在外打工,户户剩些老弱病残,自家的活儿都顾不过来呢! 桂花只好起早贪黑自己干。眼看春生家粉娥家袋都快要套完了,自家婆媳两人四只手,才套了不过三分之一,心里就直蹿火苗,嘴唇干起了一层痂。

正着急上火怨天怨地生着闷气,一辆农用三轮车开到地头,车上跳下十来个妇女,问:"谁是桂花?"

桂花挂在树杈上喊:"我! 咋了?"

一帮妇女呼啦啦钻进苹果园,叽叽喳喳说着闲话,唰啦唰啦地套起了袋。

婆婆大声问:"谁叫你们来的?"

异口同声答:"桂花啊!"

婆婆就盯着桂花看。桂花差点没被婆婆的眼光撞下树杈,稳住神说:"我托了人!"

婆婆没再说话,收拾东西回家,去侍候炕上的瘫公公。路过粉娥地头,粉娥正跷个二郎腿剪指甲,大声说:"二娘二娘,你可得眼睁大了盯紧呀!"

桂花心里咯噔一下。

粉娥见桂花婆婆走也不是,留也不是地两难着,咯咯一笑,又补一句:"小心把果子碰落了!"

"操你的心！"桂花婆婆这才松了口气，匆匆忙忙回去了。

赶太阳落山，桂花家的苹果袋全部套完。十几个妇女要桂花检查，桂花转圈抽查了下，放下心，过去和她们商量工钱。

她们笑着说："要给双份工钱？"

桂花说："咋了？"

她们说："来时工钱就给结了！"

桂花问："谁？"

她们说："一个妇女，比你大几岁。"

桂花一下糊涂了："是叫菊花吗？"

她们说："不知道，没问。"

3

焦红焦红的太阳，把楼堡子这片半塬半坡洼、靠天端饭碗的黄土旱塬，炙烤得嗞嗞作响。土地大口大口吐着炽热，远远望去，田野上无边无际的热浪，河水一般哗哗淌。早玉米的宽叶子蔫耷耷垂着，无精打采的，像受到欺负的孩童。金黄金黄的小麦，在发烫的空气里发出轻微的哗剥响。大嗓门三爷站在田垄上吆喝："麦焦了，快割啊！"

桂花排队雇收割机雇了四天，可人家插来插去，就排不到她头上。会计春生说："你还用收割机？来叫收割机的，都是没本事的，你那么能行，跟这些人抢？"桂花白他一眼，什么都没说，转身走了。她知道今年又得自己割麦了。

三亩麦子，靠桂花一人，怎么也得割三天。六月天，娃娃脸，说变就会变。你敢拖磨一天，来场暴雨，就会拍倒一地，只等着长芽吧。

桂花一刻也不敢等。

桂花弯着腰，头戴一顶大草帽，挥舞着麦镰嚓嚓嚓在割，额上的汗珠子断了线般往下滚,眼睛被蜇得辣辣地疼。七十多岁瘦得像麻秆的婆婆,瘸着腿跟在桂花后边打捆,捆好一捆,唰地往麦茬地里一立。麦田里整整齐齐立起几溜麦捆。

金凤拖着一辆架子车,襻绳搭在瘦瘦的肩膀上,弓着身子往麦茬地拉。旁边的金龙双手放在车厢上,使着劲儿推。他们想帮妈妈把捆好的麦子拉回场。可才装了七八捆,他们就拖不动了。金凤喊:你使点劲儿行不行?

架子车像黏到了地上,在麦茬地里东扭西歪,就是不往前去。

奶奶麦草看到了,大声喊:"你俩拉不动,小心挣了!"奶奶坚信,小孩挣着了,就不长个儿了。

桂花直起腰,见两个孩子拖个架子车在麦茬地里打旋旋,炸了:"男人都死光了,指望个婆娘娃! 凤儿,龙儿,撂下! 谁叫你俩拉了? 去捡麦穗!"

金凤金龙相互埋怨地瞅对方一眼,气哼哼去拾麦穗,一个往东去,一个往西去,心里都怪着对方的不长劲儿。

开镰三天了,除过少数几户,别人家的麦粒大都晾到了场上,只等着晒干扬净装囤了。桂花家的却还有多半亩没收割。

婆婆冷冷硬硬问:"晌午饭吃不?"

桂花没接话,狠着劲儿往前抢。

"你不吃,我不吃,凤儿龙儿吃不?"婆婆的话里有一股被日头烤焦的煳味。

桂花歇了手,先一只膝盖跪在地上,再两手撑着站起来,把弯着的腰身一点点挺直了,喊:"凤儿、龙儿,回去吃饭! 吃完给我捎点儿。"

金凤金龙不愿回,要陪着桂花。桂花说:"回去帮你奶做饭!"

婆婆看都不看桂花,装了一车麦捆,同两个孩子拉走了。

桂花压着一肚子的怨恨,蹲下身子继续收割。日正中天,这时的麦秆儿又干又脆,镰刃搭上去就像咬着个脆萝卜,嚓嚓爽。日头正毒,把一把把麦芒似的热焰往衣衫里刺,扎在肩上背上,火辣辣地疼。桂花握镰的一只白线手套上,泅出来一摊鲜红,汗渍进去,蜇得烧烧地辣。咬牙攥紧镰把,把那些烧烧的辣和尖尖的疼逼到镰刃上,镰刃就被鞭抽了一样,抡得飞快。

桂花真想躺到地头的大槐树下,展一展身子舒一舒腰。她浑身快要散架了。可她不敢松这口气。她知道只要一歇手,一松劲,她就会瘫到地上,站都别想站起来。她得憋紧这口气,绝不能认输。她的背后,不知有多少双眼睛等着看笑话呢,就连瘫在床上不能动弹的公公,都又气恨又心疼地说:"娃,你这样能硬撑多久?"桂花心里说:"我要撑到死!"

第三趟还没割到地头,呼地刮起一股阴风。抬头看天,黑压压的云从西边飘过来。桂花丢下麦镰就往地头跑,还没跑到地头,金凤金龙拉着架子车赶来了。娘儿仁正忙着装麦捆,一辆四门六座小货车呜地开进地里,到他们跟前停住,果贩子杨满堂头伸出车窗喊:"快上车,从那头装!"

金凤金龙扬脸瞅桂花。桂花手脚不停,继续往架子车上装麦捆。

太阳钻进云里了,天压得更低,风把桂花头上的草帽呼地刮跑了。

"快!再慢来不及了!"车窗后传来急呼呼的大喊声。

桂花把架子车往地上啪地一撂,爬上了货车厢,金凤金龙也跑过去往车厢上爬。金龙爬不上去,桂花提着他的两只细胳膊一使劲儿,呼地拽上去。小货车呜地往前一跑,金龙还没站稳,一头扎进桂花怀里,逗得金凤咯咯咯笑。桂花剜她一眼,金凤把头一扭,小肩膀抖抖抖地颤。

麦捆还没装完,雨就哗地浇了下来。杨满堂把俩娃抱进驾驶室,跳上车厢,唰地抖开篷布盖住麦捆,也不管桂花,踩着油门开到路上,说:"你俩别下车!"他拉开车门跑进雨地,抱起麦捆就往地头跑。见桂花在拖架子车,喊:"别管车子,抱麦捆!两人你一趟我一趟把剩下的麦捆都装到篷布下。"

往回开的路上,杨满堂大声问:"要不是粉娥打电话,你要把麦沤到地里追肥呀?"

桂花拽着衣襟抖，湿衣服把她的身子暴露得一览无余。

杨满堂喊："雇不到收割机，为啥不和我说？"

金龙连打几个喷嚏，桂花冲他说："回去赶快喝碗热水，别感冒！"

4

桂花是个不到四十岁的女人。女儿金凤十三岁，在四十里路外的县城读初一，住校；十岁的儿子金龙打小是个病秧子，八岁时就查出了糖尿病，借宿在十里路外镇上的姨妈家，上四年级。丈夫金民在西安打工，蹬个三轮车给人拉建筑材料，用苦力赚取着家里的一应开销。孩子的学杂费食宿费，全家看病吃药和吃穿用度，地里的种子化肥农药以及耕种收割碾打，哪一项不得拿钱说话？再说还有一老一小两个药罐子呢！

桂花和金民是高中同桌。那时候，金民爱吹笛子，吹得最好听的一支曲子是《九九艳阳天》。他一边吹，一边拿眼睛笑眯眯撩桂花，满脸坏坏地笑。吹完一曲，意犹未尽，还要扯着个嗓子唱。唱完了，把额前长发潇洒地往后一甩，说："我想考音乐学院！"

桂花红着粉粉的脸，低垂着眼睑偷偷笑。她知道他考不上音乐学院，正如自己考不进文学院一样。可她偏偏喜欢上了他那副坏坏的样子和坏坏的笑。

那天上的是他俩谁也听不懂的英语课，老师在讲台上眉飞色舞呜里哇啦地讲，摊手耸肩，金民在课桌下，一把抓住了桂花很白很嫩很柔软的手。她吓了非常大一跳，使劲儿挣却挣不脱，用力抽也抽不出，只好乖乖卧在他的手掌心，像只被逮住的雀儿，飞不走，就蜷起身子缩在那儿。缩着缩着胆子大起来，一点点回应着那只手的情意了，最后恨不能整个人都钻进去，让他紧紧握着不放。

那天一放学，他俩就一前一后钻进了学校后墙外的玉米地，像两个磁铁,嗖地吸到一处,黏得紧紧的。她手上阻挡着金民的不老实,心里却渴望和期待着他胆子再大一点儿,手段再多一点儿,步子再快一点儿……

娘姨在西安一个待拆迁的城中村,给桂花踅摸了一个对象,人家看了照片非常满意,再三催着要见面。娘姨一个电话又一个电话,催不来桂花,急匆匆赶回来接。桂花却千说不同意,万说不答应,恼得全家上下哭的哭,骂的骂,桂花她爸又气又急,抡圆巴掌扇过去。

桂花是个外柔内刚的女子,脸越打越羞,心却越骂越硬,干脆偷偷和金民一趟趟跑着领了结婚证,生米做成熟饭,在她爸的吼骂声和她妈的啼哭声中,嫁给了金民。

缠缠绕绕甜蜜了刚几年,金凤还没过两岁,金民的父亲患脑梗落下了后遗症,瘫倒在炕上。分家单过的大哥金官和嫂子菊英说:"爸妈分给你们了,又没跟我们过,凭啥利了就揽,害了就撂?还有天理没?"没等到老人出院,他们就急匆匆下广东了,去和他们的儿子金富金贵一处打工,连手机号码都换了。

金民只好丢下妻子进城打工,洗过车,钉过鞋,扛过水泥,干过建筑,最后买辆三轮车,在西安的大雁塔建材市场揽活儿,给人运送装修材料。桂花则只能留守在家,带孩子,干农活儿,照顾老人。家里的五亩苹果三亩半麦和油菜,主要靠她和婆婆侍弄,金民以前只在收种的时候回来出力。

桂花和金民结婚快十五年了。生活的各种粗重,早把当年那些一见面就燃起的浓情蜜意,磕碰得坑坑洼洼。情寡了意淡了,怨多了气大了。可只要一想到金民蹬个三轮被城管追;把沉重的木工板背上二十八楼,还要被业主挑肥拣瘦找碴儿克扣工钱;将码整齐的一张张皱巴巴带有汗渍渍的票子,去银行换成数字打进她的卡里,自己却只舍得吃几元钱一碗的油泼面;一遇到刮风下雨就打电话,千叮咛万嘱咐:别去地里,小心着凉,小心泥小心滑……桂花就心疼不已,泪在眼眶里打转。

桂花心里边是疼着金民的。

桂花可怜金民时，就恨金官菊英的不孝顺，没仁义，也怨公公婆婆为啥不起诉他们不赡养。她忍无可忍提出来，公公婆婆却头摇得像两面拨浪鼓："虎毒都不食子哩！他不仁，咱不能不义。传出去老脸往哪儿搁？"就连金民也说："算了，免得人背后笑话！"桂花气哼哼道："亏你还成天看法制节目！"转身回自己屋去。

桂花于是就恨起了金民。

可是恨归恨，看电视听广播，浏览新闻翻阅微信，看到或听到了车祸呀，骚乱呀，城管执法三轮车主引火自焚呀，等等，她的心就怦怦跳，抓起电话给金民打。听到声音了就松口气；电话要打不通或没人接，她能停下手里的一切活计，一遍遍拨打得心毛眼红，直到那头电话回过来，才臭骂一顿把心放下。

可今年春节，为了农药的事，变得怪怪的金民，彻底和桂花闹翻了。

苹果树每年至少得打十来次农药。萌芽期，花前和花后，坐果期和幼果期，套袋前和套袋后，膨大期，摘果前和果摘后，整枝修剪时，每个节点都得把农药及时足量赶上。哪一个节点偷懒了，量少了，都会影响品相，减少收成，一年的期望就会打了水漂。

市面上的农药有贵贱两类。有的毒性小但价格贵，有的毒性大却很便宜。果农大都去那些私人开的小店，他们价钱实惠，买卖灵活，可以整瓶整盒整袋卖，也可以根据需要拆包散卖，还可以赊账，很得大家的喜欢。

自从金龙查出了糖尿病，四医大的专家分析来分析去，说有可能跟环境污染有关，桂花就再也不用便宜农药了。桂花只选择正规农药专卖店，硬肯掏大价钱。不单自己不用，还劝别人也别用；劝说不管用，就隔三岔五往乡上跑，去反映，去举报。为此，村上谁见了她都嘴噘脸吊的，那些卖农药的更把她恨得牙根疼。这倒没啥，桂花能忍受。最可气的是，公公婆婆都挤对她，一见面就给金民吹耳风。平时其他事情上金民都顺着她，她说啥就是啥，可这件事上他却不依不饶，梗着脖子对她喊叫："你以为你是谁，耶稣还是如来？大家都用，你一个不用，顶啥？口口声声为了娃为了娃，为了娃就赶紧挣钱！赶紧叫娃离开这儿！"

桂花理解公公婆婆的挤对。毕竟他们受过苦，作过难，一辈子舍不得吃，舍不得穿，最见不得哪怕一分一厘的破费。近几年苹果销路不旺，价钱低迷，化肥、农药、人工又连年见涨，本就少了很多收入，耽误了许多事情，不从成本上俭省，你想偷呀还是想抢呀？人家都用最便宜的农药，大不了只卖不吃嘛，就你特殊？

可她却不能容忍金民。

金民你咋说都算个知书达理的，不过没考上大学么，要上了大学也算个知识分子么，你怎么能和他们一样？

是，是人人都在用黑市上的廉价农药，人人都只想着反正我是卖的，不是自己吃的，只要个儿大，品相好，畅销，它就是个毒疙瘩跟我有啥相干！可你吃盐不，吃糖不，吃酱油不？逢年过节你吃鸡不，吃鱼不？你在外头吃饭不？有了病你吃药不？

若人人都只管自己不想别人，都只认钱不讲良心，你害我我害你，到头谁能好？

她耐着性子忍着气，扳着指头给突然就变得又急又躁的金民摆这些理儿。金民脖子上的青筋跳得多高，回敬她："快别一根筋了，道理我比你懂得多！你这是花和尚使香钱，不知道心疼，明摆着把日子不当日子过！"

金民他以前不是这样的！以前他老是笑眯眯的，话不太多，手脚勤快，老把自己收拾得板板正正，和桂花说："放心，现在人穷不了！只要咱肯吃苦，一定能过上好日子！"他很少跟人争执，就连哥嫂那么不讲情理，他都能想得通，劝桂花说："别跟他们一般见识，毕竟没读过多少书，没见过多少世面，穷怕了！"打从结婚，他就对桂花百依百顺，从不红脸。可他现在咋了？世事咋就能把人变成这样？桂花眼里噙着的泪，骨碌碌滚下来，砸在心上发出两声脆响。

桂花知道金民急,可她比金民更急。眼瞅着俩娃一天天长大,他们早就商量着想在县城买房。倒不是他俩想过城里人的日子,即便住进了城里,他们也还是农民,还得指望着土地;你就不再种地,去打工,你也只能是个农民工。他们主要为俩孩子着想。

当官的都把孩子送进省城上学了。教师、职工的孩子,也多到市里去择校。农村有条件的家庭,就想尽法儿要让娃进县城读书。乡下学生越来越少,一股并校风刮过,娃们要上学,就得去老远的镇子。镇上的学校没好条件好待遇,敷敷衍衍,恶性循环,一年不如一年了。

金民和桂花对孩子心重,很想让他们接受优质教育,长大了好有出息,不似自己这样活得又苦又累又贱。金民在外打工挣的,顶多够家里一年的各项开销。全家就指望那五亩果园攒钱呢!

可再着急,再等着用钱,也不能不管人吧?没见村上今儿你病了明儿他病了,金龙不就是例子?桂花执意用高价农药。为这,两人春节里吵得不可开交。

金民说:"为娃?为娃咱不会像别人一样,给自家划块地,不上化肥不打农药?"

桂花说:"你心上过得去,我心上过不去!要是人人都不讲良心了,咱在这世上还咋活?"

金民扯着个破嗓子吼:"我现在光想着个钱,恨不得去偷!去抢!明给你说,杀人的心我都有!"

桂花冷冷地瞅着金民,觉得面前这个她怜着念着爱着的人,不单人变黑变瘦了,心也变得冷硬如铁了。一时气急,大声哭喊:"嫌我?嫌我就离婚!"

金民愣住了,缩着两个瘦瘦的肩膀,呆呆地坐下。他的喉结一耸一耸的,眼睛里有雾,有火,还有冰。他一副心事重重的样子,像在艰难地做着选择,又像在蓄谋一个爆发,手指头哆哆嗦嗦着卷烟抽。——连这都变了？他以前可是烟酒都不沾的！临了，哗一下把水杯摔碎了，大吼：“行，离就离！”

婚自然不可能说离就能离了，气话而已。但桂花的心上却有了一道疤痕。不见面心里记挂着，想念着，恨不能一把掳过来放在眼前看着。见了面却总绷着个脸，揣了一怀的薄皮鸡蛋那样，小心翼翼谁都怕磕着了谁。

那段日子里，金民一会儿很沉静，一会儿又会格外狂躁。沉静的时候，他不是把金龙揽在怀里，抱得紧紧的；就是一遍又一遍给金凤叮咛：“要听你妈话，不要惹你妈生气。要照顾好弟弟，他身体不好！要好好读书，长大一定要有出息。”金凤哪里服他，噘着嘴说：“只要你不惹我妈生气，就算好的了！”更多的时候，他就呆呆坐在桂花树下，眼睛粘在桂花身上，看她进进出出忙碌。桂花看都不看他一眼，晚上睡觉赶他去挤公公婆婆的炕头……正月十五没过，金民就一步三回头地出门打工去了，再没回来过。

5

麦子收割碾打完，晒干扬净归了仓，桂花早累成了一根蔫黄瓜。心里的火窝成了一颗地雷，谁踩炸谁，却硬憋着，赌气不给金民打半个电话。金民也不打电话，只是过一段时间往桂花卡里打点钱。

桂花心里骂：“哼！谁稀罕！我全当没你！谁离了谁不能活？”

人前人后，却高声说高声笑，一副活得滋润过得开心的样子。本来就爱干净，这下更一件衣服穿三两天就要洗了。婆婆麦草见她又撅个屁股在大铁盆里的搓衣板上劲用得欢，满盆满手亮晃晃的泡沫，一会儿嘴角撇到这边腮帮，一会儿嘴角撇到那边腮帮，心里骂：“这也叫过日子？洗衣粉不要钱？水不要钱？”嘴上不敢说，手脚上就有了话，在地下门上，弄出来一些响亮的声音。桂花把嘴抿严，用牙上一道闩，关住自己的唾沫星子。双手用劲儿哗地拧一摊水，两臂一振啪地抖出一团水雾，唰地搭上晾衣绳，叭儿叭儿抻。

婆婆的手脚就没了声息。

洗罢衣服，骑电动摩托车到大姐家给金龙送药，顺道去镇政府催结果。

金龙见到桂花，小脸笑成一个红彤彤的苹果。自从查出糖尿病，这不让吃那不让吃，姨妈也每天小心仔细地盯着："药吃了没？血测了没？不舒服没？"唠叨个没完没了。才十岁的孩子，口福短了不少，人也蔫蔫的像个小老头。

"妈，能带我吃顿好的吗？"金龙仰着小脸问，两只眼睛里闪闪的都是期待。

"想吃啥？"

"肉！"

桂花带金龙去下馆子。看着金龙狼吞虎咽的馋样儿，桂花的眼里噙上了泪。

金龙查出了糖尿病后，公公婆婆话里话外，都要桂花再生一个，说："不为别的，就为娃日后有个帮扶。"金民也劝桂花早作打算，不要到头来后悔。"后悔啥？"桂花睁大眼睛问。金民说："谁知这病会是个啥结果！"桂花一下子就崩溃了，又哭又喊又骂："姓金的你安的啥心？你是蛇吗狼吗，心咋这毒的？连自己的娃娃都咒？你还是不是人？"金民一把抱住桂花，把她搂得紧紧的，自己也哭出了声。

桂花由此得了心病，只要两人在一起，就担心怀上，每次感到金民身子硬硬的要到好处了，便身子一扭把他推下去。慢慢地，两个人连那点兴致都没了。桂花把她全身的母爱，恨不得榨得干干的，都给她可怜的金龙。

一盘芳香排骨，一盘回锅肉，桂花几乎没怎么动，金龙吃得满嘴流油。看着金龙腮帮子鼓得满满的，眼睛还滴溜溜瞅着盘子，桂花的心里像藏了一只猫，扑腾扑腾乱抓挠，既疼又悔。疼一个十岁的娃娃，人生还有那么长的路,却不能再像正常人那样想吃就吃想喝就喝;悔的是自己这么纵着他猛吃猛喝,其实对他的身体并不好。可毕竟当妈的,她又咋能硬得下心肠,拂了儿子的兴头?金龙已经够乖了,知道自己是个病孩子,跟正常人不一样,很少要这要那。叫他服药他就服药,叫他吃粗粮他就吃粗粮,叫他不要吃甜食,他那么喜欢吃糖的,就再也看都不看一眼。疼悔过后,桂花转而又恨又怨,恨人把人不当人,米啊面啊,果啊菜啊,蛋啊肉啊,你都不知道哪样没受污染,哪样能放心食用;怨自己以前也曾不管不顾,化肥农药膨大剂,可劲施,只想着粮能丰收果能增产。

这是不是报应呢?桂花心里疼疼地想。

把金龙送去学校,桂花直奔镇政府大院。书记镇长都去红岨崖了,说县上在红岨崖千年古树风情园那个半拉子工地上,召开现场工作会,只留一个秘书在值班。

秘书已是老熟人了,客客气气接待了桂花,说:"你反映的农药市场混乱情况,镇上高度重视。可你要理解,领导事很多,工作非常忙,等忙完这一阵,一定会加大整治力度,给你一个满意答复。"

桂花说:"怎么回回都这么说,回回都不见动静?"

秘书递给桂花一纸杯水,劝道:"事情不是你想象的那么简单。一来光上头分派的事都做不完,成天着急上火的。再者,这牵扯到很多方面,得协调关系,联合执法。你先回去好吧,领导一回来,我再催催!"

桂花心里一百个不满意。不满意也没法,人家笑脸软话的,既没推诿,也没耍态度,满手接着满口应承着,你还能咋样?僵了一会儿,只好说:"那我回头再来!"转身出了门,骑电动车往回返,一路心里窝着火。

桂花正生着闷气胡思乱想,一辆农用三轮车呼啸着从后面擦身飞驰而过,差点儿挂倒她。她吓得连忙停住,看到农用车司机还回了下头,脸上蒙着一条大丝巾。

桂花的心怦怦怦像要从嘴里跳出来,半晌缓过神,才又骑着车往前走,叮咛自己不要胡思乱想。

正行驶着，看到那个蒙条花丝巾的司机，迎面又突突突折回来。心里还在骂急着投胎呀，却见那辆农用车像没头的苍蝇，横冲过来。桂花一个躲闪，东摇西摆着，连人带车冲进了阳沟。跌到地上的那一瞬间，她听到司机恶狠狠地骂了句："撞死你个狗日的！"

桂花这才明白了，有人故意要收拾她。

路上围过来一圈人，七嘴八舌地咋呼，却没一个帮桂花。桂花不想让人看笑话，挣扎着爬起来，人爬起来了，车却扶不起来。

"桂花？桂花是你？"人群里挤进同村的粉娥，尖叫着扑过来，两人折腾来折腾去，也没把摩托车弄出阳沟。粉娥就朝路上喊："都是邻村的，好意思眼睁睁看着？"这才有人过去，帮忙把车子弄上来。粉娥要桂花活动活动手脚，看看人好着没，桂花说没事没事，强忍着疼跨上车，嘟嘟嘟骑走了。

粉娥埋怨："你咋这不小心？"

桂花说："狗急了，想跳墙！"

粉娥问："你说啥？你的意思是……？"

桂花答："没啥，回！"

粉娥刹住了车子："那还不报警？"

桂花斜她一眼："你还没报够？"

粉娥就不吭声了。

粉娥是三个孩子的妈，人泼辣能干，性子直戳戳像个捅火棍，人白白净净，长得柳眉凤眼丰乳肥臀的，很有几分惹眼的姿色。她男人却是个蔫蔫，一天到晚像个蔫驴被粉娥吆喝着。蔫驴却一脚踢出了个大响动，被套进场子去摇骰子推牌九，先一次次给小甜头，场场赢；上了道，便一次一次输。大输一次，人家怂恿：扳一局扳一局！果然扳回一局。这样码子越押越大，最后输红了眼，把卡偷出去，把存折偷出去，把粉娥结婚时的压箱钱都偷了出去，总想着能翻回来本，结果全输进去了。

直到有一天家里拥进几个陌生人，手持粉娥男人的欠条来牵牛装粮拉苹果，粉娥才知道出了家贼。叫来娘家兄弟东寻西找把男人翻出来拖回家，打不还手骂不还嘴，抱头蹲在地上像一摊抽骨剔筋了的烂肉。

粉娥不想吃哑巴亏，就报了警，说对方故意设的圈套让她男人往里钻，是诈骗。一趟一趟往派出所跑，一去人家就给她要证据。粉娥咋能弄到证据？最后只能自认倒霉，把牙咬碎咽进肚里。

粉娥三个头挨头肩跟肩的孩子，便一个接一个辍了学，跑出门去打工挣钱。蔫蔫男人也失了踪。几个月后，粉娥收到一张汇款单，才知道他跑去了北京，在一家商场打扫卫生。七八年过去了，那个男人只回来过两次，一次是他妈过世后，另一次是身份证丢了，自己专门跑了一趟回来补办。两口子一见面就吵就打，一直闹到人走。自此那男人除了每俩月雷打不动邮一千元回来，两口子连一个电话都不打。

粉娥独自守着她的四亩果园和三亩二分地，给她的三个孩子苦撑着那个家。

6

桂花到家什么都没说，屋里躺了会儿，才感觉浑身上下都钝钝地疼。

桂花的屋子，一年四季都这么冷清。

公公婆婆还有个能说能笑的。婆婆咕咕咕喂鸡，公公说光喂不见下一个蛋，婆婆说不下就不下，喂肥了一杀，给俩娃做顿香酥鸡，解解馋。婆婆看电视，说这个男的咋那个德行；公公说看你的电视话多得很，婆婆说不叫说话长嘴做啥，想把我憋死；公公说我背痒得很，你给我搔搔，婆婆说你叫人消停消停行不行？一天到晚能把人累死！公公说好好好，就这儿就这儿使劲使劲。

桂花就感觉自己的背痒得有些钻心。

桂花一年到头，就盼着个礼拜天和寒暑假。礼拜天，俩孩子回来，这间屋才会有个笑声，桂花的心才不会那么空落。寒假过年暑假农忙，金民也会回来，这间屋才会像个家，才不会这么冷清这么空空荡荡。

桂花强忍着疼褪下衣服，看到一条腿和胳膊发了青。嘴里干干的想喝口水，却疼得起不来没法去倒，心里一时又气又恼又恨，眼泪就悄悄流了下来。正哭着，听到粉娥咋咋呼呼来了，赶紧擦干眼泪。

"咋样了？要紧不要紧？"粉娥一面喊叫，一面伸手要撩桂花衣服。

桂花一边示意她小声，一边扬手一挡说没事，不要紧。

粉娥趁机数落她："桂花，不是嫂子说你，你真要这么犟到底？家里不落好，外头遭人欺，你到底图啥？"

同样是女人，粉娥在替桂花不值，觉着她太过认死理。"以前放着城里人不去当，眼目前就有个福，人家杨满堂送给你享，你却不去享。这些都不说了吧，大家都用除草剂毒农药，有的还用膨大剂，就你特殊就你能？你不用是吧？好，那你就雇人除草，花大价钱买高价农药！到头吃亏的是谁？你这么认死理，力没少出钱没赚上，罪没少遭家没弄好，值？一年到头，就数你的果品品相最差，果商个个都弹嫌。人家杨满堂能收你的果子，那是在真心帮你，你别不知好歹！这下倒好，还惹上了麻烦！今天只是吓唬吓唬你，明天呢？你上蹿下跳举报人家卖劣质化肥农药，断人家的财路，人家不对付你对付谁？"

桂花擦干的眼泪，又一涌一涌流出来。她给粉娥说："我已经有了金龙这么个病孩儿，遭了报应，不想其他人也遭这样的罪。咱就算不为自己想，也得为儿孙们想啊！你想想过去，咱们桃啊杏啊梨啊，谁打过药？不也长得那么好吗？成熟了，顺手摘个下来，擦都不擦就能吃！现在呢？你不打药，它能长大？勉勉强强成熟了，一掰一包虫，还能吃吗？"

粉娥就没词儿了。嘴上说不过，心里却并不认同，觉得桂花就是太过较真。"专家说啥你都信？以前好，以前人能活多大？现在不好，活八九十岁的不是越来越多？这个世事,大家不都这样活吗,就你想法多？咱就一个平头百姓,逞能有啥好处？"

粉娥自从不争气的男人撇下家撂下地出门不再回来,就全当他死了自己是个寡妇,再不把他当丈夫了,甚至连个人都不当。哪天他就不再寄钱或者突然死了,粉娥都不会在意也不会惊讶。粉娥是那种爱就爱个轰轰烈烈,恨就恨得彻彻底底的女人。

这些,粉娥都给桂花掏过心窝子。

那天,会计春生去给她送汇款单,进了院门叫:"粉娥粉娥,你的汇款。"

粉娥正蹲在茅厕小解,说:"拿进来！"

春生一听,轰地一团火烧到了头上,红着脸说:"我给你放窗台上。"转身腿软软地往院外走,短短几步路,他却感觉很长很远。

粉娥双手提着裤子,啪啪啪跑过去,把门咣地一关,身子一转眼睛直勾勾盯着春生,两手一松,裤子唰啦掉到了脚面上。

两人嗖地扑到一处,揉成一疙瘩,乱咬乱啃。

粉娥把春生一次又一次地折腾,到二半夜,一拍他的尖屁股:"走,回你媳妇那儿去。"都两年了,才吃了顿饱饭！春生搂着她舍不得松手:"我都梦你好多回了,咱俩才该是一对儿！"粉娥一脚把他蹬开:"我可不想害麦霞！"

麦霞是春生媳妇,一年四季干干的黄黄的,是个药罐子。

可春生除了在炕头能帮粉娥的那点忙,其余的,一概有心无力顾不过来。粉娥要收种碾打,春生正在收种碾打；粉娥要打药要疏果要套袋要摘果,春生也正在自家地里忙着。粉娥就又黏上了邻村那个专种核桃的相好,为此还跟春生闹了好几场别扭。好在粉娥会哄人,把个春生侍候得舒舒服服地光想钻她的被窝,就睁只眼闭只眼全当只是个旅舍,今天你住下了,这个房间就是你的,管人家昨天住的谁明天谁来住。

楼堡子村巴掌大,村北放个屁,村南马上能闻到味儿,粉娥的事就纸里包不住火,被嚼得满村掉话渣渣。桂花从没嚼过粉娥半句闲话。粉娥在村上,也就只有桂花这么一个能说得来的。

只是,粉娥从此却总爱拿话挑逗桂花。起初她还不那么露骨,问桂花:"你就能忍住?"

桂花故意装作听不懂:"忍啥?"

"三十如狼四十如虎,你说忍啥?"

桂花笑着把话岔开。

可自从出现了个杨满堂,粉娥的嘴就变敢了,啥话都敢说,赤裸裸地让桂花脸烫得能摊鸡蛋饼。每次桂花都会蹙眉斜眼地急匆匆走开。粉娥却从桂花的圆屁股上,看到她的话就像一块酵头,把桂花的心儿发得啵啵地冒泡。

桂花心里明镜一样,知道粉娥这是觉着自己一方势单力薄,想拉她成为同伙,以分散她身上的那些闲言碎语,以稀释她心中的那些个自我轻贱。桂花觉着,粉娥其实是个可怜人,更是个重情重义的女人,她为了自己的儿和女,硬撑着那个被糟蹋光了的家,没弃没离没一走了之,这还不够让人敬重?桂花真不敢想这些要放自己身上她会怎样。可桂花不是那种见异思迁的女人,更不愿玷污她自己选择的这份感情,自打自脸,那会让多少人看笑话。

粉娥给桂花倒了水,桂花起身时,嘴一咧一咧的。粉娥伺候她把水喝完,硬逼着要看桂花的撞伤,撩起衣服一看,叫了起来:"妈呀,青成啥了!"去打开一瓶酒,倒了半碗,划根火柴点着烧一会儿,手醮着带火的酒水给桂花一遍遍擦,擦完又往手掌心倒上红花油,骑在桂花身上搓。

桂花都两个孩子的妈了,瞅瞅,身材还是这么招眼。胸鼓突突的,细细软软的腰衬得屁股翘翘的圆,那样肉嘟嘟的两坨肉,粉娥见了都忍不住想上手抓两把,难怪果贩子杨满堂一直挂在心上馋!就连他妈的春生,别看他眼里冷着嘴里损着,心里其实也在惦着。一次忘情了,贴着她的屁股时,竟然说:"桂花的那两蛋子肉,那才叫个屁股哩!"骚驴,吃着碗里还着盯锅里,就他那点料!

粉娥忍不住说:"难怪那么多眼睛都像馋猫一样盯着你!我要是个男人,就把你一口吞了!"嘴上说着,两手在桂花滑腻腻的腰里暧昧地揉搓。

桂花痒得咯咯笑:"嫂子你正经点不行?"

粉娥两手停住了,头抵到桂花趴着的脸边,眼睛对着眼睛:"你就一点儿都没动心?"

桂花知道她想说杨满堂,嗔道:"没!谁像你,见个男人就没命!"

两人嘻嘻哈哈你推我揉地笑成一团。

隔壁公公咔咔咳嗽了几声,桂花和粉娥就压低了声音,在漫漫长夜里说起了悄悄话。

窗外,四季桂花香正浓。枝叶里的雀儿,在它们的巢里发出恩爱的呢喃。

7

学校放了暑假,金凤金龙回来了,像寂寥的林子飞进来两只叽叽喳喳的小鸟,家里一下子热闹了,有了灵气。

苹果园里的柴草要拔,药要打,麦茬地要翻晒,要倒茬,桂花腰腿胳膊疼得干不了重活,就叫金凤给金民打电话。金民电话却天天关机。桂花心慌慌的,正担心出事,有一天却打通了,金民只说他接了一单大活儿得天天送货,回不来,就匆匆挂了。回头再打,通着,就是不接。

桂花窝了一肚子烧得旺旺的火,搭火车到西安去找金民,专门去看他到底能冷漠无情到啥地步。

一下火车,桂花就被西安的暑热吞在了烫乎乎的嘴里,骨头缝里的水都被蒸了出来。

金民没在出租屋。这是一间不足十二平方米的小房子,位于远郊这个又乱又拥挤的城中村。房间在顶楼,桂花开门往里一走,被一股又酸又臭又臊又呛的热浪掀了出来。桂花的眼泪呼地涌出来。

整整十年了,金民就住在这间小屋里,苦挨着他的春夏秋冬。桂花一年到头来不了几次,公公瘫婆婆老孩子小,她得顶着家里的那片天。每次匆匆赶来,又是拆又是洗,又是抹又是扫,好不容易整清爽了,就得匆匆赶回去。一个男人家,白天在外拼着力气下苦,一身身流黑汗;晚上拖着酸痛的身子回来,能指望他干净整齐?

桂花流着泪清扫满地的烟头,倒发馊了的剩饭,揭下黑乎乎的床单被罩,然后整理凌乱不堪的烂桌子时,就看到了藏在一个角落里的几个药瓶瓶,拿起来一认,是头孢曲松钠,便立马给金民打电话,电话通着,却一直不接。桂花急得嘟嘟囔囔骂自己:他病了,你还一天到晚想东想西骂来骂去,你心咋这么死?苹果套袋没回来,收麦都没回来,你想他都病成啥样了?桂花恨自己恨得直跺脚。

抱个电话一遍遍打,就是不接。没法,只好先洗衣服。一件件掏着衣服口袋,掏出了一卷纸,打开,是一张病历,还有一张处罚单据。桂花匆匆扫了几眼,人就跌坐到地上。

桂花忽然感到自己像被掏空了内脏,风干后制作成的一个标本,僵着硬着,没了思想,抽空了感情,就那么没着没落地坐在水泥地板上,头上脸上跑蚂蚁一样流着汗,汗像一条条蚯蚓爬下她的脖子,钻进她的衣领,在她的前胸后背上恣肆。

她蒙了,整个人像一截木头!

不知过了多久,一阵刺耳的电话铃声吓了她一大跳,这才把内脏填回身子,涩涩地看一眼手机,正是金民。桂花的泪水决堤一般奔涌而下,咬紧牙才没让号啕声喷出口。一股她从来没经历过的悲愤和绝望、屈辱和蒙羞,交集着、纠缠着、翻滚着、撕咬着,从她的心底井喷而出,堵到了胸腔。桂花感到自己的胸腔发疼,像充气筒上的一只气球,随时会叭一声炸成碎片。她把手机一关，挣扎着站起来，走出门，摇摇晃晃下了楼，长流着泪水，混进潮水一般的人流，神思恍惚地向长途汽车站走去……

起先，金民见桂花不间断地打来电话，把电话拿起来又放下，耷拉着头，腮帮子咬着两道儿肉棱，一直不接。忽然担心家里有事，就把电话回了过去，不料桂花却不接了。这才慌忙拨给金凤，金凤说："我妈到西安去找你了！"

金民一屁股跌坐到马路牙子上，手哆嗦着捏着纸烟吸，忍不住的眼泪吧嗒嗒落了一衣襟，张大嘴哈儿哈儿吞吐着被嚼得碎碎的悲伤和悲愤。他仰脸看天，天灰扑扑的，当空一轮日头，炽白着，用万道光焰炙烤着他，把他的眼睛烤煳了。

他感觉自己被烧焦了。

路上车来车往，有司机嫌他的三轮车占着道碍了事，头探出车窗骂："找死跳楼去，好狗都不挡道！"熙熙攘攘的人流南来北往，没人留意他，即便看到这个又黑又瘦的男人在喘着粗气甩眼泪，也冷漠甚至鄙夷地扫他一眼，匆匆闪过。一个拄根拐杖满头白发的老奶奶颤巍巍路过时，站在一旁看了好一会儿，才近前问："孩子，有啥过不去的坎？别伤心了，听大娘的话，凡事往好处想！快骑上车去，该干啥干啥！"

金民这才甩掉眼泪，蹬起三轮车疯似地往回赶。赶到出租屋，噔噔噔奔上楼，门开着，房间里却没一个人影。他看到了放在桌面的那个病历和那张处罚单，门一关，跪到地上双拳握紧砸床板。

这一天，终于来了！

为了这一天，他下了许多功夫，也做过许多预想，可唯一没有料到的，是自己会这么心痛，这么悲伤，像有把刀子在心头一道一道地割，疼得他全身筛糠。

金民在他的出租屋地板上整整干坐了一夜，眼前放着他花了许多心思的病历和处罚单据。最初那种断肠般的心痛、悲伤和对命运的诅咒，慢慢地消散了,变成了一份深沉的牵挂和难舍,心里一下子就沉静了许多。既然事情已经朝设想好的这个方向来了,那么,他就得继续往前再走。

金民马不停蹄追回了家。

桂花把房门紧关着,谁叫都不开。

金凤金龙哭成了泪人。他们长这么大,还没见妈妈生过这么大的气。

婆婆公公一句紧接一句叫骂金民,骂他不收菜籽不套苹果不管夏收。之后就高说低叫地哄劝桂花,替金民向桂花赔不是。最后叫金凤金龙跪在房门外,哭叫着要桂花起来吃饭。

桂花两天两夜没开房门,连两个娃都不管不顾了。

婆婆公公感觉到了事态的严重。他们一声声追问金民,到底咋了,惹桂花生这么大气? 金民把嘴闭得严严的,啥都不说。

婆婆颤颤地把饭热了一遍又一遍,端到房门口,苦口婆心劝:"桂花,听妈的话,快起来吃口饭! 你两天没沾一粒米了,妈心疼哩! 看在两个娃娃的面上,乖乖听妈话,妈这儿给你下跪了! "

桂花这才把房门打开了。

金民流着泪对桂花说,他错了!

桂花说:"你没错,是我错了! "

金民说他晚上在夜市吃了碗扯面,路过一排美容美发店,美发店玻璃门后,坐着好几个眼儿亮亮,唇儿红红,衣衫短短,奶子鼓鼓的女孩子,嗲声嗲气勾他:"老板,进来洗个头吧! 他脚下一软,就被拽了进去。"

细细的指头在他头发里轻轻地挠,挠得他心里痒痒的。两坨又大又软的肉球儿,贴到了他的背上,晃动摩擦着,一下子把他的心点着了,呼呼地冒出了火苗。

他就那样被牵着手,带进了里面的按摩室。他已经不是他自己了。他感觉自己是个被越吹越大的薄薄的气球,在空中不由自主地飘荡着,快要爆炸了。

他刚一爆炸,警察就冲了进来。

他被带到了派出所,铐到了凉凉的暖气管道上,坐不能坐,蹲不能蹲,弯着腰蜷了一夜。

第二天一上班,他们才审他。

"叫什么? "

"金民。"

"多大了? "

"三十九。"

"干什么的? "

"蹬三轮的。"

"家是哪的? "

他不想说。

"身份证拿出来! "

"没带。"

"家里都有谁? "

他不想说。

"知道为什么抓你吗? "

他把头垂了下去。

最后说:"根据我国《治安管理处罚条例》,打电话叫人交五千元罚款。以后别干这些违法的事,你挣钱容易吗? "

金民把牙关一咬,心里说:"你把我毙了吧! "

可没撑两天,金民服软了:"实在没钱! 三千行不行? "金民急着出去,他还想为家里多赚一点儿呢!

盯着他看半天,说:"好吧。碰上我,算你走运。"

金民给一起拉活的打了个电话,把钱拿来一交,才被放了出来。

金民回到出租屋的当天晚上,就尿脓了。

先在城中村的小诊所吃药打针十几天,钱没少花,病没见好,还越来越疼。去找人家论理,人家把眼一瞪,喊:"明明染上了性病,问还不说,你当我们是白痴?"这一声,喊得诊所里外的人都睁大眼睛看,臊得金民撒腿跑了。后来就联系电线杆上专治皮肤病性病的,钱花了药吃了针打了,却总不见大好,哩哩啦啦的难受。没办法,才把脸扯下来口袋一装,去了大医院治疗⋯⋯

桂花埋着头只是哭。哭完对金民说:"要么离,你搬出这个家。要么各过各的,谁也别管谁。你决定!"

金民一边向桂花坦白,一边还在担心要是追究看病的票据,咋弄?见桂花这么说,才吃了定心丸一般,安然了,泪兮兮地小声说:"我听你的。"

8

金民蔫奄奄晒完地,锄完草,给苹果树一一上了肥料,人黑黑的瘦了一大圈。金民爸妈一遍一遍问:"你好着吗?没啥病吗?钱是慢慢挣的,人要紧哩,咱去看看吧?"金民每次都说:"好好的看啥大夫?我好好的!"

桂花半眼都不看金民。回娘家,她怕会憋不住哭倒在爹妈面前,让哥嫂骂她自作自受。出门去打工,她又舍不下金凤金龙,尤其是她的金龙,她总觉得亏欠他很多。就硬撑着,冷言冷语、霜脸剑眼地忙碌。

歇闲的时候,金民就一手揽着金龙,一手拉着金凤,不眨眼地看。看着看着就叮咛:"要听你妈话,不要惹你妈生气!你妈是个好人!是个,大好人!"

金龙被说烦了:"都说几百遍了你,我妈是好人你还惹她?"

金凤背后对金龙说:"爸咋了?怎么变得这么怪?"金龙说:"怎么怪了?他一直就这样!"回眼一看,金民坐在桂花树下,抚摸着粗粗的树干,呆呆地望着院子出神。

他的眼睛,深得像一口枯井。

伏里天气,鸡狗都抢阴凉,阴凉里也闷热,抬头望着大大的树冠;树冠上的叶子卷卷地垂个脑袋,像犯了错的孩子。躲在那些垂脑袋后边嘴很贫的野雀儿,都黑着脸,一声不吭。

金凤金龙忽然间很懂事的样子,小心翼翼地帮爸干活帮妈干活,眼睛扑闪扑闪看看这个,眨巴眨巴瞅瞅那个。到了晚上,就乖乖趴到灯下写暑假作业。爷和奶都好多日子不看电视了,黑黑地干坐着,桂花过去给他们把电视打开,不一会儿他们就关掉。再去开,奶就说:"别开,心烦!"

一家子就都闷着,闷得爷放了个屁,听上去像一声闷雷,逗得金龙哈哈哈笑出了声。金凤把笑憋在嘴里,胳膊肘捣了一下弟弟,两个人就把嘴捂上了。

两颗小小的心里,都装上了心事。

金龙偷偷问姐姐:"他们会离婚吗?"

金凤坚决地说:"不会!"

金龙问:"你怎么知道?"

金凤就真的什么都不知道了。想啊想啊想半天:"他们要离婚了,咱俩就离家出走!让他们一辈子后悔!"

"去哪里呢?"

金凤摇头。

"那爷和奶呢,他们咋办?"

金凤再摇头。

金凤金龙知道爸妈离婚的后果。鹏鹏他爸打工挂了个小三,他妈知道后把家里仅有的几万元存款一卷,再也没回来过。鹏鹏他爸和小三结婚生了个女儿,住在城里很少回家,鹏鹏就跟他爷他奶过。鹏鹏原来那么爱说爱笑的,从此天天阴个脸,跟谁都不玩了。巧玲她爸从建筑工地的脚手架上掉下来摔死了,那一年巧玲上五年级,是班上的人尖尖,学习第一,相貌第一。巧玲和金凤同班,她妈年初招了个男人,那男人对巧玲一点儿都不好,巧玲天天哭天天哭,暑假刚一放,就对金凤说她不念书了要出门打工。果真就走了,到现在都没音信,巧玲她虚岁还不到十四岁!……

姐弟俩坐在院门外大槐树下的石礅上说这些话时,桂花正巧准备出门,就躲在门后听,听着听着捂嘴跑回了屋子,头埋进叠着的被子里哭。哭完找金民谈:"你还是先走吧,这样谁都别扭。你去了好好想想,我也要静一静想一想。"

金民垂着头,不看桂花,嘴里咕哝了几句什么,连他自己都没听清。第二天一大早起来,先对他爸她妈说:"爸,妈,儿子不孝!"眼泪哗哗地流。又去桂花屋里,深深地看着桂花,哽着嗓子说:"桂花……桂花……对不起……"桂花躺着没起,头扭到一边,理都不理。金民过去摸了摸金凤的头,又去亲了亲金龙,大颗大颗的眼泪落下来。站了片刻,再也没说一句话,走了。

金民走后,这个留守家园才一天天缓过神,慢慢恢复了从前的热闹。公公婆婆有意没话找话制造声音,一会儿问桂花这儿,一会儿问桂花那儿;桂花也刻意寻找着话头,逗两个孩子说说笑笑。最让人心里又暖又酸的,是金凤和金龙,他们变得形影不离了,你忍我让了,今天抱个西瓜回来,切好后每人端给几块;明天又买回几个甜瓜,洗净每人手里塞半拉。

瘫在床上的公公就咧着嘴抹眼泪,先高兴地说:"我娃懂事了!"后面就抖着嘴唇说:"我娃,可怜的!"

独剩他俩时,瘫老汉就问老婆:"金民和桂花,到底咋了嘛?"老婆说:"八成还是那些事,又杠上了!他自己眼瞎,找个他拿不住的,怪谁?"老汉说,看不大像!两人就默默地看院子里的鸡迈方步猫念经,猪打呼噜狗吐舌头。

村上的自来水厂管道爆裂,淹了巧玲家的房庄子。巧玲后爸挡住不让修,叫先赔他家损失。一头要得多,一头出得少,天天谈,天天吵,就是协商不好。村里吃水,就得到十里路外的镇上去拉。

桂花为了寻趣,也为了锻炼两个孩子,就带他们到家门前的响泉沟去挑水。沟不是很深,山丹丹、野杜鹃、山棉花、野菊花,开得都正迷人。沟里的那眼响泉,一年四季汨汨地往外涌,涌出来一朵透明的莲花,那水就甘甜甘甜沁人的心。十几年前桂花嫁来时,见村里的一些老辈人宁肯下沟挑水,也不吃引到院里的自来水,说那水甜!桂花不信,从人家桶里舀一口尝了,就是不一样,有股草青花艳云淡风轻天高气爽的味道。金民没出门打工之前,常常给桂花去挑这矿泉水。

桂花和两个孩子在一片稀稀拉拉的荒草里,寻着了一处汪着点水的小凹坑。看周围石砌的痕迹,就是过去的响泉啊,却颓坏到了被泥土掩没得只剩巴掌大点儿坑,外围一圈白沫,里围一圈绿藻,发出一股子恶臭。

"妈,你骗我们!"金凤金龙捂着鼻子跳开。金凤弯着腰干呕。

桂花摇着头,心里像猫抓一般。她低头看着草丛里卧着的废电池废手机破塑料壳和破衫烂鞋,又抬眼去望挂在半崖上随风招展的那些烂塑料袋、烂包装纸、烂水果套,五颜六色地在风中招摇,感觉就像新坟顶上插着的招魂幡。

才十几年,就成了这样?

再过十几年,等金凤金龙长大成人了,还会变成啥样子?

桂花提上一只桶,蹚进草丛里捡破烂,一会儿就捡满一桶。金凤金龙也跟着她捡,捡了满满三大桶。

"妈,咋处理?"金凤问,捂着嘴看那几桶的恶臭。

桂花一下子茫然了。

桂花先去找会计春生。

春生说:"我知道咋办?"

桂花说:"咱口口声声给儿孙过日子,钱挣多了,房盖阔了,以后叫娃吃钱呀吃房呀?"

春生说:"要说上边也抓得很紧,还定成硬指标,谁不达标扣谁工资撤谁职。年年各村还给万把元的垃圾处理补贴,名义上重视得很!可这如何解决,总得有个办法呀。人家不想这些,咱有啥办法?

桂花说:"能花几个亿把弥陀山建成那么大的公园,能花几个亿把河岸建成那么好看的景点,又说要花多少亿多少亿开发八卦山、卧龙山,就不能花点钱处理这些垃圾?地污染了,水污染了,人都病死完了,把景建得再好,给天看呀?把路修得再宽,给鬼走呀?"

春生一面摇头,一面在清理打完除草剂膨大剂和农药后的盒盒瓶瓶罐罐。家里娃娃多,这些东西得收紧点。

桂花瞅着自顾自忙的春生,愣了好大一会儿神。春生媳妇麦霞咔儿咔儿咳嗽着,怀抱最小的孙子进来,白了一眼桂花,算是招呼,问:"又咋了?你又想成咋精?"桂花看一眼这个头发一如干草的女人,把脚一跺,走了。她知道指望村上乡上,黄花菜都要凉了。

桂花左思右想好多天,牙一咬,就找个机会去了趟县城,她想到县上去试试。

十几年前只有一条街道的县城,如今东西有了四条大街,南北有了五条大街。还建了两个大广场,大大小小修了三四个公园。高楼大厦一栋挨着一栋,一片连着一片,街上车啊人啊,川流不息,俨然一个现代化的小城市了。县城最中心新建的那栋最高最大的楼,是县委县政府办公大楼,听说每个房间都建得很大,装修得很考究,书记县长的办公室由会客厅办公室卧室组成,小科长的办公室都是一个人套间。可都建好装修了,说上面下了道命令,不允许领导干部的办公室超标,便赶紧把原来的装修又花钱拆了,整栋楼外面再搭上脚手架,蒙上绿色的塑料网,一直就这么闲置着,县委县政府至今还租借在别处办公。

桂花不是那种大大咧咧敢说敢做的女人,像粉娥,和谁都能说上话,啥话都能说出口。桂花在生人面前是含羞的,局促拘谨得很不自然。她好不容易才找到了地方,忐忐忑忑寻到一个挂着"办公室"牌子的大房间,里面人很多,都很忙,有的打电话有的敲电脑,有的商量事有的翻材料,还有的打哈欠揉眼睛伸胳膊捶腰眼儿,没一个理她。

桂花怯怯走到最近的一张桌子,说想反映问题。

"你说!"眼睛盯着电脑头都没抬。

桂花说:"就是村上的垃圾,沟都臭了!"

"一楼。找信访局。"

桂花就去信访局。

信访局倒很客气,做了记录,还让她看了看,最后说:"好了,我们会尽快转给环保局!"

见桂花还站着不走,就说:"等环保局有了结果,我们会通知你!"

桂花问:"那得多久?"

"这个不好说,我们会尽快催办!"

桂花心里头空落落的,却只好先离开。人出了门,心却还留在那儿,没着没落的,人就有些恍惚。路过服装城时被一个等待载客的司机吆喝了一嗓子,才想起来进去买几件衣服。出了服装城,不敢在县城逗留,往车站去搭车,正巧遇上娘家村里一个熟人,搭了个顺车。抄近道经过一处山沟时,臭味儿熏得人关上车窗还恶心,就问:"怎么这么臭?"

回说:"垃圾场!县城里的垃圾全都倒在这条沟里填埋!"

桂花隔着车窗玻璃,看到那条沟光秃秃的,和四面郁郁葱葱的景色形成鲜明对照,又问为何这条沟里不长树不长草,心里还想,难怪选你来填埋垃圾!

回说:"这条沟原来叫桃花沟,咱县有名的水蜜桃,数这里的最好吃。"

桂花依稀记起来了,小时候每到瓜果月,爸就会去桃花沟买桃,那桃皮儿很薄,汁儿很甜,薄薄的皮儿一剥,吸进嘴里满口蜜。

便问:"那桃树呢?"

回答:"都死光了!"

桂花的心里针扎般疼了一下。

9

转眼开学了。桂花送金凤到马路边搭上车去县城，又把金龙送到十里路外的镇中心小学，报了名，领了新书，就去看大姐菊花。菊花比桂花大八岁，除父母外，数她最疼桂花这个老小。

金龙在菊花家吃住，给粮不要，给钱挨骂，桂花就经常给姐和姐夫买衣服织毛衣还情。吃的喝的桂花买一次菊花骂一次，她家开的是商店，不缺那些。

菊花一见面就尖叫起来："你咋了你咋了？瘦成干了！"攥住桂花的手这儿摸那儿捏，痒得桂花咯咯笑着乱躲。

桂花有时候看着菊花的雷厉风行和火火暴暴，心里就想：也许正是有这么个大姐挡在前头，才让她变成现在这样的瞻前顾后，缩手缩脚。

菊花紧盯着桂花眼睛问："老的给你气受，还是小的给你气受了？说，姐给你出气！"菊花是家中老大，打小凡事冲在前头，高喉咙大嗓门的天地不怕。

桂花差一点儿就哭倒在大姐面前。可她硬忍住了。要让大姐知道了金民那些事，依她的性子，不追去把金民撕成碎片就算好的。

桂花把在县城给大姐夫买的衣服一件一件掏出来看完，又从口袋掏出一卷钱，塞到大姐手里。

菊花跳起来："你又来了！要给钱，把你娃领走，我还不侍候了！"

桂花说："不是！是套袋的人工钱！"

"啥人工钱？"菊花瞪大了眼睛。

"不是你给找人套的袋嘛！"桂花说。

"给你姐都想下套，会编谎不？"菊花一把将钱塞进桂花口袋。

桂花很纳闷！菊花后面还说了些什么，桂花一句也没听，急匆匆去街上搭公交车。正在一边看时间一边张望，杨满堂那辆白色越野车嘀的一声朝她开过来，桂花转身要离开，被叫住了："桂花，是不是来给你姐还工钱？"

桂花一下子明白了，果然是他雇的人工！明白了就站住了，回过身去冲他一笑："正好杨满堂，我把钱还给你！"

车门从里面打开："上车！"

桂花犹豫一下，街前街后扫了两眼，才快速坐上去，一把将那卷钱塞到车前的搁物架上。

这个杨满堂，其实是桂花和金民同级不同班的高中同学，外号"滚刀皮"。要说杨满堂，桂花和金民丁点印象都没有了，但"滚刀皮"这个大号，他们却都记忆非常深刻。

那时候有个女老师叫陈玲，又年轻又漂亮，是所有男生心中的女神。一天，街上那个以收破烂偷破烂甚至抢破烂为生的怪老头，耳聋嗓门大，拖个板车脏兮兮往校门里闯，被门房挡住不让进，拍着铁栅栏喊："我来收陈铃，不偷不抢，为啥不让进？"

门房不知是听岔了还是没听清，也许是听清了故意想找乐子，反正放他进来了。进了院子，扯着个嗓门逢人便问："陈铃呢？陈铃在哪里？"都以为他找陈玲老师，就指认给他。怪老头就死缠烂打追着陈玲老师要收陈铃，直到把陈老师气得呜呜哭了，才眨巴着眼睛小声咕哝："我就收个陈铃么，你不卖就不卖，哭啥哩？你哭啥嘛？"

最后有人举报，是滚刀皮杨满堂专门找到怪老头，说学校里有一个陈旧的烂铁铃，很大很沉，闲着无用，叫他去收。趴在耳朵上千叮咛万嘱咐，说学校里都是文人，把烂铃不叫烂铃，叫陈铃。

早操时，滚刀皮被拽到校园中央竖着旗杆的高台上，用麦克风向全校师生检讨。他先把嘴凑到麦克风上，噗噗吹了两口，台下就有了笑声；又用食指关节嗒嗒敲了两下，台下已经笑成了一片；然后把嘴一咧牙一龇，声音很响亮地说："啊——"台下东倒西歪地笑弯了腰笑岔了气……滚刀皮一夜之间成了名人，整个校园无人不知。

几年前杨满堂第一次来楼堡子村收苹果，一见面就惊呼："桂花？你是桂花？"

桂花疑疑惑惑地看着他。

"我杨满堂，三班的杨满堂！"

桂花对这个名字和这个人，丁点儿印象没有。

自称杨满堂的比画着说："早操时吹麦克风敲麦克风啊——的那个！"

"滚刀皮？"桂花咯咯咯笑弯了腰。"你现在可以啊，当老板了？"

滚刀皮杨满堂呵呵笑着："混口饭混口饭！"

杨满堂就是这样闯进桂花生活的。

滚刀皮杨满堂告诉桂花，他那时候暗恋了桂花整整六个学期，还曾托他们班的一位女生，给桂花送过一封求爱信。

桂花好像记得有个外班的女生追上她，说有人给她一封信，她接过唰唰撕成碎末儿顺风撒了。她那时心里有了个金民，走路谁都不看，遇到想同她搭讪的，也是嘴一撇拧身走远。

杨满堂说，想不到十多年后，他会再见到她，这说明什么呢？他脸红都不红地说："这说明有缘千里来相会！"

桂花从来不接杨满堂的话，客客气气保持着足够远的距离。可杨满堂滚刀皮的外号真不是白叫的，他竟然死缠烂打磨了好几年，硬把桂花由从前的面上热情心里鄙薄，磨得心里头亲近了，面上却越来越冰冷。他甚至都偷偷潜进了桂花的梦里，来填补她日复一日年复一年的情感空缺和身体饥饿。

现在，她就坐在他的车上，身子缩在座椅里，两手掌心相并夹在两腿间，脸冲向着车窗，看着玻璃外——闪过的模糊。

而杨满堂也不说话，喇叭按得很响，油门踩得很深。

过了！桂花看到回家的路一闪而过，心里大声一喊，嘴却一动没动。

杨满堂就满脸开花地把桂花带到了县城。先在一家叫作"流年似水"的馆子吃了牛扒、沙拉、比萨，喝了开胃酒、鸡尾酒、地中海风情酒。那里灯光迷幻，氛围朦胧，香气暧昧，桂花吃了不少，也喝了不少，一边气哼哼吃气哼哼喝，一边眼前晃着金民的病历和处罚单据。

巧不巧放的音乐就是《九九艳阳天》的曲子，桂花听着听着，眼泪就哗地流了下来，把面前的酒瓶抓起来，咕咚咕咚都倒进了高脚杯，头一扬，全灌进了肚里。

半夜头疼醒来，已经一丝不挂地躺在了杨满堂怀里。

刚醒来的那一刻，桂花吓了一跳，抢开杨满堂抓着她的那只大手，胳膊胸前一抱，差点没喊出声。

"你醒了？"杨满堂柔声柔气地说，光溜溜的身子紧往她身上贴。

桂花一躲，呼地坐了起来。

杨满堂也坐了起来，说："你要嫌弃我，不情愿，我这就走？"

桂花没吭声。她慢慢想起了前因后果，理清了来龙去脉。

杨满堂两只粗壮的胳膊环抱住她白白的身子，说："桂花，我真心想对你好！"

桂花硬硬的身子，就慢慢变软了。

桂花和杨满堂疯狂了整整一夜。

杨满堂对桂花说："当年我曾经想，我要能娶上桂花，这辈子就足够了。我现在，是世上最幸福的人！"

桂花则对杨满堂说："我这不是为了你。我是为了我！"说完，泪哗哗流。

杨满堂什么都没问，只是紧紧地拥着桂花，擦着她的眼泪。他贴着桂花的耳朵说："桂花，我要叫你知道，我杨满堂才是真正的男人！"没想到桂花却一脸严肃地对他说："杨满堂,这是我们的第一次,也是最后一次!以后你要把我当老同学,就交往;不然,全当不认识!"急得杨满堂站在十字路口找不着了北:"桂花,好好的你咋了?你咋了嘛桂花,我是想真心要对你好的!"

桂花什么都不想听,也不想说,门一摔走了。杨满堂开车追到街上,才把她堵住,好不容易劝上车,一路没话地把她送到村口,下车时,杨满堂把桂花塞在搁物架上的那卷钱递给她,桂花不要:"你把我当啥人了?"杨满堂一脸诚恳地说:"桂花,我是真心爱你!这钱你得拿上,你拿上了,就算你当我是老同学;你要不拿,咱俩就啥也不算了!"

桂花想一想,把钱接上,调头走了。

路上碰到春生,大呼小叫说:"我昨天找你一天,打电话一直关机。"

桂花问啥事,春生高喉咙大嗓门喊:"桂花,村上对你不薄吧?国家对你不薄吧?你公公住院花的钱,国家给你报,县上给你报,村上还给你补贴。你公公瘫了,给他报了低保不说,每年县上、乡上的各种补助,哪一样没给过他?金龙查出了病,你一趟趟告一趟趟告,好像都成了你的仇人,谁跟你计较过?乡上关心村上照顾,让你俩娃都吃上了低保,你还想咋样?人要记好哩,不能光想着自己咋舒服咋来!"

桂花以为婆婆或公公谁冲撞了春生,就问:"一大清早的,谁把你招惹了?"

"还能有谁?你!"

"我?我咋把你得罪了?"

"你现在本事越来越大了,告状都告到县上了!"

桂花一脸吃惊:"你咋知道?"

"乡上都快把人骂死了!桂花你以后能不能别再逞能?一村一院的,抬头不见低头见,你咋能这么做事?你还想让人活不活了?"

桂花一下子不依了:"哎!哎!哎!春生你拎清一点儿,别这么狗咬吕洞宾不识好人心！我这是为我了？地都成啥地了，水都成啥水了，你没瞅见还是眼睛瞎了？你光活你呀，不想你儿子孙子了？"

两个人就脸红脖子粗地吵到一处，你一句我一句谁也不让谁，招来了一群婆娘娃娃来看热闹。

春生指着桂花对大家喊："就这个女人，把咱们都告到县上了，说咱们乱用农药、乱撂垃圾，个个都不是人，就她一个干净的，跟个仙女一样。"

桂花尖着嗓门反驳："春生你嘴有个把门的没有？……"

后边的话就淹没在周遭一片的高叫低骂和你推我搡里了。

桂花寡不敌众，转身哭着跑回家，一头扎到炕头上，委屈得心里一抽一抽地颤。

其实她早知道村坊邻居都对她有很多抵触和排斥。好比大家都是秃子，你却偏要长了头发，还要把它弄得油光水亮，时不时亮出来耀大家的眼，你不招骂谁招骂？可桂花万万没有想到，自己在村上从不跟人争长论短，宁肯多吃一分亏，绝不去沾一厘利，背后更不嚼人闲话说人是非，只不过因为金龙的不幸，想要大家别害人害己，不用黑农药不扔毒垃圾，竟能招致这么大的不满和怨恨。

她知道人都穷怕了，个个想活出个人模样。她也知道现在的人眼宽了，都爱比，越比心里越毛焦，越毛焦就越着急，越着急就越拼命。可再拼命，也不能拿后代下注吧？虎毒都不食子哩，牲口都护犊子哩，咱可都是人啊！

消息很快就越门而入。公公大着嗓门说："娃呀，古人都说常思己过，莫论人非。咱势单力薄的，再得罪人，咋过呀？"婆婆则摔碟子掼碗地嘟囔："啥都爱出风头！啥都要逞能！你以为外人会像我，凡事都让着你？啥时候招顿打了，才能老实？"

桂花的心，灰扑扑的了。

她的灰心，在这一时一刻，包含了许多一刹那涌进胸腔的后悔和怨恨。她后悔嫁错了人；后悔没听全家人的话嫁到西安；后悔不硬着心肠学金官菊英一走了之,也去进城打工;后悔大家心上都能过得去的那些个做法那些个事情,她却偏偏要认死理! 她也后悔为何不能心一横,把个家庭负累脑后一撇,跟着杨满堂去逍遥;她更怨恨自己竟然信心满满地去反映问题。这下可好,里外不是人了,鸡狗都不容了。她还怨恨那个接待了她的小伙子,那么客气,那么热情,那么仔仔细细地记录,完了就这么一推? 完了再把她一卖? 她最怨恨的,当然还是春生,那么能干的一个人,能说会道能写会算,种啥啥成,算啥啥清,把自己的日子过得有声有色,滋滋润润,买了车还在县城买了房,在村上都属人精,咋一到关键,就没个原则了? 还恶人先告状,把白的往黑描,把红的往绿说!

桂花正眼泪哗哗地怨天尤人,粉娥骂骂咧咧跑来了,哐地把门推开,见桂花趴在炕头哭,尖声叫起来:"瞅你那点出息! 咋? 天塌了? 地裂了? 起起起,多大点儿事!"

粉娥是那种最见不得恃强凌弱的,一群人欺负一个女人,算哪门子本事? 也就是桂花,要搁她,早拉开架势骂他们个狗血淋头了。

粉娥作为看家女人,很同情桂花。桂花人漂亮,心善良,性子又软,公公瘫着婆婆老了,大事小情,家里外头,都指望着一个她。粉娥光杆一个,没有拖累,有时候还应付不过来。比方机井上的水断了,你得去十里路外的镇上拉水;比方家里的电出了故障,你得到镇上的电管所找电工,有时候人家下乡了,你就得转着村去找;比方说你有个头疼脑热,总得有个人驮你去看病去打针吧? 比方像三夏大忙你顾了地里就顾不了家里,顾了家里地里的就能被晒焦;比方春花刚绽寒流来袭,你得快马加鞭拉麦秸草,去苹果园点好多堆火驱寒霜保花蕾;比方像深更半夜不敢离人地排队卖苹果,这头要拣大小挑成色,那头还要过磅计数,你忙了这头便顾不上那头;比方像……可桂花,她不单有两个孩子的操心,还有两个老人的拖累,哪一头都不敢掉以轻心,稍不留神就可能生出乱子。

死心眼的桂花,可怜着哩。

粉娥攥着桂花的手问:"跟嫂子说,到底咋回事?"

桂花红着眼睛前前后后跟她学了,粉娥就说桂花:"你别嫌嫂子说你,你太爱逞能了。现在人都各往各怀里刨哩,谁去管谁?就算你说的都对,电池、塑料、农药,危害真有那么大,可那是人家想的事,咱就一个老百姓,你想那么多顶啥用?妹子,不是嫂子说你,你管得宽了。你就说农药吧,你口口声声说不要买剧毒农药要买好农药,有便宜的,谁愿意买贵的?有个卖的自然就有个买的,咱农民起早摸黑把东山日头往西山背,不就为了多挣两钱?你呀,难怪大家那么生气,你这是要刁难可怜人么!快别大姑娘生娃费力不讨好了!"

一席话说得桂花无言以对。

桂花在家里窝了好几天,忽然感觉到跨不出那道门了。嫁到楼堡子村十多年了,她没跟人红过脸,连高声说一句话都认为丢人。这可好,竟然得罪了全村,还怎么有脸见人?男人不成器,公婆不帮腔,真正成孤家寡人了,你还想硬撑吗?

桂花感到自己的气门芯被拔了,哧地泄了一地气,心里瘪瘪地松垮下来。

粉娥再来串门子时,桂花对她说:"嫂子,我想通了,再不操这些闲心了!大不了以后注意点,能吃的吃,不能吃的,就不吃了吧!"

粉娥问:"你说啥能吃,啥不能吃?"

桂花张口结舌说不出一句话。

粉娥一笑说:"人么,胡活哩!啥事都那么认真,不累?"

10

金民走了几个月,零零星星打过几个电话,桂花一个都没接,他便隔些天微信里发条信息,不是几句道歉或叮咛,就是一两句打款留言。

金民不再是以前的样子了，他变了，微信里的话越来越简短，干巴巴的，一点儿感情都不带。有一次，桂花正翻看着他们以前那些柔情蜜意的对话，边看边流眼泪，忽然见金民那边一直在不停地写着，写了老长时间，可最后发过来的，却只三个字：对不起！后面一串流泪的表情。桂花差点没把手机撂出去砸了。

可是金民往桂花卡上打钱的频率却越来越高，前段时间还一周打一次，后来就三天两头打，最近一直是每天上午就打一次，五十元的也有，一百元的也有，两三百元的也有过几次。桂花每次看到银行的短信通知和金民的微信留言，心里就恶狠狠骂：你以为这样，就能赎你的罪？

一天大半夜的手机一响，惊醒了桂花，顺手一接，那边金民刚喂了一声，桂花就掐断了。桂花成天劝自己，可她就是过不了这道坎。心眼这东西可真奇怪！想多了吧，说你是小心眼；想少了吧，说你是没心眼；一直想吧，说你是死心眼；你不想了吧，又会说你是缺心眼。桂花再也不想缺心眼了。

转眼又该给苹果解袋了。这是个比套袋细致又劳神的活儿。袋口解开后，还得把苹果周围的叶子摘掉，给胖乎乎圆嘟嘟的果子翻个身，好让它的另半边脸，也让阳婆婆晒出个红脸蛋，这样不单色相好看，好卖，还能充分糖化，更甜。

桂花拨出金民电话，放在免提上，让婆婆叫他回来打理。桂花这段时间老病恹恹的，身子哩哩啦啦的不干净，人困得像团虚泡泡的棉花。

金民却说他回不来，叫雇人。他说他活儿很多，想多挣点钱。

桂花丝丝缕缕冒着细烟的心里，腾地着起了火，烧得噼里啪啦响，一把将电话拿过来摁掉，噔噔噔回了自己屋子，一边拨电话一边心里说：好你个金民，你不仁，别怪我不义！电话一通，桂花大声喊："杨满堂，给我雇人解苹果袋！"

公公婆婆的屋子，一下子静悄悄的了，一点点声音都没有。

公公婆婆自己做了错事般，悄声不言地看着桂花拖着个病恹恹的身子,板着霜霜的脸,进进出出地忙活。婆婆不是下厨去给桂花做她爱吃的饭菜端到面前,就是颠颠地跟在她屁股后头,帮她拿东拿西,婆媳两个的手常常就握着了同一件儿东西。

桂花就说她:"妈你能不能不添乱?"

婆婆就眼泪忽闪说:"桂花,这两个老不死的,拖累你了!"

桂花生气了:"好好的你说啥话哩?叫人听见,还以为我多余你们哩!"

婆婆就垂手站在一旁,眼睛随着桂花的手脚看过来看过去,像个做错了事受到训斥的孩童。

可只要桂花出门,婆婆就会远远跟上,桂花走她走,桂花一停,她不是闪到一棵树后,就是躲进一处拐角,实在没处藏身,就弯下腰身装作寻东西或剜野菜。

那些日子,桂花总觉着她的背上,扑闪着公公婆婆的眼睛。

杨满堂拉着雇的几个妇女来解苹果袋,手叉腰站在地头叮咛:"要当成自家一样仔细上心!不亏你们,今年你们的苹果,我都给个好价!"

几个妇女干得比自家的还细心。

婆婆守着杨满堂,左右不离。一会儿递根烟说:"杨老板长得,你看看,就像个活菩萨,我金民回来一定要好好谢承你!"一会儿端杯茶问:"杨老板是金民同学吧?同学好,同学好,同学就跟亲兄弟一样!"

杨满堂把这条塬遛得很熟,早知道金民的家屋事,呵呵一笑:"姨,金官才是金民的亲兄弟哩!"

一句话说得婆婆脸红一阵白一阵,好一会儿才说:"养了个忤逆贼,叫杨老板笑话了!我金民可怜哩,不像杨老板这么有本事,想要啥就能有啥,你可不敢欺负他,遭罪哩!"

桂花在园子里听婆婆越说越不像话,钻出来笑着说:"满堂,人老话多,你别计较!"你要有事先走,这里还早哩。

杨满堂听到桂花叫他满堂,眼里就淌出了蜜,黏稠黏稠地甜,说:"我没事,正好也搭把手!"说着也钻进园子里去了。

婆婆麦草赶紧把手里的东西慌忙一放,碎跑着跟上。没跑两步,又折回来手忙脚乱地把地边上的烟啊茶啊水杯的,都收进一个笼筐。有过往的村邻就阴不阴阳不阳地笑:"哟,金民妈就是好福气,走了个金官,添了个老板,看来有个好儿不如有个好媳妇呀!"

麦草知道这是嚼舌根,顾不上还击,转身弯下腰,左右拨拉着树枝,啪啦啪啦追上去。婆婆是个慢性子,腿脚又不好,桂花从没见她如此麻利过。

杨满堂说桂花:"你总不听人说,看看你这苹果,七〇以上的果子并不多。八〇果稀稀拉拉还有些,九〇的我一个都没见!"

"桂花犟着哩!她死活都不打膨大剂么!"婆婆的不满终于忍不住了。

"专家都说了嘛,膨大剂合理使用,不影响啥!"杨满堂说。

桂花说:"专家的话靠得住? 他们还说转基因对人没害呢!"

杨满堂说:"有害没害,不是还没结论嘛!"

桂花一笑:"那你就边吃边等。"

婆婆的眼睛不在苹果上,穿过树枝在两人脸上逡巡,像便衣警察在侦察情况。

这时桂花的手机响了。

桂花在树杈上稳住身子,掏出手机一看,是金民的,摁掉,装进口袋继续干活儿。手还没够着苹果,电话又响了,一看还是金民。正犹豫着,婆婆过来手一伸:"你弄好我接。"桂花把电话刚按通,一个陌生声音就传了出来:"我们是派出所的……"

桂花怕杨满堂听到,赶紧把电话捂在耳朵上:"这个叫金民的人,昏倒在街头了,情况危急! 救护车已经送医院,你们家属赶快来,来了就跟这个电话联系。"

桂花差点没从树下掉下来。

婆婆问:"咋了?"

桂花说:"没事妈,金民蹬三轮妨碍了交通,被交警扣住了要罚款,我得去一下。"

跳下树对眨巴着眼睛看她的杨满堂说:"你得把我送到车站。"

三人急匆匆钻出苹果园,桂花跟一脸着急的婆婆说:"妈这是钱,完了把工钱结了,叫辆车把人家送回去。"转身坐进杨满堂车里,呜一声开走了。

桂花给杨满堂说:"金民出事了!"

杨满堂边摁喇叭边轰油门:"我送你去!"

车出村口时,桂花给金民的手机打了一个电话。接电话的是个女的,说他们是120,让桂花往省医院赶。

桂花问:"人咋样?"

对方说:"昏迷不醒,情况很不好,你要有心理准备。"

桂花呜呜地哭起来。

车刚出村口不远,杨满堂大声问哭得稀里哗啦的桂花:"金民的医保本在哪儿?"

桂花才又急着叫返回去取。桂花打开锁着的一个小箱子,从最下边取出金民的医保本,那是上次金民带回来的,里面还夹着那个病历和那页处罚单据,一并揣进了怀里。

11

桂花赶到省医院时,金民已经在抢救室。医生把桂花叫去问了许多话,也签了许多字。

桂花问医生:"人到底咋了?前天还打过电话呀?"

医生回答:"急救措施已全部用上,各项检查正在做,目前判断可能是恶性病,家属要做好各方面准备。"

桂花想见金民,被告知目前还不行。桂花就守在抢救室门口,见个人出来就抢上前问:"金民醒来没?"再出来一个人再抢上前问:"我能进去看一眼吗?看一眼就出来!"

杨满堂没有听桂花的,他没有走。他劝桂花坐在椅子上等,桂花把他的手一甩。他去买来一大袋吃的,桂花也动都不动。

杨满堂心里又妒又疼却无可奈何,就一个电话又一个电话打,挨个儿问谁在省医院有熟人。

桂花守在抢救室门口,盼着金民快点儿醒来。她要告诉金民,她原谅他了,不再记恨。只要他好好的,好好活在世上,给爸妈当儿子,给她当丈夫,给两个未成年的孩子当爸,她什么都会依着他,不再较真,不再和他吵和他闹……

金民得的是胰腺癌。

他在医院里只待了三天。

三天后,浑身蜡黄、瘦成了一把干柴的金民,就眼也不睁、话也不说地走了。

杨满堂找到的那个熟人医生摇着头说:"这人是个铁人啊!这种病到了后期,那种疼,不是人能忍受的,他竟然还在干活儿。"

桂花哭得几次昏死过去。她趴在太平间金民冰凉的身体上,撕心裂肺地号啕。金民的面容严重变形,整张脸抽搐成一团,牙齿咬在嘴唇上,看上去十分恐怖。桂花一边摇着他,一边叫喊着他的名字,连太平间见惯了生死别离的老师傅,都悄悄躲到外面去了,不忍心看。菊花去劝,桂花对她连撕带打;杨满堂去拉她,桂花被拽不过,一口咬在他的胳膊上,疼得杨满堂唰地两股眼泪。桂花摇不醒金民,就骂,骂他狼心狗肺,能忍心丢下两个孩子;骂他忘恩负义,敢撇下爸妈不去尽孝。之后就一遍遍哭骂自己,骂自己糊涂,骂自己小心眼,骂自己将近一年的时间里,只知道赌气,只知道用蛮,只知道耍性子,金民瘦成那样了都没关心,金民一次次叫不回来,都不去细想。她把自己打得啪啪响。

凡在场的,都被桂花哭成了泪人。

金民被拉到火葬场,一把火烧成了灰,轻飘飘装进一个木匣匣。

在火葬场等待骨灰的间歇,大家同桂花商量回去后咋办,桂花大哥提出:得瞒一段时间,先不要告诉俩老俩小,以免再生意外。最后商定先把金民骨灰存放在殡仪馆,后面根据情况再看。桂花同意了,她怕公公婆婆受不了这个打击,也担心会影响两个娃,尤其金龙,他能承受得了这个噩耗?她让其他人先返回,自己和大姐菊花留下来,料理这边的一些事情。

杨满堂坚决不回,说:"我又没啥事,都是同学么,遇上这么大的事,我能袖手旁观?再说我车留在这儿,有事也方便!"

桂花就再没说啥。

从火葬场出来,杨满堂送桂花去金民的出租屋收拾东西。桂花死活不让他们上去,她怕金民的那点私情还会留什么痕迹,她不想叫除她以外的第二个人知道,就连大姐菊花要陪她,她都变了脸不让。

桂花进屋后发现,金民出乎意料地把房间收拾得十分整齐。只有回老家才穿的那身藏青色西服,那是他们结婚的衣服,都十几年了,他却爱得不行,平时舍不得穿,只在回家和来时的路上穿穿,现在套在一个塑料袋里,挂在墙上。西服下面的凳子上,扎得紧紧地放着桂花和孩子来了用的被褥,上面盖了几张报纸。以前挂在桌子上方的两张照片,一张是桂花结婚时的单人照,一张是金龙两岁时,他们一家六口的全家福,都摘下来立在桌上。照片的旁边是一个方形铁质饼干盒,金民平时用来放重要东西,上次桂花来找都没找到,现在却显眼地放在桌子上。就连以前总要塞到床底下的那些觉着有用的东西:叠得整整齐齐的一沓沓大塑料纸,盘成一团一团的塑料包装袋,装了一盒又一盒的人家装修时拆下来的插座和灯泡……都一一码放在搁着被褥的凳子旁。桂花弯腰去看床下,只有一个纸箱和两双烂鞋,拉出纸箱一翻,全是金民的旧衣服,春夏秋冬的全塞在里面。

桂花头嗡地一炸：看来金民早为这一天，做好了全部安排！

桂花趴在金民的床上，咬牙闭声哭够了，就去翻看他那个铁饼干盒。她总觉得金民不会这样一声不吭地抛下她，抛下两个孩子。他心思那么重，用心这么苦，瞒得这么严，做得这么周密，会不留一片纸一句话？

桂花果然找到了她要找的。是一个小笔记本，里面密密麻麻记着一些事，比方哪天挣了多少钱啦，哪天给桂花打了多少钱啦；比方要给父母买什么药啦，要给孩子买什么衣服什么书啦。再往后翻，就看到厚厚一沓被撕掉的痕迹，撕痕下的一页上，大大地写着：桂花，老婆，对不起！对不起！下辈子我们再做夫妻！桂花呜呜地哭着再往后翻，看到里面夹着的一张化验单和一张诊断书，上边清清楚楚写有"胰腺癌"三个字，一看日期，竟然是去年年底。

桂花的牙齿在嘴唇上咬出了一道血印子。她一下子明白了，她的金民，为什么忽然间会变得那么喜怒无常！是谁说他冷漠无情了？是谁说他心硬如铁了，啊？将近一年里，他承受了多少，又忍受着多少？他过的是啥日子啊！

桂花翻着翻着，心里一咯噔，匆忙掏出她贴身装着的那个病历和那张处罚单，展开，把笔记本和它们放到一起对照，人一下子就崩溃了。

那个病历和那张处罚单，原来是金民自己的笔迹！虽然他刻意把字写得龙飞凤舞，七长八短，但那些勾连和笔势，他却没有本事隐藏。

啊——桂花的号啕声肆无忌惮地冲出了喉咙，吓得在楼下院子等着的杨满堂和菊花惊叫着冲上来。

假的假的假的！桂花双手拍打着面前的那张烂桌子，双脚在地上啪啪直跺。她疼得心上直滴血，后悔得肠子都青了，金民，他是你生命里最亲近的人，你竟然连他的笔迹都认不出，忽视掉了？你只知道打电话发微信：没钱了！娃病了！要收了！要种了！你啥时候问过一句他的苦他的累？桂花哭得气断神昏。

房东两口子也被惊动了,得知金民已不在人世,直是唏嘘不已,细数金民的各种好,说金民在这儿住了十来年,多么勤快,多么本分,多么节省,多么善良。隔壁一个工友在美容美发店被派出所抓了,他跑前跑后把人弄出来。那个工友染上了性病,整天尿脓,他一趟一趟陪着去看病去打针……最后叹息:咋这么好的人,就没得到好报?

房东的话让桂花整个人垮掉了,哭得天昏地暗。她这才知道,金民为什么能把染上性病的事,说得那么有板有眼,滴水不漏,让她不信都不可能。他这是把工友的事情,嫁接到了自己身上啊! 桂花一巴掌一巴掌拍打着金民的床,就像在拍打着金民,撕心裂肺喊:"为啥?你为啥要这么做?你为啥要糟践自己来骗我? 你害得我,好苦啊啊啊!"

桂花的每一声哭喊,都像在用刀子割菊花和杨满堂的心。

菊花搂住桂花大放哭声:"金民他这是,太爱你了,怕你受不了,才这么做的。他这是要你怨他恨他,觉着这样他走了,你才不会太伤心! 你要再这么,不管不顾地糟蹋自己,金民的魂,都不安啊!"

杨满堂一声不吭地坐在床沿上,含泪盯着照片里的金民。那是他非常熟悉的一张面孔。高中时,他暗恋桂花到了神魂颠倒的地步,就是这张面孔横在了他和桂花之间。那时,金民是全校有名的小歌王,大大小小的文艺活动,他都是台柱子,笛子吹得婉转,歌唱得嘹亮;而他杨满堂则是出了名的滚刀皮,即便他没做的坏事,都能编排到他名下。那时候,他有好长一段时间很恨这张面孔。后来遇到了桂花,她曾把这张面孔带到他面前,看着早已青春不再的这张面孔上那些歉卑的微笑和怯弱地讨好,杨满堂心里那种角色倒置的快感和惬适,让他产生出比扇这张脸一通耳光更解气、解恨、解颐的快活。可今天,在得知这张被生活负累拖磨得一脸疲沓两眼焦灼的面孔,是怎样强忍常人难以承受的病痛,用心良苦地呵护他深爱着的女人后,杨满堂,这个自认最有担负傲骨,最讲人间义气的男人,却惭愧得无地自容。

金民，这个只活到四十岁的男人，才是条真正的汉子！杨满堂最敬重的，就是这样有情有义敢作敢为的人。

这些想法和感受，让杨满堂的目光，一下子清澈得滤去了杂质。再看桂花时，看到的就不是自家院子里的一朵杏花，而是他人园子里的一朵牡丹。他心里对金民说："老同学，兄弟，你放心，我会替你照顾好你媳妇桂花的，你安心走！"

杨满堂转脸看着桂花，这才明白了她当初委身于他的原因。她那是因爱生恨，把他当作了报复金民的工具。而他，杨满堂，当时就觉着桂花心里装着的是悲伤，是绝望，是一时破罐子破摔的负气，却故意揣着明白装糊涂，顺手牵羊，达到了自己的目的，这和乘人之危的小人之举有何区别？桂花的心里，以前只有金民，恐怕这以后，就只装得下金民了。

杨满堂是爱着桂花的，那又怎么样呢？你杨满堂能无情无义地休了妻子，给她一个家吗？就算你能昧着良心做到这一点，桂花愿意跟你？这么多年了，杨满堂渐渐了解了桂花，她不是个只顾自己不管别人的女人。杨满堂忽然明白自己为什么这么敬重桂花了。

杨满堂郑重其事地对大姐菊花说："大姐，今儿当着你面，我想把桂花认个妹子，不知成不成？"

菊花其实对杨满堂缠着桂花不放早已有所耳闻，最近几天的相处，更感觉到杨满堂对桂花心很重，也很真。却忽然听杨满堂这么说，就直拿眼睛瞅桂花。

杨满堂就看着桂花，说："桂花，我没有兄弟姐妹，你就做我妹子吧！从前的，咱一笔都勾销了，打今儿起，我单为了金民兄弟的这份义气，也要把你当妹子看承！"

杨满堂说得眼泪忽闪的，见桂花只管抹泪，站起来又说："你就同意了吧，也好让我有个当舅的命吧！"

一句话逗得菊花笑了。桂花则嘤嘤地又哭出了声，她已经快连哭的力气都没有了。

12

杨满堂把金民出租屋里的东西,满满装了一车,钥匙给房东一交,要回去了。房东拿出一沓钱给桂花,说那是金民付的半年房租和一个月押金,他们都退给桂花。桂花说只收押金,已经住了近四个月,再说按合同,剩下的两个月是不退的,不做昧良心事!

房东不依,说全当是他们的一点儿心意,桂花没法推让,就收下了。返回的路上,桂花说,世上还是好人多!

杨满堂把金民的遗物,全都放到县城自己的果行里。他把那两张照片挂到办公室的墙上,对桂花说:"这些东西,一样都不能往家拿,会引起怀疑。哥先给你保管着!"然后劝说桂花,要她先到自己家住段时间。他说:"你现在这个样子回家不合适,是个人都能看出来有事。大姐家你也不能去,金龙在,你应付不了。现在你有三个哥了,那两个你都吃过住过了,这个哥家还没去过呢,你总不能偏心吧?"

见桂花菊花都在犹豫,又说:"放心,你嫂子那人,你一见就知道了,要人没人要样没样,粗手笨脚的,但有一样好,心善!还有一样好,人好!"

杨满堂媳妇彩芹,果然慈眉善目的人好心好。一见桂花,就拉着手上看下看左瞅右瞧:"桂花?我刚一结婚,死满堂就和我说你,嫂子想见你十来年了,果然是个大美女!啧啧啧,哪一样像两个孩子的妈,前看像个姑娘,后看像个女儿,妈呀,你能把嫂子比死!"

杨满堂把她拽到一边,说了桂花的遭遇和认妹子的事情,彩芹的眼泪扑簌簌淌了一脸,过来揽住桂花说:"妹子,苦了就哭,疼了就喊,嫂子这儿,就是你亲娘家!"

桂花哇一声扑进她怀里,放开嗓子大哭起来。这些天在西安城,她一直在强忍着,憋得腔子都疼。

桂花在三嫂彩芹那里,感受到了少女时代在母亲身边的那份疼怜和关怀。三嫂白天晚上陪在她身边,要她想哭就哭想号就号,她给桂花说:"女人不哭叫谁哭?叫老爷们儿哭?咱哭了号了,心就不疼了,胸就不憋了,就能活下去了。我就是这么活过来的。"

彩芹五岁就死了爸妈,从小没人疼没人护,是看着嫂子的白眼听着哥哥的吼骂长大的,被她哥卖给滚刀皮杨满堂时,听人说杨满堂是个泼皮二混混,谁家都不愿把女子嫁给他,还害怕得一夜一夜睡不着觉。她咯咯笑着说:"结婚十几年了,你这个滚刀皮三哥,他没骂过我一句,没动过我一指头!"笑得一脸幸福,完了又咯咯一笑说:"除了整天拿你臭我!"

桂花见三嫂每天像侍候皇上一样,给杨满堂端吃端喝点烟沏茶,忍不住眼泪骨碌骨碌滚,想金民活着时,哪有一天被自己这样侍候过,心里后悔难过得只恨自己。又羞愧着自己曾经的不检点,差一点儿伤害到这个朴素得像山棉花,火热得像山丹丹一样的好女人,觉着自己其实是个非常自私的人,不该受三嫂的这份盛情。

她半开玩笑半认真地当三嫂面说杨满堂:"你要敢对三嫂不好,我们饶不了你!"

说得杨满堂嘿嘿笑。笑过后问:"先有你哥还是先有你嫂子?这女子,胳膊肘往外拐!"嗔过后悬着的心稍稍安下,知道桂花绷着的那股劲儿,慢慢松快了些。背后对媳妇说:"记你头功!"

桂花心情稍稍平复一点儿,就用手机在网上查胰腺癌,知道了得胰腺癌与吸烟、饮酒、高脂肪和高蛋白饮食、过量饮用咖啡、环境污染及遗传等等因素有关。金民不吸烟不喝酒不喝咖啡,家族里也无人得过胰腺病,他平时节俭得只吃一碗面饱腹,哪里会有高脂肪和高蛋白饮食?

环境污染?!

桂花的眼泪夺眶而出。

桂花坐不住了,她要回去。杨满堂接到媳妇电话,赶回来劝:"家里地里的事都不用你操心,我安顿得好好的。你就安心在这多住些日子!"

桂花坚决要回。她说她要去做一件事情,这件事情做得成做不成,她都得做。不做,就对不起金民。

杨满堂两口就问:"啥事?"

桂花就说起了村里的环境,水呀地呀果呀蔬呀粮食呀,都被污染了,村子里这些年患癌的,一年比一年多了。三嫂一听,两巴掌一拍说:"听你这么一说,就是呀! 满堂你数一数,咱村好像也是这个样子!"

杨满堂问桂花:"你想咋做?"

桂花说:"我想向政府反映,乡上不行县上,县上不行市上,市上不行省上,省上不行我就去北京,一定会有人管咱村的事的! 总之我不能让金民白死了,也不能让金龙白病了!"

三嫂一把抓住桂花的手,边摇边说:"妹子,我跟你回! 我陪你去! 满堂,这才是积德的事,你可要支持,我们去哪儿你就得送哪儿!"

杨满堂斜媳妇一眼:"你瞎搅和啥? 你把这当耍耍了? 咱就是个农民,你以为是哪吒还是孙悟空?"

媳妇眼一瞪:"农民咋了? 人家秋菊还敢打官司哩,人家是啥年代,咱是啥年代? 桂花,别理他,他光认得个钱!"

桂花就睐着杨满堂看,有话想说欲言又止的样子。

杨满堂说:"好好好行行行,那就让你嫂子陪着你,反正三个孩子都在咸阳念书,半年才回来一次,她一个人也闲得没事。只有一样你要记住,咱事归事,不要叫人受气受罪!"

桂花点头应着。想了一想,还是说了:"三哥三嫂,我想跟你们商量件事!"

"啥商量不商量的,你们这些读书人,就是爱绕,快说快说!"三嫂先急了。

"这不又快要收苹果了,我想让三哥收苹果时分个级,打高毒农药用膨大剂的一个价，用高毒农药不用膨大剂的一个价，用低毒农药的一个价，这样先迈出一步，让果农觉着用廉价高毒农药不划算，慢慢就没人愿意用了。"桂花深思熟虑过一样，说得很明白很清楚。

"这有啥难的？值得你这样吞吞吐吐不爽快？"三嫂嗔怪着桂花。

杨满堂却牙龇嘴皱着，一脸的为难。

"咋了？这也难弄？"三嫂斜着眼瞅他，气得嘴撇得老大。

"收苹果的又不止咱一家，你这样弄了，谁还把苹果卖给你？果农还不就奔着个价钱？"杨满堂头摇得像只铃铛。

"妹子你瞅瞅，我说了吧？他就只认个钱！奔着价钱不更好办吗？咱就给他价钱，大不了少挣点！"三嫂眼睛一翻一翻地说，话爽利得像她的手脚，总能扇股子风。

杨满堂扑哧一笑："要早知道，不该叫你俩相识！合起伙来算计我了。"

13

桂花真真正正觉着自己是个留守妇女了。她不单留守在家园，留守着土地，留守着需要抚育的孩子，留守着必须赡养的老人，肩上担起一半男人一半女人两副担子，在泥泞的田间，崎岖的山路，狭窄的乡道上，耕种收割碾打晒藏，她还要替自己的丈夫留守在这个人世上，去经受各种煎熬和各样苦痛。

桂花一面瞒哄着卧床的公公和年迈的婆婆，一面瞒哄着女儿金凤和儿子金龙，人前强打精神强颜欢笑，只有夜幕四合才敢放松自己，把孤苦无依和一把把眼泪嚼碎咽下。

彩芹看得直吁长气。

她说桂花："咱还是回我家吧，你想哭就哭想喊就喊，人也不至于憋出病来！"

桂花偏不！桂花拉着三嫂跑遍周边几个村子，拍了大量照片；又挨村统计近几年恶性病的患病和死亡情况，回来后一一整理。

婆婆常年侍候着一个瘫痪病人，七十多岁的人了，还要跟着做家务干农活儿，人都瘦成了骨头架子，见桂花成天拉个外人，疯疯癫癫东跑西奔，家里也不管，地里也不顾，先是心里不美，接着言语中就有了不满，日子久了，便给鼻子给脸。

彩芹说："姨，桂花这是做善事哩，我都被她感动了！"

婆婆呛道："善事在炕上躺着哩！在地里长着哩！在西安城里苦着哩！这些不做，成天瞎操心，把我老婆子当青年了？"

桂花就借着茬儿哭，把这些天压抑着的悲伤难过，遭遇的冷漠鄙薄，一股脑儿化成眼泪，哭得肝肠寸断。

这些天在各村搜集摸查垃圾污染和农药使用情况时，见到往沟坡河渠倒垃圾的，好言相劝道理讲遍，好一点儿的笑一笑走了，差一点儿的反问："倒在哪里，你给指个地方？"最让人难堪的，是怫然作色问："你干啥的？吃得撑了来消化？"有一个村支书还误以为她们是记者，到处拍到处问的，便支使了几个地痞二流子来围追堵截，手机都差点被抢走。最后还是报出了杨满堂的名字，才被放了。

她们去找村干部，村干部也一肚子苦水：上面对垃圾处理抓得又紧又严，定的死任务是不允许在村子乱抛乱撒；下面净是些婆娘娃娃老弱病残，谁听你的？都图方便省事！能把房前屋后清理干净，就已经非常不容易了。

桂花去找镇上，接待的拨拉了一下她们拍的照片，翻了翻她们写的几页纸，说："你就叫桂花？"

桂花看着他，问："咋了？"

"没咋没咋！"对方说，脸堆上了笑。"你上次在信访局的反映镇上很重视，专门开会研究了。大都觉着你的精神很好，觉悟很高！"

桂花猛然想起和春生的吵架，没好气地说："我不需要高帽子，你别给我戴!我儿子八岁就查出了糖尿病!我丈夫得癌症已经死了,他才四十岁!我们村还有其他几个村,像我丈夫这样的,加起来有十好几个。我只是不想让我丈夫白死了,不想让咱们的后人遭像我一样的罪!"

那人严肃起来,认真翻看起了桂花拍的照片。响泉沟里的黑水、鸭儿河上的白沫、刘家沟圈发黑了的枯树、王家嶵岘满坡道的垃圾……看完说:"情况很不乐观,我也很同情你的遭遇。这样,我们很快开会研究,尽快给你一个答复。"

"我不要啥答复,我只要政府能解决问题。"桂花说。

"我知道我知道,"那人连连点头,"可你也要理解理解,咱们是贫穷落后地区,财政困难,资金短缺,用钱的地方又那么多,总有顾不到的,咱们一步一步来。"

桂花心里憋了一肚子的话,心想:咋一步一步来?好比一个娃,咱是先管他吃饱喝饱穿暖,不闹病健健康康长大后,再给他盖房子打家具说媳妇呢?还是心心爱爱把他打扮好看,先给他盖房子做家具说媳妇,管他吃的啥喝的啥,等他长大了成了病秧子再给他看病?不是成天说生命高于一切,健康重于泰山吗?咱能不能把盖房子打家具说媳妇的这些花销,先用来管娃的吃饱穿暖健康成长?是,这些年路是修宽了,房是盖阔了,家家户户不是汽车就是电动车了,银行里的存款多了,家里的余粮溢了,谁家的日子都不用发愁了。可你见没见咱们的病虫害越来越猖獗了,不打农药就啥都长不成了?见没见各种恶性病越来越多了,几岁的娃娃都能得糖尿病,七八岁的女娃,两个奶头长得比梨大,十来岁的孩子,血压高得能吓死人?……你们能花钱又是征地又是拆迁,又是修路又是架电,建个工业园闲了七八年,就不能用这些钱治一治咱们的环境?

可是她口拙,这些话表达不出来,干着急,憋了半天,才气鼓鼓说:"那你们就快一点儿!这就像人一样,小病还能看好,等病重了,就治不下了!"

一出镇政府大院,彩芹拉着桂花的手直奔馆子:"嫂子要和你喝顿酒！"

桂花说:"骑着电动车,你想叫我骑到沟里去呀?"

彩芹手机一掏给杨满堂打电话:"我和桂花在镇上喝酒,赶紧!"电话一摞,咯咯咯咯笑:"能把尿给他吓出来!"

酒菜一上好,拿起酒瓶咕咚咕咚倒了两大杯,和桂花咣当一碰,一口气干了,说:"妹子,姐服了你!"

桂花她们还在镇上喝酒,楼堡子村早就一片哗然了:

"金民得癌死了!乡上给村上打来电话问情况,说桂花又在成精哩!"

"是吗?早死早托生!摊上那么个能不够的媳妇,迟早都是一死!"

"这女人,不是平地卧的兔,本事大着哩!没见把杨满堂都拉下了水,连他媳妇都扑通扑通跳下去了!喷,这社会!"

"可怜个瘫子了,这下可咋活呀?"

"连弟兄妯娌都容不下,都想打官司,能容得下俩老?"

"这女人,迟早是个害!你瞧她那个样子,哪像个做庄稼的!"

"听春生说,又在告农药和垃圾的事情!"

"狗日的,真闲得没事干了!"

…………

不知是歹心还是好意,是无意还是有心,总之把消息透给了金民的瘦妈和瘫爸。

桂花乘坐杨满堂的车一身酒气回来时,家里早乱成了一团。金民瘫在炕上十年了的老父亲,放开苍老的声音狼一样哭吼,头在炕边撞出了血疙瘩。金民他妈把炕边拍打得啪啪响,几次哭昏过去。几个邻居被吓得手忙脚乱,顾了这个顾不上那个,吼吼叫叫掐人中的掐人中,寻毛巾的寻毛巾,眼泪夹杂着喊声,脚步搅动着慌乱,整个屋子里一派凄惨。

杨满堂车子一停,后座上两人一左一右土豆一样滚了出来。杨满堂听到了院子里的哭号声,一手扶住桂花,又一手扶住媳妇,三个人摇摇晃晃进了院门，哭喊声才把桂花拍灵醒了。她像只被踢了一脚的护雏小母鸡，两只胳膊扑扇着，东倒西歪地拖着杨满堂和彩芹，扑进了公婆房间。

婆婆腾地跳下地，一把揪住桂花，边厮打边哭喊："你这下如愿了，啊？我金民哩？你把我金民丢哪儿了，啊？啊？我金民才死，你就整天跟个野汉子跑，你还要不要脸了，啊？你还有没有良心，啊？"

桂花被骂蒙了，被厮打得心里空空地只剩下个哭。

杨满堂媳妇头一个听不进去，看不过眼，忍不下气了，扑过去拉住桂花婆婆叫："姨，你咋能这样？你难过她比你更难过，你死了儿子人家死的是丈夫！儿子才能陪你半世，丈夫要陪她一辈子哩，你疼她不疼？"

杨满堂拉开媳妇，去劝桂花婆婆。婆婆一个耳光抢过来，打出的那声响，让屋子里的人都一惊。

婆婆喊："这下遂你愿了？这个家快成你家了，你可以想来就来，想走就走了？你就能大婆娘小婆娘地受活了？我还没死！就我死了，还有金官，还有金富金贵金龙哩，轮得上你指手画脚？你给我滚！滚！"

把这要搁旁人，别处，以滚刀皮杨满堂的血气，早炸得弹片纷飞硝烟四起了。为了金民和桂花，他咬牙忍受着，一直等到桂花婆婆癫完骂完只剩下哭，这才先叫一声叔，再叫一声姨，把事情原原本本一五一十地向他们兜了底。

桂花在彩芹的怀里哭得直捯气。

楼堡子村人，这才知道了事情的原委。

杨满堂和媳妇陪桂花和金凤金龙，去西安把金民的骨灰接了回来。公公婆婆一定要给大儿子金官说，让他们回来送弟弟最后一程，打遍所有电话，都停机了。老两口哭得像走失了父母的泪娃娃，水不喝饭不吃。

桂花拉着哭成泪人的金凤金龙跪在公婆面前，说："爸，妈，你们放心，还有我哩！还有金龙金凤哩！"

下葬那天，几个工友从西安赶来送金民，其中一个焚香、化纸过后，扑通一声跪到灵堂前,重重磕了几个响头,之后拉着桂花的手说:"嫂子,我对不起金民哥。金民哥最后一段时间,叮咛我天天跟他一起拉活儿,说万一他突然倒下了,让我跟你联系,把他送回家乡安葬。我家里出了些事情,不得不回去,安顿好家里赶回来去找他,才知道……"

金民的工友告诉桂花,金民是个最重情义的人。他成天肚子疼,疼得脸色蜡黄汗珠子直滚,最早以为吃坏了东西,买点氟派酸胃舒平吃,不管用,才去医院查,一查,说是胰腺癌,叫马上住院。工友知道了,都劝他赶快治,可金民耷拉着头,半晌说治也是白撂钱!出租屋躺了整整两天,就起来了,蹬着个三轮,拼命拉活儿。后来就整天大把大把吃止疼药,有一次实在疼得受不了,说:"我真想钻到谁的车轱辘下,结束了自己,说不准还能弄他一笔钱,给我桂花和俩娃在县城买套房……"

桂花哭得死去活来。她知道她的金民狠不下那个心。他心肠这么善,不会去做亏心事!

楼堡子村人听得直掉眼泪,摇着头叹气:"唉!人这命!"

桂花拖着她的两个孩子,一路号哭,把金民安葬在了自家的苹果园里,这样他们就能经常互相陪伴了。她在坟头栽了一棵桂花树,心里对他说,金民,就让这棵桂花,天天不离陪着你!

安葬金民不久,村里按镇上的指示给桂花送来两万元救济款,告诉桂花,她的两个孩子镇上包了,会一直供到他们大学毕业,如果他们都能考上的话。桂花拒绝了,说:"我们不穷!有这些钱,就用到刀刃上去!"

过了些天,村上就分片放置了一些绿色塑料垃圾桶,隔几天,这些桶里的垃圾会被一辆农用车突突突拉走。

村委组织了好几次全员捡垃圾劳动,各个沟道岕儿拐角里丢弃的破袜烂鞋塑料袋废电池坏手机等,装了满满几车。

楼堡子村一下子干干净净的了。

杨满堂开始在各村预订苹果了。桂花他们用了几天的时间,商量好了分级收购的价格:使用高毒农药打了膨大剂的,随行就价;对使用低毒有机农药不打膨大剂的,按规格每级分别在行价基础上,每公斤增价二角。他们制作了大大的张贴广告,一个村一个村地张贴。

桂花入股了杨满堂的果行,她说:"三年之内,我不分红利!"

杨满堂和媳妇都不同意。

桂花说如果那样她就不合伙了!

他们只好不再坚持。

彩芹对杨满堂说:"这还不好办?给金凤金龙存起来不就好了?"

杨满堂看她一眼,嘿嘿笑了:"你跟我妹子才混几天,满身都是心眼了!竟跟我想得一模一样!"

彩芹斜眼盯着他:"你妹子?是我妹子!以后你就是姐夫了。"

桂花从此把杨满堂叫姐夫。

有一天,桂花姐夫姐夫地叫,彩芹咯咯咯自顾自笑弯了腰,这样多顺口!

14

桂花隔三岔五一定要去学校看金凤和金龙,陪他们吃顿饭,说说话,鼓励他们要走出阴影,努力学习,给在天堂的爸爸争气争光。

一次从姐姐菊花家出来,看见几辆垃圾车突突突从面前经过,心思一动,骑着电动摩托车跟了上去。

桂花看到了揪心的一幕。

在距离镇上二三里的一个沟垴里,依坡挖出了巨大的垃圾填埋场。农用三轮车开到崖畔,屁股一撅,红的绿的,白的黑的,稀的干的,软的硬的,哗地从空中飞泻而下。那些薄薄的塑料袋儿片儿块儿团儿,就五颜六色地在空中打着旋飘。

桂花闻到了一股令人作呕的腐臭味。

桂花学过地理，知道地下水像人身上的血管，在肺里心里肝里胃里胆里脾里肠道里，和脸上身上手上腿上的血管，连成一个复杂而相通的循环。脸上的一块疤，手上的一个疔，腿上的一道疮，只要溃烂了，发炎了，化脓了，你全身的每一道血管里，就都染上了毒素。

桂花拿起手机，咔嚓咔嚓拍照。

桂花耗了好几天时间写材料冲照片，然后把这些材料分别往县委、县人大、县政府、县政协各个部门送。她在材料的后面清楚地标明：如果这种情况得不到重视和解决，我将不希一切向市里、省上甚至中央反应。

她把"不惜"写成了"不希"，把"反映"写成了"反应"，为此还受到政府办工作人员的嘲笑："就这水平？还好意思提省上中央呢！"

果行里一个小年轻看到这些照片和反映材料，深有感触且深受感动，对桂花说他可以把这些上传到互联网上。小伙子花了整整一个晚上的时间，在一个网吧里把这些做好了，告诉桂花，点击率很高，跟帖者很多。

桂花问："有啥用？"

小年轻说："会形成强大的舆论！"

果然就有几家报纸的记者纷纷赶来。

县委县政府马上动作起来。相关领导和部门会同镇上村上，召开了一个规模很大的现场会，还专门邀请桂花参加。会上，县委书记高度赞扬了桂花，说她是觉悟高、有思想、有责任感的新一代农民典范。他指出这样的典范，我们要大力宣传并树立榜样，在我们还不具备环保意识的基层农民中，掀起一场向桂花同志学习的运动，以促进我县环保事业不断有序、稳健地大力推进，使我县经济更具有可持续性发展的强劲势头！

掌声和闪光灯，骤雨般响起，久久未停。

"桂花上电视了！县委书记都和她握手照相了！"粉娥把这个消息传得满村响。

春生碰上了,撇着嘴说:"我当是你上电视了,瞅你轻狂的!"

粉娥也斜着眼说:"春生,你这人啥都好,就有一样毛病,见不得别人比你好!别人比你好了,你就浑身不舒服!"

春生头往前一倾:"那你让我舒服一次嘛,都憋好多日子了,里外都肿了!"

粉娥把嘴一瘪:"你?一边去!你心里只有你,除了你,就只剩下钱了!咱俩完了!"

春生愣在那里,看着粉娥扭着肥嘟嘟的两瓣儿屁股,叫叫嚷嚷继续去传消息,喊了一声回家去了。进门碰上一只鸡,蹲个身子屁股一撅往院子挤了坨屎,飞起一脚踢得满院叫。

后边就有县文化馆两个年轻的创作员,一男一女,隔三岔五来村上采访,见不着桂花抑或桂花不愿意见,就逮住谁问谁,问长问短,问东问西。不久,县报上就刊出来一篇文章,标题是五个龙飞凤舞的大字:桂花年年香。

报纸被一沓一沓送往各镇,又从各镇送到了各村。楼堡子村家家都从院墙外往里扔进几份,桂花的公公手里就攥上了一张。他一字一句看完后说:"背着唢呐坐飞机——吹上天了!"之后便埋怨桂花:"一村一院的,谁不知谁姓啥为老几,胡吹成这样,日后咋做人呀娃?"桂花说:"我连一次面都没见,谁知道他们在写谁!你就权当在看耍猴!"

春生远远一见桂花,却笑得像一朵花:"桂花呀桂花,年年都飘香!写得好,生动形象!你这下可成咱村的宝贝了!"

春生平日见谁,即使他爸他妈,都平平地板着个脸,一副老成持重不苟言笑的样子。他要是见到你后,脸上堆上了笑,那八成是你要有倒霉事了。

桂花果然发现了,村里老老少少地都躲着她。几个大妈大嫂正站在路边叽叽嘎嘎说笑,她往旁边一凑,笑声就断了,客客气气打声招呼,便各回各家。就连粉娥远远见着了她,不是折回去,就是绕开走,实在躲不开碰上了,干干打声招呼:"噢,桂花!我还忙着哩。"匆匆而过。

桂花感觉自己成了瘟神，人人都不待见。

满堂媳妇彩芹安慰她："他们这是眼热你，别理！"

一阵风刮过后，楼堡子这个旱塬上又安静下来，日子该怎么过还怎么过。

镇子西边的那个露天垃圾填埋场，被好几台大型推土机，日夜不停地削了两个山头，严严实实埋住了，上面整成了一大片土地。距这个垃圾填埋场几里之外的另一处沟壑，又开了一个新垃圾填埋场。中国这么大，新闻那么多，楼堡子垃圾污染的事，在这个新鲜事每天何至万千的世界上，谁还愿再去关注？

桂花心不死，骑个摩托车嘟嘟嘟专门跑了一趟，见那个新垃圾填埋场任何防渗防漏措施没有，单是挖掘机、推土机开出的一个大坑，像一个巨大的血盆大口。

桂花垂头丧气地回来，不再纠缠这些。她感到自己有点儿患上了抑郁症，吓得心缩成一疙瘩。便自己开导自己说：你不要自己吓唬自己！上有老下有小的，你的责任还很大，担子还很沉！

晚上躺在炕上眼睛干巴巴睡不着，正胡思乱想，手机一响，拿起来一看，是杨满堂转发了一条微信：

> 一位老人对他的孩子说："攥紧你的拳头，告诉我什么感觉。"孩子攥紧拳头，说："有些累！"老人说："试着再用些力！"孩子说："更累了，有些憋气！"老人说："那你就松开它！"孩子长出了一口气，笑着说："轻松多了！"那位老人语重心长地对孩子说："当你感到累的时候，你攥得越紧，就会越累，放了它，就能释然许多！"多简单的道理，放手才能轻松！

桂花读完，回了四个字："谢谢姐夫！"

马上，杨满堂又转发过来一条信息：

> 老和尚对小和尚说："当你来到这个世界的时候，你在哭，但别人都很开心；当你离开这个世界的时候，别人都在哭，你自己却很喜悦。所以，

死并不可悲,生亦不可喜。"

桂花的眼泪,悄悄流了下来。

转眼清明节了,桂花带着放假回来的金凤金龙去给金民上坟。金龙自从金民去世后,性格变得十分内向,对谁都没好脸色好口气,尤其对桂花让他叫舅的杨满堂,更是两眼仇视的猜忌。金凤虽然表面变化不大,背地里却偷偷地哭。桂花碰见了,她会快快地把脸一抹,给桂花绽放一个笑容,那个笑在桂花眼里,却像一朵带着刺儿的玫瑰花。

烧完纸钱纸衣,桂花指着坟头的树问他们:"知道这叫啥树?"

"桂花树。"

"知道妈妈为啥要栽桂花树?"

金凤眼里漂上了泪:"妈妈你想让它替你守着爸爸陪着爸爸?"

"凤儿长大了!"桂花眼泪哗哗地流。

金龙用手擦着桂花脸上的泪,自己却呜呜地哭起来。母子三人就抱成一团放声哭。那哭声,在料峭的风中,沾满了乱纷纷的雨丝,贴着地传出很远。

回去的路上,金龙憋不住问桂花:"妈妈你会嫁人吗?"

金龙的同学中,有好几个像他这样的,妈妈改嫁后守着爷爷奶奶混日子。

桂花说:"不会!妈妈要替爸爸,给爷爷奶奶养老送终哩!妈妈还要把凤儿龙儿,送进大学哩!"

金龙紧紧握住妈妈的手,好像只要他一松,妈妈就会被这高原上的风刮走似的。

15

金凤要参加高考了。金民去世后,金凤变得异常刻苦,年年是三好学生;眼下在县中理科班全年级排名前三。她给桂花说她想学医。桂花说:"妈懂你的心意,你是忘不了你爸,心里想着金龙。可你为啥不学环境工程呢?"金凤看了她妈半天,点了点头。

金龙也要中考了。他和金凤说,他恐怕考不进县中。金凤说:"你已经很了不起了,能把血糖控制得这么好。要是姐,可能这点都做不到!"

桂花和杨满堂的苹果生意做得并不顺利。他们的收购价虽比别的果商高一点儿,但果农尝试以后,产量上不去,算来算去不划算,都灰心了。有的果农甚至变着法儿,将不好的果子冒充无公害苹果来滥竽充数。杨满堂看着桂花,说:"瞅瞅,不是你想象得那么简单!"桂花想通过收购让果农放弃用廉价农药和膨大剂的想法,基本失败了。

但也有值得欣慰的,县上乡上对农药市场一天比一天抓得紧,一年比一年管得严了。劣质农药不让生产了,市场上自然就买不到了。

苹果小脸儿又露红的季节,金官菊英两口子回到了村上,一个比一个黑瘦。金官得知金民死了好几年,坐在他爸他妈面前,蔫蔫地流了好长时间泪。原来菊英得了胃癌,看来看去,钱没少花,精神却越来越差。到后来,儿子金富金贵谁都不肯再掏钱了,只好回来等死。菊英回村后,一步都没出过屋门,躲起来不愿见人。

桂花初听这个消息,心里顿时冒出两个字来:报应!可晚上躺到床上,却不由得流下两股眼泪,想:金民遭的啥报应?金龙又遭的啥报应?志温、训练、荣录,还有那么多可怜的好人,他们又遭的啥报应?

天一亮就过去看望菊英。菊英一见桂花,脸先一红,接着就黑青黑青,垂下头哗啦哗啦掉眼泪。桂花抓住菊英干瘦干瘦的手,哭得上气不接下气。

菊英说:"嫂子对不起你!"

桂花说:"嫂,你别说这些,把心放宽!"

菊英说:"桂花你受苦了!"

桂花嘤嘤地只是个哭,哭金民,哭菊英,哭金龙,也哭自己,边哭边说:"这都是啥事嘛?这都是啥事嘛!"

菊英回家只挨了三个月,就喝农药死了。丧事上,菊娥抹着泪对哭得不能自持的桂花说:"菊英一生要强,总想把日子过好,到头却落个这下场,人这命咋这么贱?"菊英的丧事,金富和金贵都没回来参加,金富说厂里不让请假,金贵的媳妇住进了产房,要生第一胎了。

桂花的公公扯着个嗓门骂麦草:"老挨刀的,你心咋这么硬的,啊?你不给我农药,眼睁睁看着,让老天爷这么一刀刀割,忍心?"指甲把胸膛抠出一道一道血印子。婆婆麦草只好把手给捆住,公公就圆睁着两只眼睛,杀猪一般干号。那声音,听得人心里一抽一抽的。

菊英死后,金官像变了个人,整天郁郁寡欢的,光知道埋头干活儿,自家的桂花的,从早往黑做,再也不提出门打工了。婆婆不忍心,让金官就在这边吃饭,不用再单另生火;桂花也说:"不就一张嘴的事么!"可金官不愿意,仍然自做自吃。

菊娥背地里对桂花说:"菊英一死,你倒好了,白捡一个干活儿的!"

桂花白白的眼睛斜她老半天。

杨满堂两口来拉苹果时,告诉了桂花一件大喜事:"县上镇上,都在治理以前的垃圾场。桃花沟垃圾填埋场被曝光了,把两架山头都推平了,说要建一个生态观光园。咱们镇旁沟垴处的那个垃圾沟,正在建一个大公园,那可是咱们这条旱塬上第一个公园啊!建好后,咱也能像城里人那样去逛公园了!"

桂花的脸上,这才笑开了花。

又是一年桂花季。金凤考上了同济大学的环境工程专业,是村里的一只金凤凰;金龙也被县中录取了,高兴得整天咧个嘴笑。一个星期天,桂花和杨满堂两口把金龙一接,吃罢饭,去桃花沟逛新建的生态观光园。

观光园里人来人往,好不热闹。桂花惊讶得叫了起来:"妈呀,真漂亮！"满园绿树成荫，繁花似锦，亭台错落，回廊九曲，真是一个观光休闲的好去处。寻着香气，绕过菊园，穿过竹园，前面就是一大片桂园，大大小小被修剪得整整齐齐的桂树，开满了黄的赤的白的碎花，浓浓的桂香，飘满了桃花沟。

"真美啊！"金龙欢笑着，拿着手机给满堂舅舅、彩芹姑姑和妈妈照相。照片里，他们一个个笑得格外开心，格外欢乐。

转着转着，桂花问杨满堂："现在把垃圾弄哪去了？"

杨满堂说："这你得去问书记县长！"心里却说：能堆到哪？再弄一个桃花沟呗！等垃圾填满了，再栽一片桂花树呗！可这，敢让桂花知道？她已经神经兮兮了，要知道了又会怎样？彩芹早早嘱咐过杨满堂，千方百计也得瞒着桂花，能瞒多久是多久。

晚上，金凤给桂花打电话，说学校有多好，老师有多好，同学有多好，末了还说，她爱这个专业，他们学校这个专业在全国数一数二，有好几个知名的专家，在全国乃至世界都很有影响力。

放下电话，桂花在微信朋友圈看到一条信息：省环保厅联合四部门，将在全省范围内进行一次为期一个月的环保执法大检查。桂花的脸上，绽出一个舒心的笑。

那一夜，桂花睡得很香，她做了一个长长的梦……桂花开了，满世界飘着黏糊糊像蜂蜜一样的香味，金民坐在苹果园里的那棵桂花树下，头上身上落满一层细细碎碎的桂花瓣，两手握着杆金光闪闪的笛子在吹，《九九艳阳天》的旋律从笛管飞出来，变成满天的小花瓣，飞呀飞，飘呀飘，桂花像个天真快乐的小姑娘，头上戴着一个花冠，脖子挂着一个大大的花环，笑得像仙女一样妩媚圣洁……

而隔壁屋里的公公好像魔住了，正在梦中大呼小叫，惊悚的叫声中，隐隐传来婆婆噎着的啜泣。

秃驴那些风流事

引子

应约要给一位画家写篇吹捧文章，为东拉西扯找渊源、寻陪衬，正对着保罗·高更的《我们从何处来，我们是谁，我们到何处去》牵强附会，一起捏尿泥长大的故乡现任县委书记，带了个陌生人找上门来，还没进屋就给我介绍："梁总，梁冬生，大企业家，专门要我陪他登门拜访！"

这位叫梁冬生的企业家冲我笑着说："张教授，我还记得你下巴这颗痣，比毛主席那颗还要大！"

我疑惑地盯着他看："你是？"

发小哈哈笑了："湾里的秃驴，还记得不？这就是他收养过的冬生！今天来想请你写篇碑文，他打算给秃驴立块碑。"

自打写小说难稻粱谋，我便迅速转身，专门给书画家当吹鼓手，一手交钱，一手交货，银子来得很快，却叫写什么碑文？你以为我是小炉匠，什么活都接啊？可面对梁冬生搬来的一大堆高档烟酒，又碍于发小面子，再不情愿也得弄啊！人嘛，不就活在一个接一个的无奈中吗？

心绪只好从高更的画作中暂拔出来，跌进遥远的记忆里……

1

> 秃驴秃驴你趴下，
>
> 咱给你画个娃娃。
>
> 秃驴秃驴你甭怕，
>
> 画上个娃娃跟你耍。

一群吸溜着鼻涕的小娃，蒜瓣一样串着串儿，各人手握一根树枝当马当枪，扯着嗓门吆喝。乡下日子苦焦，人们排遣烦闷、自娱自乐的日常途径，就是嚼人笑料，闲话是非。即便妯娌、兄弟甚至父子之间，也不例外。乡下的孩子，从小就学会了用戏谑他人滋养快乐。

秃驴背个褡裢，拖条拐棍，正从堡子中间的土泥路穿过，两个肩膀扛一张大嘴，不是去跟白事（丧事），就是去跟红事（喜事）。

路程要远，秃驴是绝不理会这帮兔崽子的，任他们咋喊咋叫，哪怕扯破嗓门，只管自顾自走，绝不停步。他得赶点。若是近路，秃驴就会跟这些小屁孩们耍上一耍，故意放慢脚步，等他们一点一点靠近了，猛转身猫腰追过去：“我把你碎血放了！”蒜瓣儿霎时碎散，四面逃窜。胆小的腿脚一软，骨碌碌从土路两旁的漫坡滚进玉米地。地里的玉米才半人高，哗哗哗拍着巴掌笑，把冰凉的露水唰地当头浇下。秃驴张开满嘴的大黄牙，嘿嘿笑得像驴叫唤。

山后堡的劁匠受活嘴，跨着他那辆捅火棍样的自行车，车头竖根硬铁丝，铁丝上系条红布带，咣当骑过来。受活嘴在旧社会的乡公所跑过几年腿，嘴能说会道，干过些息讼、抽丁、摊粮、派赋的杂差，很红火了一阵。新的时代差点被划进四类分子，从此夹起尾巴，见人不笑不开口，说话尽往人心坎儿上说,便得了个受活嘴的外号。学了劁猪骗羊的手艺,得空儿四乡八堡地转着村吃喝。

"小梁小梁,白事红事?"受活嘴远远打着招呼。即就半人高个小孩,受活嘴都不敢怠慢;他从不当面把秃驴叫秃驴。单就为了这句"小梁",秃驴就亲他三分。

"白事!"秃驴哑个嗓子说,侧身给车让路。秃驴深知这辆车,除过铃不响,到处都咣当,没闸,刹车靠脚,弄不好连人带车往身上撞。他就遭过这祸。

受活嘴两脚擦地猛蹭着刹住车子,眼睛向下,笑眯眯瞅着秃驴:"那你有两天好日子了!"

秃驴仰脸迎着受活嘴的眼睛笑,口袋里抠搜出一根纸烟,短胳膊短手递过去。受活嘴弯腰接过去,点火吸上,鼻孔里冒出两股青烟,眯着眼睛笑:"记着,叔给你留着俩羊蛋!"

"这话你都说一百遍了!"秃驴说,心里可惜起了那根纸烟。

"咦咦咦!叔给你留得都长毛了,你看不上不来吃么!后晌你来,叫你姨一燘,咱爷俩喝一盅。"

秃驴看着摇摇晃晃的自行车背影,心里说:明知道我后晌有事去不了!

2

秃驴姓梁,湾里人。湾里是泾河北岸北极塬畔的一个小村子,塬面破碎,沟深坡陡,进门钻窑洞,出门便爬坡。

秃驴是个可怜人。他爸梁三,染天花聋了耳朵,毁了脸面,咋都说不下媳妇。他妈是个半瞎子,看啥都得贴近眼睛端详半天,东家挑剔、西家弹嫌的越拖越大。后经媒人撮合,两不情愿地将就成一家。哭哭啼啼嫁过来,遇不如意，就哭天抹泪地骂："我把眼瞎了！我把眼瞎了！"惹得婆娘娃娃叽叽嘎嘎笑。

梁三见那边指手画脚哭，这边前仰后合笑，扬起手中的铁锨，怒冲冲奔向瞎眼婆娘。到跟前了，却杏树枝上咣一敲，啪啦啦落一地黄杏。高声叫："拾杏！"半瞎婆娘就撅起肥嘟嘟的圆屁股，一边哭骂着梁三，一边把眼眯条缝儿在地上摸索。眼看手要够着杏了，梁三快手换一颗圆石子，咧嘴眯着婆娘把石子儿捡起来塞进嘴里去咬，回头冲人眯着眼嘿嘿笑。婆娘耳尖，石子嗖地飞向梁三："你个龟儿子……"被梁三递过来的两瓣酸杏堵住了嘴，一串噼里啪啦的叫骂噎进肚子里。

梁三说："酸儿辣女，多吃些，给咱生个儿子！"

果真生了个秃头儿，起名秃子。

梁三的亲兄弟是个吹鼓手，膝下没有子嗣，很疼这个侄子。每逢赶红白喜事的场子，就背他去吃汤泡馍，去坐八碟子八碗的重八席，十碟子十碗的十全席。北极塬风俗，碟菜叫作"行菜"。一碟端上来，大家吃菜喝酒，行令猜拳；吃完撤下，再上一碟。这个过程，主家要来请烟、敬酒，司仪要做各种说唱、吆喝，拖沓而冗杂。小秃子捺不下这个烦，抓一把糖果去听吹拉弹唱，去看鸡鸽仗、狗连蛋；要么就去看放炮，一挂鞭响到最后几闪，哇呜一声钻进青烟里，同一帮小孩抢未响的空炮，装进兜里，点根火秆儿，一会儿叭一个，一会儿叭一个。等到八碗或者十碗"坐菜"摆上桌，不用你叫，他会啪啪啪跑过来，黑手抓个白馍，拦腰一掰，往旁边不论谁面前一伸："夹！"人就呵呵笑着给夹片大肥肉，问："够不？"小秃子扬脸盯着肉碗子："再加一片！"夹好后，鼻一吸溜，抓过馍跑了。

梁三佃人几亩薄地种着，苦耕苦作，一年到头勉强够吃够喝。按说秃子养到七八岁就能使唤了，斫个柴、放个羊、打个草，田间屋里都能是个帮手。可梁三夫妻舍不得。自从生了秃子，虽然夫妻二人不空日子地折腾，着忙了不管白天黑夜，也不分田头屋里，裤带一解就是一个回合。男人高歌猛劲气壮如牛,女人曲意逢迎喘声似狗,一声接着一声求告:"天爷,你再给我一个,再给我……一——个……—男半女啊啊啊啊……"可惜天不怜念,梁三的半瞎眼婆娘,屁股圆得像个大冬瓜,奶头大得如同两只老茄子,肚子却不争气,不再坐胎。好在有个秃子,要不然,叫他们一个聋子一个瞎子,可怎么活!

小秃子长着长着,梁三两口子发觉不对劲了。邻家的娃儿比他们秃子还小两岁,噌噌噌长得高出秃子半个头了,一个头了。可他们家秃子,只长到梁三胳肢窝刚过,就像冻住了,声音变了,毛孔粗了,个头却不见再长一丝一毫。连常来拉粮抽丁的受活嘴都急了,说:"光长心眼不长个头。等着你背枪,我差事都得卸了!"刚开始人劝:"莫急,会长高的,瞅那饭量!"秃子的饭量比不过梁三,可比他妈大许多,一顿能吃两三个馍,还得外带一碗糊汤。可等了几年不长,老两口的心就毛了,慌慌张张四处烧香拜佛,求神问卦。

炭店塬人叫娘娘坟的姜嫄墓,他们去上过香,化过纸。龙高塬上被称作人祖坟的公刘墓,他们也去磕过了头,许过了愿。就连邠州城菩萨巷里的福音堂,西中街的天主堂,他们都去求过了。光求神拜佛,梁三磨烂了两三双鞋底。

都没管用,只好去寻医。什么大生堂、济世堂,什么德春堂、万兴堂,服了不少中药;什么志三诊所、同仁诊所、博爱诊所,甚至美国传教士开的明道所,他们去吃了很多西药。钱没少花,路没少跑,可毛用没顶!

庄户人家,靠的就是个儿头和块儿头。秃子既没个儿头,又没块儿头,眼巴巴二十多岁了,磨破了嘴皮子,咋都给说不下媳妇。

梁三两口愁得长吁短叹。一个真聋一个假瞎,本就觉着低人一等,矮人半截;又添这么个站没人高坐没狗高的不成器,精神更短得没了指望。梁三走路不再噔噔噔扇股风,扑踏扑踏软,脚底板刷得地咻啦咻啦响。半瞎子婆娘见人便抹眼泪,独处就发愣发呆,做了这样忘了那样。

一次为了麦秸垛里的三两颗鸡蛋，和邻家婆娘嚷到一起。那婆娘最是个不省油的，过河都想带点儿水，见没占上便宜，把嘴一撇："咦！咦！咦！看把你心劲儿大的，顶啥？不就几个鸡蛋么，还能孵出个孙子来？命里该绝了，你就能日天，也不顶什么用！"

半瞎子婆娘嗷一下号出了声，抓着的鸡蛋地上摔出几摊金黄，转身跑回家关上门放声大哭，直哭得天昏地暗，声嘶力竭。

晚上梁秃子回来，问清了来龙去脉，给她妈宽心："妈，儿给你出气！"

他妈一把攥住他的细胳膊："你敢胡来？人家人多势众，咱惹不起！"

秃子就像石头缝里长出来的一株独活，从小遭受着各种挤压，枝叶细碎得可怜，根系却格外发达，阴里暗里的能量积聚了不老少。嘿嘿一笑说："咱明的不行，就来暗的。"

后半夜，邻家的两个大麦秸垛就烘烘烘冒出几丈高的焰，等端盆提桶浇灭，只剩下一堆黑乎乎的残烬。那可是一冬炕洞里的柴火啊！邻家老少一大帮子，哭的哭咒的咒，乱成一团。秃子瞅着他妈，捂着嘴笑得浑身乱颤。半瞎子婆娘心是亮的，说："这下把仇结下了！"

果然，没出两天，梁三家的麦秸擩也被一把火烧光了。这个冬天，只剩挨冻了！

秃子站在崖畔上跳着双脚叫骂，话里话外捎带着邻家死了的活着的。邻家指使小儿子出面对仗，那小家伙年龄不大，个头蛮高，悄没声息走到秃子身后，一个绊脚，秃子栽到地上，又一巴掌，鼻子嘴里就出了血："打死你个狗日的！秃驴！"

秃驴的名号，就这样被叫出来了。

3

秃驴他妈连愁带气，真瞎了，啥都看不见了。人也瘦成一把干柴，整天躺炕上哼哼叽叽哭。他爸梁三，那么刚强的一个人，下沟背柴时一脚踩空滚沟了，被放羊的吆喝人抬上来，命算保住了，却赔上一只胳膊两条腿，成了半个废人。

那些日子里，邻家个个都像害了痨症，进进出出的，有痰没痰都要大声咳嗽。脚步踩得咚咚响，面对面说话，都要可着嗓门喊，好像隔着一条沟。

梁三不能下田了，秃驴又没本事耕种，佃的地就还给了东家铁算盘。铁算盘右手抓着算盘，左手捋着下巴上的几根胡子，抽抽着脸，牙疼一般说："还欠半年租哩！"秃驴的吹鼓手二爸把手一摊："家都败成这样了！东家以后你家过事，我包圆！"铁算盘把手一挥，说："算了！都是可怜人，谁还没个难儿灾儿！"

秃驴一家的生计，就全靠了吹鼓手接济，还有秃驴跟事混来的那点吃喝。

好在很快中华人民共和国成立了。秃驴家按嘴分得五亩坡地，一亩半塬地。分地那天，全村的穷汉比过年还高兴，还热闹，个个兴奋得满脸通红，敲锣打鼓聚到村东头土地庙前，满脸的扬眉吐气。秃驴妈高兴得不停抹眼泪："这是不是真的？这是不是在做梦？"转身去推睁着眼的老梁三："他爸，他聋爸，咱有地了，咱也有地了！呜呜呜呜……"可怜那老梁三，见婆娘哭一阵笑一阵，嘴里急得直叫唤："又咋了？又咋了嘛？"心里却做梦也不会想到，自家名下竟然会拥有六亩半土地！佃了大半辈子的田，东山日头硬往西山背，交完租，顶多够一家糊口；老了老了，人废了，身残了，竟成地的主人了。

吹鼓手叹口气说："他不知道更好！他要知道了，动也动不了，做也做不成，就他那性子，不得急个半死？"

秃驴对分地其实并没旁人那么兴奋。他一没力气，二没本事，知道自己不是经营土地的料。但他那段日子却出奇地欢实，只要听到人声喝噪，就撂下手里的活计往热闹处挤。本村出租了几辈子土地的财东铁算盘，眼看老几代人拼下的家当几天就被分了个精光，一时想不开上了吊，呜呼了。也是命数，铁算盘往上三代，家业殷实却人丁不旺，全是单传；到了铁算盘，一生一个女儿，一生一个女儿，前二年，刚咬牙掏大财礼娶了个二房，到他死，肚子都还没见动静。他这一死，撇下大小六七个女人，可乐坏了一帮穷光棍。

秃驴从小惯受欺凌，按说，最知道遭受欺侮的苦味和屈辱。可他却无师自通地在生存里懂得了弱肉强食的道理，学会了欺负比他更弱小的，借此来转嫁自己的不幸，并获取着做人必要的快活。他把大脑瓜往前一倾钻进人群，手扒桌沿上抻长脖子问："啊地分了，牲口分了，人分不分？"

"分人？分啥人？"

"还有啥人？铁算盘家的女人呀！"

旁边就响起了一片怪笑声。

有人喊："秃驴也想女人了！"

有人问："秃驴秃驴，你要个女人，能做啥？白糟蹋了！"

秃驴满脸的不悦："给我爸我妈做饭！"

"还做啥？"

秃驴翻出了两汪眼白："你做啥，我就做啥！"

人就哈哈哈哈笑成一疙瘩："就你？吃奶都得搭个梯子！"

秃驴先挤出人群，确保不会被打倒，这才扬起脖子喊："把你妈奶拿来，看我能不能吃上？我不单要吃，还要摸哩！"喊完了撒腿就跑。

跑回家就向他妈嘟囔，摔碟子撂碗地要媳妇，指名道姓非娶铁算盘家的小女儿："你不赶紧，就叫人家弄走了！"饭不好好做，地也懒得下，有事没事老往铁算盘家跑。不让进门，就在房前屋后瞎晃悠，爬墙头贴门缝，吸溜着涎水往里瞅，盼着能看个白脸热屁股。夜里躺在热炕上想入非非，把那些个鸡踏蛋、驴配种、猫叫春、狗连蛋的画面，一帧一帧在眼前晃，口干舌燥得在热被窝里烙烧饼,翻来覆去地折腾。

他妈劝他:"娃,你就甭想,人家看不上咱!"

吹鼓手也骂:"人要讲良心哩,不能乘人之危!咱不能害人家姑娘!"

秃驴于是晓得,连家人都看不上自己,更甭说别人了。嘴上不再提,知道说也没用;心里却十分不爽,窝了一肚子邪火,从此热衷了耍新媳妇闹洞房。

新郎官抱新娘子过独木桥时,秃驴的脸就贴在了新娘子圆滚滚的软屁股上,他闻到了一股麻酥酥、醉醺醺的迷人味道,就情不自禁了,悄无声息地在他人的大呼小叫、你推我搡中,一次又一次把脸往新娘子身上贴。正美着,一个大栗子凿到头上,辣辣地起了个包。抬头一看,是邻家那个赐给他秃驴名号的老四,一声也不敢吭,钻出了人群,想走不甘心,想留又怯火,正愤愤恨恨着,见老四的丑媳妇怒眼圆睁扑进来,拨开人群,一把揪住男人耳根子,边往外拽边骂:"娃烧得跟炭一样,你跑这里来寻腥!"秃驴就咯咯地笑。

第二天,大后晌天将擦黑,秃驴瞄见堡子的跛腿老汉梁桃远远走进村子,心里盼着盼着,果然见朝邻家走去。梁桃是方圆无人不知收死娃的。这让秃驴一下子来了精神,不再去回味昨晚留在鼻窍里的味道、烙在脸上的迷人、粘在手上的滑腻。颠儿颠儿跑去崖畔探头一看,就听老四媳妇嗨嗨唠唠在哭。

秃驴真想变成一只母鸡,咯咯嗒咯咯嗒地叫;秃驴还想变成一条狼狗,抻长脖子汪汪吼;秃驴幻想着自己是一匹解了缰绳的马儿,正打着响鼻儿,撒着欢儿在塬面上奔跑,跑着跑着,飞起来就成一只尖嘴的野雀,喳喳喳、喳喳喳唱遍了整个北极塬……秃驴那些浑身上下由里到外的高兴、舒服、快活,一下胜过了跟事所能给的所有好吃好喝,闹洞房所蹭的全部小捏小摸,看驴配种、狗连蛋所生的无数身热肉紧。他想吼两嗓子,唱一曲戏文。他张开嘴,弯下腰,运上气,努着全身的力气,啊咳,啊咳咳,啊咳咳咳地干咳起来，声音盖过了刚入夜塬畔沟边的一切声响，飘进空旷的夜风，在自己的耳朵里响起一串滚雷。

4

成立互助组时，谁都不要秃驴，嫌他又残又懒。吹鼓手没法挑选，只得两家结为一组，吹鼓手两口就一家要干两家的活儿。秃驴身单力薄，耕地扶不住犁，耙地拉不动耱，耧斗他摇不了。扛个镢头去挖地，一镢头下去一个白茬，再一镢头下去还是一个白茬，虎口震得麻麻疼。一屁股坐到硷边，涨红着脸，泪珠子骨碌骨碌打转，恨他爸他妈为啥要生他养他，为啥不一泡尿把他溺死，为啥不湿一张麻纸把他捂死。北极塬处理多余的冤孽，不都用这些手段吗？

一次，吹鼓手叫他去饮从铁算盘家分的那头小叫驴。秃驴攥紧缰绳，牵上去野狐沟。沿途秋庄稼长势正好，小叫驴犟着脖子去啃青，秃驴就像被系在缰绳上的一截儿朽木头，一忽儿被拽到东，一忽儿被拽到西。气恨不过，捡根枣条子迎面抢下去。小叫驴长嘶一声，挣脱缰绳冲进玉米地，把秃驴撂到了路边的阴沟里，眼前一黑半天站不起来。好不容易缓过气，爬起来跳着双脚连哭带骂："连你狗日的都欺负我，啊？我要杀了你！我要杀了你！"逗得周围看热闹的笑得前仰后合。结果驴没杀成，倒赔了人家二斗苞谷。恨得吹鼓手婆娘牙根疼，成天指桑骂槐，摔东撂西，大骂吹鼓手是个"支锤的墩"。

先年腊月，经查田定产、划片分等、填写清册，家家都领到一本土地证。人人笑得满脸带醉。老辈儿说："历朝历代，谁把穷汉当过人？如今把地分给你了，还把契给你印好填清，这样的好事，谁敢想呀！"

秃驴却并没觉着多好，他倒愁得心慌。吹鼓手给他打气说："沟畔畔的二癞子，人没你高，腿没你壮，还是个背锅子，你看看人家，啥活不做还是啥力不出？"

秃驴最忌讳谁拿二癞子跟他比。二癞子算哪根葱？一头的血疗痂，满脸的小坑坑，背上背个大肉瘤，人见人嫌，狗见狗躲。他不下苦吃啥喝啥？他就再勤再苦，能把日子过到铁算盘那么大？就过那么大又能咋样，到头还不得上吊？有本事他去跟个事，看看谁待见他？

再被吹鼓手逼到地里干活儿，就鼻子不是鼻子脸不是脸，东一榔头西一棒槌地糊弄；一心只盼着谁家立马死人，谁家赶快娶亲。吹鼓手又恨又愁，成天咳儿咳儿叹气。

眼看着绿油油的麦苗抽了苔，油菜花苞胀鼓鼓缀满枝条，却忽然连续几天袭来几十年不遇的寒潮，地里的葱茏大多枯死了，坡里洼里一派萧条。年老人跪在地头，眼巴巴看着庄稼成了一把干柴，哭的哭骂的骂；青壮年蔫耷耷蹲着，头垂在交裆里，咳儿咳儿叹气。唯有秃驴背搭着双手，这家地头转到那家，没事人一样，满脸的幸灾乐祸：都能行么，都能行得很么！你有力气么，有本事么，是把式么，会经管么，这下不能了？喝风去呀？笑话我？只要这世上有人生有人死，有人嫁有人娶，我就饿不着，我就能吃香的喝辣的，还能捎带填饱我爸我妈！

他去到二癞子地头，二癞子正耷拉着硕大的血疗痂，窝在垄沟生闷气。他戳一下二癞子，二癞子见是他，两手撑地站起来，背着格外突出的大肉瘤，一晃一晃去地里枯死的麦苗，见着活的，就掬土壅。

秃驴站在地头哈哈哈笑："二癞子，能救活几棵？"

"秃驴！"二癞子头也不抬。

秃驴弯腰捡一块土坷垃撒过去："狗日的二癞子，饿死你！"

二癞子紧了脚步往外走，秃驴啪啪啪跑了。

此后吹鼓手再叫秃驴下地做活，秃驴就梗脖子了："把人累死累活，顶啥？统共打那几斗瘦拧拧麦，够塞牙缝不？"

"都照你，哪来的饭供你吃喝？懒人！"吹鼓手拿他没法，整天只会光打雷不下雨地干骂。

秃驴任谁骂，都不还嘴，只要不让他下地，你只管骂，骂啥都行。从小到大，他啥都缺，就是不缺挤对和咒骂，欺凌和轻贱。

人人都像崖缝里扎根的一棵山杏，头顶的巨石终于被搬开，便挺直了腰身往高蹿，争着抢着开花结果。连闲痞二流子都改邪归正了，奔进田里洒汗水，播喜悦，耕耘温饱。勤苦人家出身的秃驴，却吊儿郎当不走正路，把日子吊在北极塬的婚丧嫁娶上晃荡。酒足饭饱之余，就去赶集，看小媳妇大姑娘养眼；去闹洞房，扯着嗓门耍新媳妇过嘴瘾手瘾。当然了，他最喜欢凑热闹的，还是中堡子的配种站。挤在人堆里，盯着眼前那场充满原始野性的博弈，感受着血脉的贲张，整个人会燃烧得变成一道轻烟飘忽。有次尾随一个屁股圆滚滚的小媳妇赶集回来，眼睛被那两蛋儿迷人的肥臀颠得迷乱了，一路上心猿意马。经过配种站时，正巧赶上趟儿。小媳妇手里攥着一把麻花，一下子就定在了那里，睁圆了眼睛盯着那杆威武。秃驴看到，她鼓鼓的胸脯急促地起伏着，喉咙咕儿咕儿响。秃驴悄悄靠上前，把身子往她边上蹭。见她没动，就紧紧贴了上去，浑身的血烘地往头顶涌。那匹枣红色马扯着嘶鸣扬蹄亮剑，噗地一下刺进下面的驴身子，小媳妇手里的麻花咔吧碎了一地。身后响起一片嘎嘎嘎的大笑声，秃驴惊了一跳，赶紧去捡麻花往小媳妇手里递，小媳妇抡圆巴掌扇过来，在秃驴的黑脸上击出一声脆响，埋着头跑了。

"秃驴秃驴，老鼠偷腥，遇着猫了？这一巴掌咋那响的，疼不？"人们哈哈哈笑。

秃驴揉着火辣辣的黑脸膛，讪讪地笑。心里想，那么嫩个小媳妇，手劲这么大！

吹鼓手有事顾事，没事整天忙在地里，人累得黑瘦黑瘦。膝下香火不继，唯一的侄子又如此不争气；兄嫂一个聋一个瞎，都要靠他；老婆又是个皮薄心窄容不下人的，整天骂骂咧咧。吹鼓手自觉活得没一样如意。再赶场时就贪上了酒，一喝就醉，醉了就又哭又笑，骂东骂西。一次夜路返回，醉眼迷离中从邻村一户人家的崖畔上踏空跌下，立时没了气息。

吹鼓手婆娘天塌了一样，整天悲号不已，哭得昏昏沉沉。聋子梁三喊人把他抬过去，拍着兄弟的棺材板，半天捯不过气来；等出了声，就砸自己的腿，头在棺板上撞得嘭嘭响："兄弟呀，让哥去替你！哥去替你呀兄弟！"秃驴他妈也扯着个细嗓子，陪前来吊丧的村坊邻居和亲戚，一把鼻涕一把泪地哭，既哭兄弟的不幸，又哭自己的恓惶，瞎眼里尽是汹涌的泪。

可驴秃却没哭。从小遭受的那些欺凌和轻贱，挤对和冷漠，让他的心慢慢板结了，变成一块硬石头，谁碰上谁疼。整天吼吼叫叫管他的吹鼓手现在一死，忽然让他心里有种搬掉个东西的轻松。这种轻松，让他哭两嗓子的想法都兑现不了。秃驴知道他是应当哭的，不说吹鼓手生前疼爱过他拉扯过他，也不说是吹鼓手把他带进跟事混吃这路轻松的，单就他是这个家唯一的孝子，按乡俗按礼数，他都应当守在灵前大放哭声，狠甩眼泪。可他没眼泪流，也顾不上哭。他得招呼客！他得安排事！他生平头一次成为头脸人物，谁都得听他的，谁都得来向他讨主张，跟他商量事。比方阴阳请谁，厨子请谁，吹手几台，老衣几身，客势多大，席面咋开，谁当总管，谁做职事……事无巨细，都得千人打锣，一人定音。等把这些零碎商量妥当，安排停当，秃驴早像被抽了筋，浑身软得找不到骨头。

身子发软了，心却硬扎着，去找他二娘要钱。烟啊酒啊，茶啊肉啊，香啦表啦，蜡啦纸啦，每一项都要支出，都得用钱。他二娘却红肿着眼睛说："钱你甭管。随用，到我这里来支。"

秃驴的小疙瘩脸就红一阵白一阵，眼睛不是眼睛鼻子不是鼻子了。他僵了会儿，问："那我管着个啥事？"

他二娘说："事你管，钱我支。"

"那孝你来戴！纸盆你来摔！"秃驴的驴脾气上来了。

"能行！"二娘的脸色也变了，"反正这个家也绝了后了！"

秃驴蹦了起来,还想接话,被七手八脚拉去了灵窑。人劝他:"你二爸刚殁,她心里不好受,你就少说两句。咋说都是你二娘么,惹人笑话!"

"快不是我二娘了!"秃驴犟着脖子,呼哧呼哧喘粗气。

丧事过后,秃驴就变着法儿使手段,想把吹鼓手的那份家业继承过来。他抡圆了那双细短腿,跑上跑下,求东告西,想拉一些同盟为他撑腰,替他说话,帮他出谋划策。他瞎眼的妈劝他:"娃,人要凭良心哩,你二爸二娘这些年没少帮咱。再说了,你二娘年轻轻守了寡,可怜哩!"秃驴躁烘烘呛他妈:"她可怜我不可怜?你可怜她,叫她养活你,甭祸害我!"气得他妈大骂"忤逆贼"。可惜他在村人眼里百无一用,给人帮不上忙,出不上力,助不了阵,谋不成事,谁会倒贴,去帮他说话?给他撑腰?就只好自话自说,自事自做,找碴儿跟他二娘过不去,明里暗里的做手脚使绊子。烟囱里塞几块砖,柴草中埋几颗炮,窑院里排洪的水眼填一团乱柴,饮用的水窖里倒几锨牛粪……逼他二娘就范,或者把她欺负走。

没出二年,等不得亡人过了三年丧期,吹鼓手婆娘就改嫁了,走时把家里大大小小凡能拿的都拿走,不能拿的送人不要的,一把火烧了。那些噼里啪啦的火焰,在秃驴的眼睛里烧成了两团跳跃的愤恨。离开湾里那天,她被几个人高马大的兄弟黑脸护着,拉了几车的东西。秃驴远远站在一边,扯着嗓子泄恨:"有本事把那几孔破窑也拉走!"一行人理都不理,咣咣当当只顾赶路。

"我二大不会放过你的!"秃驴弓着腰喊。

车队里的一个提根棍棒追过来,秃驴转身就跑,栽了一跤,爬起来再跑,又栽了一跤。

惹得周遭看热闹的哈哈哈笑成一片。

"秃驴秃驴,羊肉没吃到,反惹了一身臊。"人笑话他。

"喊!俩烂箱箱烂柜柜,谁稀罕?全当喂狗了!"秃驴一脸的不屑,两只细胳膊朝后一背,"走呀!吃席去呀!"

5

入社后,秃驴把地往队里一交,好似卸了块大磨盘,轻松得一扭一扭的。队里按工计劳,按劳分配。秃驴一家三口两个半人,缺工少劳,日子就没法过。他家世代贫苦,属根正苗红一类,自然当之无愧成为优扶对象。聋子梁三虽不能动弹,但眼明心亮,可以板车拉去看庄稼看场活,给个半劳的工分;秃驴的瞎妈手脚能动,给分些捻麻线、纺羊毛、搓玉米、剥花生、缚笤帚的零星活,也不至于吃闲饭。

村坊对此就有不平不忿的闲言碎语,说指派个聋子看庄稼看场活,他能听见?真遇着个贼娃子,他能追能赶,还是能撵能逮?既然捻麻线、纺羊毛、搓玉米、剥花生都能挣工分,那婆娘娃娃就都可以不下地了,啊?私底下虽然叽叽喳喳,可一旦摆到明面儿上,却都你看看我,我瞅瞅你,没人吭声,都指望他人当出头鸟,自己坐收渔利。

唯独秃驴评工分时,却齐搭喝声反对。队长的意思,秃驴生来是个矮把子,大力气活干不了,一般的零碎活轻巧活都能胜任,家里情况特殊,就按全劳对待。可没一个人同意。反应最强烈的是二癞子:"哎哎哎,谁见秃驴做过庄稼?他连自家活都懒得干!我才七分工,他就十分工,凭啥?"

"凭人家比你高比你大,比你有力气!凭人家三代穷苦,成分比你好!凭人家比你家需要照顾!"队长扯着嗓门喊,一副板上钉钉的坚决。

不知谁大声叫:"二癞子,人家秃驴给队长送白馍肥肉羊群烟了,你有啥送?"

另一个接口喊:"得是没啥送?要不把你妈送给队长!"

笑声就嘎嘎嘎响成一片,在队里那孔又高又大的窑洞里,嗡嗡嗡震耳朵。

秃驴最后只评了五分工,半劳。

散会后,秃驴把二癞子堵在回家的路上骂他。

二癞子扑上去撕扯,两人便打到一处。秃驴没劲儿,占不到便宜;二癞子太矮,也占不到便宜。两个人气喘吁吁两头臭汗地滚到两边。

秃驴说:"我就不挣工分,也活得比你阔!"

"阔?跟叫花子有啥两样?"二癞子满脸鄙视。

秃驴爬起来,伸手在二癞子头上猛一抓,抓出满指甲的疔痂。二癞子头上,就亮出了四道血印子。二癞子疼得锐声叫骂,声音像发锯铲锅。秃驴站在远处,一脸快意地哈哈笑。

秃驴很少出工。多半的日子里,他都游荡在婚丧嫁娶的热闹中。

路程过远,秃驴一般先吃过早饭动身,天擦黑寻到事主家里。大多人家,即便对父母都不孝顺的,这时辰见到秃驴,也会端上来半碟凉拌,一碟热馍,两碗煎汤,招呼秃驴吃饱喝好。人面前的好人你都不当,那等于明目张胆地向人宣告你是个十足的坏种!有条件的,安排他去柴窑睡一夜;不大方便,秃驴就找一处麦秸垛,掏个窝窝蜷缩进去。路稍远的,秃驴天麻麻亮起身赶路;近便些的,秃驴则不紧不慢,消消停停,能赶上吃汤泡馍就行。总之不能太早,早了人笑话你着急吃饭;也不可太迟,迟了汤就不汪,馍就不软,菜就不鲜。

吃罢汤泡馍,早有吹手喊他过去,塞一包羊群烟,让一杯高粱酒。秃驴不吸烟,怀里一揣;酒能喝两盅,嗞地一干。递过来两把筷子般粗细长短的鼓槌,秃驴接了,呛哩锒铛呛哩锒铛敲起了干鼓。

一圈人围过来看秃驴的把戏,齐声喊叫:"好!"

秃驴得了奖励,也不坐,半弯着腰,把个细胳膊短手抡出无数的花子。倘有大姑娘小媳妇旁观,秃驴更恨不能使出吃奶的力气,半截儿身子癫狂得像风地里的柳枝。唢呐、二胡、大镲、小鼓,受了刺激般,一时间节奏急促,你追我赶地激越,直到秃驴额头冒出一层细碎的汗珠,才会告一段落。

这时候吹手班主就会高喊一声:"秃驴!"

秃驴领了旨，撂下小桓，两个鼻孔各插一支烟卷，火绳点燃，长长一吸，半截烟卷就燃成灰；嘴一张，呼呼吐出一串串烟圈儿，一个接着一个往头顶飘。

围观者噼里啪啦拍巴掌，一片叫好。一边看热闹的受活嘴呵呵呵笑着说："特色！"

乡间的红白喜事，图的就是个热闹。而秃驴能把这种热闹，煽乎到尖叫。吹手再好，不就个唢呐么！二胡再美，翻来倒去还不是那几个调调！秃驴却不然，他站着没人高，是个半截儿，短胳膊短腿的，一颗大脑壳不成比例地高高扬着，两只眼睛鼓突突的，挤眉弄眼出洋相，变着法儿作践自己来乞好讨趣，逗得大人小娃嘎嘎嘎笑。笑着笑着，每个人的心里就舒坦了，忘记了清苦艰难，也忘记了尘世辛酸，觉着自己总比秃驴活得像个人样，开心得满脸菊花一般灿烂。

一直热闹到晌午开席。

秃驴的席位随吹鼓手，是单独的桌凳。北极塬的吹鼓手没有不认识秃驴他二爸的，对秃驴都多一份关照，反正吃的喝的又不是自家的，多一张嘴不少，少一张嘴不多，顺水人情是最没成本的买卖，赚取的却是心里的自足和旁人的溢美，何乐不为？事过客散时，吹手中有人就喊主家："给秃驴加几个馍，家里还有两张老嘴。"

秃驴把两根筷子穿了的四个夹肉蒸馍，裰裰里一背，酒足饭饱地晃悠回家。天若未黑，再困乏，秃驴都要转悠到二癞子跟前，或努力挤一个臭屁，边扇边说："饭香屁臭饭香屁臭！肉吃多了，屁吱吱的！"二癞子立马涨红脸，闷着声来追打。要么就挣出一串饱嗝儿，撇嘴皱眉地拖着腔说："咦——咦——，酒席吃多了，饱嗝儿这难闻的！"二癞子把满眼的嫉恨变成一脸的厌烦和不屑，说："赶紧，你聋爸睛妈快饿死了，你这个忤逆贼！"秃驴一拍裰裰："热蒸馍夹肉！雪花馍，筷箍厚的肥肉！"二癞子的喉头咕地一响，转身走了，脚步有些摇晃，咬着滋满口水的牙，心里骂："福都让狗享了！"

可今日,二癞子却把嘴一撇,说:"谁没见过！"有意无意把衣襟一押,秃驴看到他兜里装了个大白蒸馍,里面夹着筷籇厚一片肥肉。

秃驴无趣地走开了。

这个时候回他的破窑烂庄子,对秃驴来说,就像刚咽了蜂蜜就得喝黄连水,又愁又气又怨恨。他一个眼瞎一个耳聋的爹妈,没给他一个好过活,也没给他一副好身板,倒给了他没完没了的大连累。

进门问:"吃了没?"

他妈答:"搞着吃了。"

"吃的啥?"

"打了点搅团。"

"夹的馍,还吃不?"

"……"

秃驴就给两人手里各塞一个夹肉的蒸馍,听着两张嘴的吧唧声,烦烦地坐在灶间团蒲上,摸出一支烟抽,等着天黑。

鸟儿都进巢了,秃驴怀揣剩下的两个蒸馍夹肉片和一包羊群烟,去到队长家。队长婆娘是个龇龇牙烂烂眼,粗手笨脚长得很蠢的女人,茶饭不行,人样不好,队长当了队长后,就不当人待。村坊邻居就连二癞子都很轻慢她,但秃驴不敢。秃驴知道,十年人情经营,也敌不过一夜枕边嘤嘤,进门就叫:"姨,姨,我队长叔哩?"

队长婆娘脸贴着窗户纸上的一小块玻璃,扯着嗓子答:"隔壁子！"

秃驴边走边唤:"叔哎！叔哎！"

队长门一拉,披着一身灯光出来,两手还在绾裤带,堵在门口说:"噢,秃驴来了,啥事?"

秃驴谄笑往窑里走,被队长挡住。他透过队长的胳肢窝,瞥见身后灯光里,坐着湾里最招人眼热的女人。秃驴马上不自在起来,眼睛没处放了,话也不会说了,把一包烟两个馍往队长怀里一塞,转身往外走。

队长说:"秃驴,不坐一会儿?"

秃驴头也不回地说:"我还有事。"

6

秃驴匆匆忙忙脚步凌乱回到家,烂窑冰炕上一躺,呼呼直喘气。他的眼前,晃来晃去的,都是妖婆娘屁吱吱的影子。

屁吱吱是二癞子他妈。二癞子外爷旧社会爱耍钱,好冒泡儿,为图财礼,把二癞子他妈硬嫁给了二癞子他伯。那女人,脸白眼窝大,一笑俩酒窝,奶头大得像灌了满满两布袋的蜂蜜,走起路来咕涌咕涌的,动不动就嘣一声把纽襻挣脱。屁股滚圆滚圆,像铁算盘家刷得油光发亮的雌马肥嘟嘟的后臀,谁都心痒痒地想上手摸两把。屁吱吱在湾里女人中,身材是头号的,惹得阖村的婆娘家有的眼红,有的嗤鼻,有的吊脸,有的撇嘴;而男人们则要么眼里热,要么心里痒,要么身子酥,要么腰里硬。无论她到哪儿,胸前臀后,脸上身上,都粘满扑闪扑闪的眼睛。

屁吱吱嫁过来之前,二癞子他伯是个雄赳赳气昂昂的汉子,二百多斤的粮装子,不用人帮,腰一弯手一抓,嗨一声就翻上肩,噔噔噔一箭地,腿脚不软,大气不喘。娶过来没三五年,刚生下二癞子,人就朽得跟木渣一样,老喊腰疼,走起路来晃晃悠悠的。人们就哈哈笑:"好菜费饭,好妻费汉,这话真不假!"更有人说:"那婆娘,就是个妖,专门吸精的。你瞅瞅,男人越黄她越白,男人越瘦她越肥。"一天,前鼓后突的二癞子妈从一帮谝闲传的男人堆里过,禁不住那些狼眼睛的摩挲,腿有些僵,脚有些乱,响了两声细屁,雪白脸盘一下子羞出来一片绯红,被耳尖的听到了,大叫一声:"屁吱吱!"自那以后,湾里的大人小娃,都叫她屁吱吱。劁匠受活嘴来湾里劁猪骗羊,见着了屁吱吱,眼睛眨巴眨巴地惊叹:"爷呀,真个嫽的屁吱吱!

我要能娶这么个宝贝,死了都值!"

年快半百的屁吱吱,依然是湾里公认的好身材,脸光光的,腰软软的,用那些粗手大脚胡子拉碴男人们的话说,"还是床好褥子"!男人早死了,独守着个残缺不全的二癞子过活。秃驴就曾有好多的日子,趴到屁吱吱家茅厕的矮墙头上,去听她尿出身子的嗞嗞响,和尿到土里的哗哗声。每次想探头偷瞄一眼她的热身子白屁股,都被二癞子提块砖追得落荒而逃。

此前早传说屁吱吱和队长眉来眼去的不清不楚,但都是说说,谁也没看到,谁也没抓住。可今日,秃驴却碰到了眼皮子底下,还就在队长家,就在队长婆娘的隔壁窑里。秃驴忽然明白了,爱贪小便宜的队长老婆为啥没出门来接他,她明知他来就是送肉夹馍的;也明白了,她的声音何以冷冷冰冰,还专门让他去"隔壁子"。她那是要让他去搅局。这婆娘,够阴!他一下子想到了二癞子兜里的那个大白蒸馍肉片片。

秃驴忽然恨起队长了,恨起屁吱吱了,也恨起队长那个丑婆娘了。那一晚,他是两腿夹着个厚被子,叫着屁吱吱睡着的。他在自己的臆想里,死死盯着队长,把屁吱吱浑身上下摸了个遍,虽然摸得有点稀里糊涂。

秃驴一连几次跟事回来,都没去队长家,也没再找二癞子显摆。这天后晌,他正在自家麦秸垛旁提笼撕柴火准备烧炕,碰上了背着双手路过的队长。

"秃驴,你好几天没上工了!"

"队长,叔,我正说烧完炕去找你哩!"秃驴的细腿有点软。他最怕队长要他天天出工,更怕队长故意给他安排重活苦活累活。

秃驴当晚就去了趟队长家。

队长说:"秃驴,以后跟事,把二癞子带上!"

秃驴看着队长,心里说:"就他那癞头疤脸的,谁待见?"嘴里却呜啦着,不知如何说好。

"怎么了?"队长盯着他的眼睛。

秃驴没法了，只好说："你问问看他愿意不。"

二癫子却死活不愿意，喊："我死也不当叫花子，谁爱当谁当！"

这才解了秃驴一围。

接下来松开裤带，敞开肚皮吃了两年的大食堂。秃驴把家里凡能想到的铁锅、铁盆、铁勺、铁铲、铁桶、铁锄……都扛去投进了炼钢炉。"吃饭有食堂，花钱有银行，共产主义是天堂，人民公社架桥梁。"秃驴以从未有过的高涨热情，加入了伐木砍树炼铁炼钢的队伍，细腿抡得飞快，大脑门上热气腾腾。吃饭都不让自己操心了，光夹个碗，想吃多少吃多少，放在从前，敢想？秃驴不去跟事了，寄人篱下，看人脸色，极尽讨好，不是那么好受的。他不再允许人叫他秃驴。户口上，他叫梁秃子，他甚至想着不再叫梁秃子。叫个啥呢？他在想！可还没等他想好，食堂就解散了，人又各回各家自做自吃。

秃驴连锅都炼了铁了，做饭都成了问题，就躁烘烘像个又干又脆的纸炮，谁点炸谁。

北极塬上的冬天，风硬得能让人的骨头变成软面条，眼泪能变硬疙瘩，从早到晚呼呼的，在树梢、屋脊、房檐、崖面上，刮出呜呜的一片哨音，哭得人心里发毛。比这冷硬如铁的风更抓心挠肺的，是瓦瓮里的面不多了，泥囤里的粮食见底了。

"离收麦还有多半年哩！"梁三老汉一遍又一遍唠叨，嘱咐秃驴去扫榆树叶。秃驴懒洋洋回来，比画着说早被人弄完了，毛都不剩。

"这都啥光景了，要吃不上饭了！"梁三牙疼一样，抽搐着满脸的苦。

梁三的瞎眼婆娘唉声叹气絮叨："人罪大得很！人罪大得很！"叫秃驴去沟口的烂窑挖观音土，和秃驴说，真到山穷水尽了，你就甭回来，去逃条命，谁都甭管。

秃驴没受过曾经那些饿肚子罪，他只是从老辈口里知道那是一场大年馑，人把树叶树皮吃完了，就挖草根树根，草根树根吃光了，就挖观音土吃,有的地方甚至吃饿死了的人。人人瘦得皮包骨头,肚子奓拉着,隐约能看见里面弯弯曲曲的绿肠子。人一个一个地死,一户一户地绝,大多村子十室九空。秃驴像听天书,觉着这些距自己非常遥远。

秃驴只好操起老本行,叫花子一样去跟事。可今时不比往昔,家家缺粮少面,大多人家过红白喜事连吹手班子都省了,见秃驴还来蹭吃蹭喝,好点儿的端给两个黑馍,一碗照得见人影的白菜萝卜汤;差一些的,支使婆娘娃娃连推带搡,骂骂咧咧轰走,馍渣渣菜毛毛都不给。

秃驴终于尝到了饿肚子的滋味,还尝到了比饥饿更难受的人们的厌弃。这是他此前的人生经验里不曾有过的遭遇。别人家田里多少还曾有点出产,不至于马上断顿;秃驴家可是丁点无存,只剩下干锅白水了。

一天,邻村吹手捎话叫他去山后堡跟个老丧,说那家弟兄们多,有两个吃官饭的,请了吹手,还杀了头猪。北极塬人很看重丧事的格局和规模,并以此作为尽孝心、传孝道、睦亲邻、显族声、壮家威的一场仪式,讲究的是不失礼、不失仪、不抠搜、不潦草。大家富户自不待说,即使小家穷户,便是赊欠或者拆借,也要把老丧办得红火热闹,隆重体面。做人嘛,有时候面子比里子更重要! 现下塬面正闹饥荒,家家户户揭不开锅,他们还能请得起吹手杀得起猪,好一段日子,是北极塬庄稼汉咽着涎水的嚼头。

先两天,秃驴给瞎妈聋爸做了两顿只撒一把高粱面的菜汤汤,每顿一人一小碗。

梁三趴在炕上,见秃驴只做两碗端给他们,问:"你咋吃?"秃驴冲他摆摆手,比画了个蒸馍往嘴里咬。转脸给他妈说:"后天有红火事,杀着一头猪哩!"老两口不再吭声,凑到碗边吸溜吸溜喝。秃驴听到,两张肚子里传出来克唧唧唧一阵山响。秃驴说:"后天咋说都要夹两个馍回来!"他妈有气无力说:"能混你个肚儿圆,就烧高香了,甭管我!"

晚上躺在冰炕上,秃驴滋着涎水盘算:早上一定要吃三碗汤,五个馍。为此他专门蹲几趟茅厕,边腾肚子边想:晌午要专拣硬菜吃,吃得撑撑的,饱它个三天五天。馍就不吃了，"坐菜"一上，赶紧夹两个装上，谁知道还能不能赚得上主家的好心。赚上了，能得四个肉夹馍；赚不上，也不至于空手。家里这两张老嘴喝七八天菜糊糊了，人困得骨头都是软的，炕都下不来了。那天，天还不亮，秃驴就上路了，顶多十里的路程，他花了三四十里的时间。人是铁，饭是钢，一顿不吃心慌慌，秃驴整两天没喝菜糊糊了，头上冒着层虚汗，腿脚像踏进了刚翻的虚土里，一踩一脚松软。

终于能听到唢呐声了，秃驴听得出曲子是"抱灵牌"。紧走两步转过弯，就看到门前挂着的灵幡和挽幛了，穿白戴孝的人正在进进出出。秃驴摇胳膊晃腿地一阵碎跑，气喘吁吁地奔到院墙外的礼桌旁。他闻到了攀着院墙翻过来的爨香，两汪涎水滴溜到了嘴角。正待进门，却被两个半大小伙挡住："干啥干啥？"

有人就说："秃驴么，不认得？"

"管他啥驴，想吃乱席，没门！"

"可怜人，跟他计较？他把北极塬都吃遍了！"

"谁不可怜？你心善领你家吃去，甭拿人家耍大方！"

替秃驴说话那人走了。

秃驴没法，扯开嗓门喊吹手。半大小伙上前推搡，吼："赶紧走赶紧走！喊谁也没用！"秃驴半真半假地上一倒，尖着嗓门叫："打人了！打人了！"躺在大门口装唉哟，招得客人呼啦啦围了一圈瞧热闹。

刚巧受活嘴是职事，也挤过来，一看，使眼色让人拉走两个小伙，蹲下身子推闭着眼睛光唉哟的秃驴："老梁老梁！"

秃驴为这声老梁睁开了眼，见是老熟人，不唉哟了，却躺着不起。

受活嘴赔上笑："娃们不懂事，你也不懂事了？不怕人笑话？给叔个面子，走，去吃汤泡馍。"

秃驴被拉起来，一身的溏土。也不掸，穿过人群，径直往席棚下走。经过鼓着腮帮的吹手面前，他们都向秃驴眨眼睛。秃驴气昂昂坐到桌前，一口气吃了四个大蒸馍，两碗豆腐汤，咯儿咯儿直打饱嗝儿。可肚子里却总感觉饿，又掰了半个馍，却再也咽不下去。只好起身，一边打着饱嗝儿，一边站在席棚下啪儿啪儿掸身上。周围正吃的客人尖叫着跳起来，纷纷离桌。方桌的白馍上，荤汤里，扑了厚厚一层溏土。

主家几个年轻气盛的毛头小伙扑上前想打，受活嘴赶紧拦挡："正瞌睡寻枕头哩，你敢动他一指头？"秃驴心里直骂受活嘴："驴槽里伸出个马嘴！"连吹手喊他去敲干鼓也不理，跑去麦秸垛一躺，眯着眼晒起了日头。

晌午招呼座席的号声和唢呐刚一吹响，秃驴头一个跳起来，去拣个桌子一屁股坐下，这在此前是没有过的。

此前，秃驴都是和吹手单坐一席的，要等头棚二棚主客吃过后，唢呐声一息，家伙事一收，才消消停停吃喝。今天他却偏要在头席抢个位子坐下，摆明了是要搅局，在发泄不满。北极塬谁家过事，不论白事红事，都图个平顺、热闹、体面，最忌讳出岔子，惹是非。就有司桌的职事上前劝，劝不走，找吹手去叫。班主提个唢呐，去拉秃驴，秃驴说："叫他打我？"抓住桌腿不松手。班主就找总管，让给秃驴夹几个馍打发了："他个烂杆子，光脚的不怕穿鞋的，咱不跟他计较。"主家没法，只好给夹了四个馍，又单独给端了两个菜让他吃饱。

秃驴拉个拐棍儿，迎着一股一股的老黄风往回赶。家里那两张老嘴好几天没吃实在东西了，他得赶紧回。明天芦寨还有个白事，他还得去。今他算尝着甜头了，知道蛮横是有好处得的，很后悔自己以前的稀松软蛋。

一路上，遇上了好几拨叫花子，有一瘸一拐的年老人，也有吊着鼻涕抠眼屎的小娃们，还有拖儿挈女的婆娘家；有本乡本土的，也有甘州客河南客。个个像只骨瘦如柴的帽帽鸡，在呼呼吼的黄风里被吹得趔趔趄趄。路上的溏土漫天飞旋，呛得人直咳嗽，眯得人眼睛憋乎乎涩。地里干裂开一道道乱七八糟的深口子，麦苗儿半死不活，稀稀拉拉，比二癫子的头发还惨不忍睹。秃驴把肩背上的褡裢紧紧护住，不去看那一张张毛发枯黄皮肉松弛的脸，更不去瞅那些枯井一样的眼睛。秃驴心里甚至有一丝得意和惬适，像那些人高马大浑身力气、有家有舍、儿女双全的人看他那样，扫一眼土泥路上面黄肌瘦的叫花子，兜里摸出一支烟卷儿，叼在嘴上，没火点，却深深吸了一口，哈地吐出去一口长气，满脸人不如我的嘚瑟。

7

灾荒一料接着一料。接连三料庄稼大面积歉收，饥馑就如同瘟疫一样快速蔓延，跟事蹭吃的营生就混不住嘴了。

北极塬那二年的嫁娶，如同二癫子头上的毛发，少得可怜。谁就想筹发（出嫁）大龄女子，不要分文彩礼，白给，哪个敢在这荒岁饥年里往家添嘴？丧事却没少反多，不是病死饿死的，就是不忍再看娃娃的嗷嗷待哺上了吊的。便是应该热闹的老丧，也都草草抬埋了，谁家还能过得起事？

秃驴只好挤进讨饭的行列，去滩河、坡洼和南山里人少地多的村落，挨家挨户乞讨。认得秃驴的，怜念他身矮体小是个残疾，同情他家中还有一聋一瞎两张老嘴，更怕他往烟囱里塞砖、麦秸垛放火，都不想因小失大，多多少少塞给一把，好言好语地打发了。偏远一些的坡洼，有不认识秃驴的，见着拖根棍端了个碗，破破烂烂、矮矮矬矬的一个叫花子走来，都慌慌张张跑进家哐地把门一关，叫不应，打不开。一群半大的娃围成圈儿，唱着歌谣耍笑秃驴：

> 叫花子叫花子搬砖头，
> 砸了叫花子脚指头。
> 叫花子叫花子你不哭，
> 给你娶个花媳妇。
> 娶下媳妇哪里睡？
> 牛槽里睡。

铺啥呀? 铺簸箕;

盖啥呀? 盖筛子;

枕啥呀? 枕棒槌。

棒槌滚得骨碌碌,

媳妇儿睡得呼噜噜。

秃驴常常就被耍恼。饥肠辘辘,两腿酸软,却家家门前都吃闭门羹,怎能容得了这些聒噪?就抡根棍追打,追也追不上,累得两手撑膝大喘气,额头挂上了水珠,眼里冒出了星星,却往往被那帮娃撇过来的烂瓦片碎石子,打得龇牙咧嘴。

梁三见秃驴每次背点碎馍块回来,头上脸上一块青一块紫,就背过脸去抹眼泪。一回,出门好几天的秃驴终于讨得半褡裢碎馍块和干炒面,急急慌慌跑进院门,看见几条野狗正红着眼睛在窑院里打架,抡起讨饭棍边赶边叫:"爸!妈!"窑门大开着,却没一个人应声。冲进窑屋一看,炕上没人,被子乱卷着,秃驴耳朵嗡地一响,头发都竖了起来。跑出门一看,才发现院子有道爬痕,直直通向院角的渗井,渗井上的木栅,被掀起来撂到一边。"爸!妈!"秃驴把肩背上的褡裢一撇,哭喊着扑了过去。

秃驴的爸妈跳了渗井。秃驴蹦蹦跳跳哭喊着,叫来了几个壮劳力。围观的七嘴八舌议论,有说受不了饥饿,看不到指望的;有说日子恓惶,歉年不断,不想拖累秃驴的。有的指责秃驴只顾自己去要饭,丢个聋子瞎子瘫在炕上,吃没吃的喝没喝的,不跳井也得饿死,横竖都得一死。有的唉唉叹气说,死了好!死了好!死了就不受罪了!……秃驴求他们把人打捞上来,却都光观望,不动手。赶来的秃驴娘舅叹声气说:"捞上来容易抬埋难啊!没棺材没老衣还没坟地,咋办?把渗井一扎!"胡基把井口扎严,了事。

这大概是北极塬最潦草最凄惨的丧葬了。秃驴披麻戴孝守着一个墓堆,一院空庄子,两三孔烂窑洞,感觉这个世界除过天除过地,就只剩下一个他。夜里,墓堆上点盏纸灯笼,给亡魂照路,飘飘摇摇的那点灯光,让他有做梦一样的虚幻。破窑院里的空寂，以及这空寂里发出的各种声响，风吹树叶的哗啦声，柴草干裂的吱吱声，闻到腐尸的野狗焦躁的狂吠声，院门外那棵光秃秃的老榆树上鸱鸮瘆人的阴叫声，让秃驴透彻心肺地知道：他成光杆司令了。从今以后，他一人吃饱，全家就不饿了。这世间，他没了牵挂，谁也不会再牵挂他了。

没守完头七，秃驴就把窑门一锁，背上褡裢拖条棍，走了。白天沿门乞讨，夜里不是钻人家的柴窑，就是钻人家的麦秸垛，头上身上沾满柴屑草枝。这村转到那村，这镇转到那镇，讨上了就吃，吃饱了就睡，睡醒了再讨。讨饭成了他的生活方式，麦秸垛成了他挡风御寒的家。他破罐子破摔地说："混一天，是两晌。哪天头一倒，野狗一叼，享福了！"

天气一天冷过一天，是叫花子最凄惨的季节。大清早，秃驴撞上一具老尸，头朝下窝在霜地里，一只烂鞋勾在脚上，一只烂鞋落在几尺远的地方。秃驴在他旁边站了一会儿，叹了口气去讨肚子，直到这天后晌，才碰到一户好心人，混了口热饭，虽然没饱，但已经知足了：人人都用一口吃的吊命哩，你心敢贪？早早瞄好一个看庄稼的小窑洞，里面铺着厚厚的麦秸，便趁天还没黑，背着烂铺盖卷钻进去，却被一声尖叫惊得后退了几步。

一个破衣烂裤的媳妇儿，怀里抱娃弯腰站起来，警惕地敌视着秃驴。她旁边的麦秸草里，还坐着一个五六岁的女娃娃。

秃驴赶忙说："我不知道有人！"转身就要离开。

"大哥，有吃的吗？"身后的女人开了口。听口音，秃驴知道了这是个甘州客。

秃驴停住了，心里挣扎了好一会儿，才放下背着的烂铺盖，从褡裢里摸出两半拉黑馍递过去。女娃嗖地一把抢去，嘴和馍就粘到了一处，眼睛大睁着盯住秃驴，眨都不眨一下。秃驴心里忽然一酸，就把褡裢里的馍块都掏出来，放在女娃前面的麦草上。这些馍块，秃驴是用来防备冰天雪地不能出门的。女娃往前一倾，两只小胳膊一围，伏在那些馍块上，生怕被谁抢了似的。

怀里抱娃的女人扑通跪下，哭出了声："大哥，活菩萨，我给你磕头了！"

秃驴连声说着"不用，不用"，拎起他的铺盖卷要往外走。女人却叫住了他："大哥，天黑了，你是好人，将就一晚，给我娘几个壮个胆，行不？"

秃驴就留下了。他把破铺盖往窑口一铺，窝在一旁，看娘儿三个吃冷馍，咯咯直噎。女人看他一眼，腆腆一笑，低下眼说女儿："慢慢吃，没人抢！"又回过眼冲秃驴一笑。秃驴就被这几笑给照晕了，像喝了一大盅血红的高粱酒。

这一夜，秃驴睡得心猿意马，魂不守舍。他横在敞口矮窑的门口，半边身子迎着寒风，半边身子挨着小女娃；女娃身后的麦秸草里，半铺半盖躺着怀抱娃娃的女人。吃饱了，心安了，门口有个半截儿男人守着了，刚躺下就响起了鼾声。她们有多少天没睡安稳觉了？一个婆娘家，拖两个小娃娃，日出沿门乞讨，日落择荒歇脚，提心吊胆讨日月，得多么可怜！秃驴悄悄坐起身，把那床破絮翻飞的棉被轻轻盖到他们身上，怀里抱把麦秸御寒。除过他的瞎妈外，秃驴还从没同一个女人这么近共处过，近得抬眼即见，伸手可触。她的呼吸声时长时短，鼾声时有时无，身子时不时会惊一惊，下意识地用手摸一把身旁的小女儿，就又昏昏沉沉地睡过去了。

野地里的风，像个没人管束的疯娃娃，扯着嗓子爬低上高。明晃晃的月亮，是穷苦人家的灯笼。秃驴的眼睛，被斜照过来的月光牵拽着，忍不住去看身旁的女人，忽然间觉着，这才应该是一个男人活在世上的用处，就像这孔烂矮窑旁边的那棵树，生来就是要成为担子橡条板材，最不行也要成为劈柴的。秃驴这样想着，就恨不能夜一直能黑下去，这三个大大小小的人儿不要醒过来，自己能一直就这么坐下去，给他们挡风守夜。可秃驴知道，天很快就会亮的，远处的村子里，鸡儿已经叫头遍了。天一亮，他和他们就该各自分开，你东我西，也许永世不得相见了。

秃驴忽然感到了一阵心酸。他活了快四十年,还真没这么心酸过。

天说亮就亮了。女人一个激灵,猛地坐起,像被秃驴的眼光刺疼了。愣怔一刹,才想起来,羞羞笑着说:"大哥笑话了,我睡得太沉!"

秃驴嘿嘿嘿光笑,身子冻得抖抖抖直颤。

女人这才看到秃驴怀里抱着麦秸,破被子全盖在他们身上。女人再抬眼时,泪花花唰唰淌:"大哥,你人好!"

秃驴嘿嘿笑着,嘴抖得说不出话,脊背却猛地挺直,心里滚过一股暖流。这大概是他这辈子听到过的最亮堂的话了。

8

"秃驴领回了个女人!"

巴掌大个湾里,一传十,十传百,传出来一片惊讶,笑出了一片热闹,激发出来一片好奇。湾里的人摇着头道:"饿死狗的光景,秃驴往家里添三张嘴?"

先是婆娘娃娃一拨拨拥来,找各种由头和借口,轮番到秃驴家去看"新媳妇"。女人间你一言我一语很快就能熟络,知道了是个甘州客,叫粉莲,自小没爹没娘,被哥哥卖给大她十七八岁的男人,噗塌噗塌生下一女一儿,就遇上了灾荒。男人为争吃食跟人打架,被捅死了,拖着两个娃娃背井离乡逃命到了这里。一片唏嘘和唉声叹气后,都散了,回去的路上叽叽喳喳:

"长了个接泪痣!"

"生了个水蛇腰!"

"挺好看的,秃驴守得住?"

"这年月,嘴都混不住,谁有心思想女人?何况拖两个连累?"

"就是!"

男人们也装作路过或者串门，一个个去找秃驴谝闲。

"秃驴秃驴，多日子不见了，咋样？"

秃驴搓着双手，扬脸嘿嘿嘿笑："好着哩！"

"才几天不见，把米都碾下了？本事！"

秃驴短胳膊短手连连摇摆："不敢胡说，不敢胡说！"

"生米都做熟了，还不敢胡说？哎，咋样？活好不？"

粉莲埋着头，装作啥都没听见。秃驴涨红着脸，笑也不是，恼也不是，末了把手一摆："去去去去！"谁再说啥，嘴闭严了，再不接话。

二癫子却很快发觉了不对劲。

自从秃驴领回来了个婆娘，二癫成晚成晚睡不着觉，咳咳直骂天把眼瞎了，地把心死了。游魂一样去秃驴的地窑庄子周围瞎转悠，想看一眼不该看，想听两声不该听，却发觉一到天黑，叫粉莲的女人就住进中窑，秃驴却独自住进了偏窑。起先他有点儿看不明白，想不清楚，一连蹲守几夜，终于知道了：秃驴，哈哈哈哈，只图闻个臊气，啊哈哈哈！那一夜，二癫子是披条被子蹲在炕头盼到天亮的。天刚麻纸亮，他就急不可待地跑进村子，胳膊欢实地甩动着，满村子转着给人宣扬："秃驴，哄人哩！我说嘛，癫蛤蟆能吃上天鹅肉？他连毛都没挨上！他连毛都没挨上！"

到吃早饭，湾里阖村都知道了，那个叫粉莲的女人，原来不是秃驴的婆娘。

"秃驴秃驴，你这唱的哪一出？"村里的年老人出面数落。

秃驴的笑僵在了脸上，结结巴巴说："我我我……认了个妹……妹子！"

"噢！这光景，你图个啥啊？"

秃驴埋下头，自顾自走开，背着他的褡裢又去讨饭，短胳膊短腿扑棱得像要飞。他这半辈子，还从没这么火急火燎过。

秃驴把讨饭作为活法，很快摸索出了一套窍门。一要人脏。头脸越脏越嫽,衣服越烂越好,往人家门前一站,先能招人可怜,博人同情。即便不同情不可怜,他也得顾个面子,或者生个厌嫌;为了这面子或者厌嫌,他就得想法子打发你。二要嘴甜。出门矮三辈,叔啊姨啊爷啊奶啊要叫得亲,声不能大,气要虚弱,要给人饿得有气无力的感觉,觉得不给你点,他心里就不忍。三要皮厚。有大方的就有啬皮的,有心软的就有心硬的,有面善的就有恶煞的。碰上了大方、心软、面善的,那是运气;遇到了啬皮、心硬、恶煞的,你就得厚着脸沉住气耍赖。耍赖也得长眼色,碰上了铁定一毛不拔,就赶快闪人,甭瞎耽搁工夫。四要脚勤,要起三更睡半夜。跑的路多,遇的机会就多;转的村多,得的收成就多。叫花子要还偷懒,狗都容不得你。当然了,除过这些,有时候你还得手快心狠。

有天乞讨到郭家庄天已擦黑,一个好心的老姨指给他说:"亮灯的那家,是队长家,正在蒸馍!"秃驴叮咣叮咣赶去,透过门缝,果然看到里面正在出锅,是又大又暄的白蒸馍。秃驴都记不得多久没见过白馍了,一着急,把门拍得啪啪响:"着火了着火了,麦秸垛着火了!"屋里问:"谁家?"秃驴说:"就你房背后,快要烧着房了!"门哐地从里拉开,几个大人啪啪啪跑出去。秃驴就冲进屋里,脏黑脏黑的手两把抓过四个大白蒸馍往褡裤里塞,吓得几个小娃吱哩哇啦尖叫成团。屋外几个没见着火,又听到屋里的尖叫,折身回来,堵住了秃驴。当头一个身量胖大的男人,哧啦划根火柴一照,喊:"打这个坏种!"秃驴噼里啪啦挨了几拳几脚,顾不得疼,高叫:"都没粮吃了,你家倒好,蒸一锅白馍!我要告你这队长!"胖大男人挡住几只手,问:"你认得我?"秃驴说:"认得!"胖大男人一笑:"我也认得你,不就是下塬的秃驴么,长本事学会抢了?"秃驴仰起脸来:"叔,都得活么,你忍心看我饿死?"胖大队长哈哈一笑:"秃驴到底是秃驴,怪道人不长,全长心眼了!好说,老熟人了,这一甑算全装走。但有一样,得把嘴给我闭严!"

秃驴心里乐开了花!他迷信地认为,这是爸妈保佑他的福,也是可怜的粉莲和俩娃带给他的运。秃驴担心夜路不稳,寻个烂柴窑睡了一夜,第二天鸡一叫就往回走,赶晌午到了家。他发觉家里的变化,是从院子开始的。窑院被打扫得干干净净,柴草码得整整齐齐,院里拉的几道绳上晾满了拆洗的衣服被褥。两个在院子正耍的小人儿见他回来,边往窑屋跑边喊:"妈!妈!"妈应着声出来,站在窑门口冲秃驴笑,伸手接过秃驴的褡裢:"妈呀,这么重!"

秃驴背回来整整一褡裢的白蒸馍,让名叫粉莲的甘州客女人大大吃了一惊,一大一小两个娃娃,眼睛一闪一闪的,贼亮贼亮。叫秋叶的女娃,一手抓一个连口咬,腮帮里塞得满满地转不过舌头,另一手揣一个,还拿眼睛直瞅馍笼笼。叫冬生的小儿子,大口大口吃着,在炕上边跳边笑。秃驴看着粉莲,说:"你也吃!"粉莲说:"你回来前我就吃饱了,你赶紧吃!"秃驴说:"我路上吃了!"秃驴路上吃了两块豆渣面饼,没舍得吃半口白馍。粉莲问:"咋来这么多白馍?"秃驴原原本本学了,粉莲睁大眼睛,上下打量着面前这个半截人:"妈呀,你胆子恁大?"

粉莲舀了盆热水端给秃驴,要秃驴泡脚,说:"解乏。"秃驴活这么大,还没泡过脚,更没被女人伺候过,心里热热的酥。这边刚脱掉鞋,那边粉莲把鞋提出门啪儿啪儿掸干净, 拿回来地上一放:"洗完脚,把这身衣服换了,我给你拆洗。都烂成啥了!"秃驴想说不用不用的,却没说出口,感觉喉咙被一团热乎乎的温暖塞满着,一句都说不出来,要强撑着说句话,那话里,必定会带些哭腔儿的。

秃驴被粉莲监督着,细细洗完,趿上鞋去到偏窑。整整齐齐的窑屋里,被子叠得四棱四正,褥子铺得平平展展,炕边叠放着几件换洗衣裤,浆洗得熨熨帖帖,缝补得密密实实。秃驴这儿摸摸,那儿捏捏,嘿嘿笑得两眼湿,把脸埋进换洗衣裤里,哗哗地流眼泪。秃驴自小备受歧视,父聋母瞎,很少得到过呵护;成年后身单力薄,不胜劳苦,是被嘲笑和排挤的对象。父母双双卧床后,日子过得更是恓惶,常常提起裤子寻不着腰,没享过丁点儿世间温情。如今,忽然间有了这么个女人,好看得跟天仙一样,软声软语嘘寒问暖,笑眉笑眼知疼知热,他心里的那份温情和感动,是超常的。这个时候,即便你让他用命来换,他都不会皱一下眉头。

秃驴把衣服换好,走到院子。粉莲见了,上前这儿抻抻,那儿掸掸。手提衣袖时触到了秃驴的脖颈,秃驴感觉到一股麻酥酥的异样,过电般从他的脖子嗖地传到脚底板。

"粉莲!"秃驴轻唤了一声。

"嗯?!"粉莲见袖口有块补丁线头松了,拔下别在衣襟的针线低头去缝。见秃驴没了下文,抬头看他,"咋了?"

秃驴说:"没啥。"目光躲躲闪闪转向一边。

粉莲把补丁缝好,头一低,脸贴到秃驴袖子上咬断线头。秃驴忍忍忍没忍住,半是怜爱半感激,半做无意半有心地摸了一下她的头发。他是想摸一把她的脸的,那是一张黑里透红、粗中有细的高原女人脸,可手到跟前,却只敢抚了一下头发。粉莲腾地红了脖子,低着头,看都没看秃驴一眼,急匆匆进了中窑,哐啷把门一闭。

秃驴僵在了窑院里。

秃驴后悔了半天,冲那两扇紧闭着的门高声说:"我不是那个意思!"

门后传出来两个小娃叽叽喳喳的笑闹声。

秃驴没滋没味回到偏窑,一进门,啪地扇了自己一耳光。

9

二癞子自从知道了队长睡着他妈,就不再给他妈好脸看,也不再叫妈。有事要唤,就直接叫"哎"。

"哎!没面了!"

"哎!没馍了!"

"哎!你给说,我要去看豌豆!"

看豌豆活轻巧，嘴享福，人清闲，以前这份美差都是队长他哥独占，谁也甭想争。可二癞子一插手，队长他哥就被撬了，逢人便骂。二癞子听了只当没听见。人受了辱骂，心里生了憋屈，回家就给他妈摔碟子掼碗。

他妈屁吱吱连哭带骂："你还有良心吗？要不是你，我能守寡这么多年？不为心疼你，我会走到这一步？这世上谁都能笑话我、辱没我，你不能！"

二癞子没词了，一脚踢飞只鸡，噔噔噔去豌豆地。出门碰上粉莲在捋榆树叶，凑过去说："榆叶都老成这样了，能吃？走，咱给你弄一笼豌豆去！"粉莲知道他和秃驴不合，是冤家对头，就笑说："豌豆好吃难消化，我就是吃榆叶的命。"二癞子知道她话里有话，还不死心，又说："龙生龙凤生凤，跟着鼠会打洞。你跟个叫花子，能好？"粉莲笑笑，没答话，笼一提绕过他回去了。

二癞子看着粉莲一扭一扭的软腰，一颠一颠的圆臀，妒恨得牙根疼。折身回去，想让他妈从中掇弄，搅散秃驴的好事。折身回到尾门口，一推，再一推，才知门被从里面上了闩。气不过砰砰砰砰打，半天他妈才一头乱发出来开门。

"我前脚才走！"二癞子可着嗓门喊，把门边站着的几捆芦苇，哗地拨拉了一院。

屁吱吱把二癞子往里一拉："爷，你小声点！要不是我，你喝西北风的命都没有！有本事你甭吃甭喝，甭挑肥拣瘦！"

二癞子就瘫了，软柿子一样涨红着脸，再硬不起来，歪着头大喘气。

"是不是豌豆吃腻了，想到沟里去背石头？"队长的声音从半掩的窑门后撂出来，在院子里一跳一弹，扑进二癞子耳朵。听声音便知还在被窝里，二癞子恨不能扛个镢头，猛一抡断了他那条不知廉耻的骚根。可一想到那些深沟里往上背石头的牙龇嘴咧，肩背见血，就蔫得像霜地里的老茄子。

转身出了门，屁吱吱正要关，他又走进来，脖子犟着，眼睛不看他妈：

"你给说,我见不得秃驴和那个甘州客婆娘不清不楚。秃驴,他凭啥?"说完,砰地把门一摔,走了。

队长仔仔细细把活做完,才心满意足,浑身舒坦地穿上衣服,恋恋不舍离开屁吱吱。他对屁吱吱说:"才知道你娃他爸咋早早走了!你这道菜,谁尝谁上瘾,太美咧!"屁吱吱被折腾得筋软骨酥,饧着眼问:"你害怕了?认了?"队长哈哈哈笑:"还嘴硬?看我回头怎么收拾你,不求不饶!"

队长旧社会是个逛三,早先和梁三一样,都是铁算盘的佃户。可他最是个养娃不管娃、娃跑了不撵娃的二流子,做事潦潦草草,行为浮光掠影,把个地荒得草比庄稼稠,庄稼没草旺。铁算盘见不得人糟践地,说土地是农人之根,勤敬是农人之本,劝说不听,赌气收回了地;他就靠偷鸡摸狗过日子,湾里二三百户,数他最潦倒。土改时一跃成为积极分子,斗地主分田地最踊跃、果断、坚决、彻底;就成了人物,当上了队长。在他眼里,湾里就是他的湾里,地是他分的,人是他管的,他想咋样就咋样。谁要不服,哼!那就革他的命!你比铁算盘还能行?铁算盘怎能行,到了,能咋?谁想造反?借他一百个胆!

队长之所以能成为队长,在于他不像那些老实巴交的湾里人,只知道下苦出力,一门心思刨土窝窝,斤多两少地争地畔畔,攒粮攒钱,娶媳妇盖房。喊,老鼠尾巴捶上七十二棒槌,能当椽使?做人要活泛,要会使巧,要能识时务!要会把爹娘哄转,要能把子孙管乖!比方邻村说他们今年夏秋两料,总共收粮三万四千多斤;队长就敢嘴一张说,湾里今不咋样,统总才四万一!比方上头要公购粮一万斤,他就吮吮喝喝交一万五!底下谁要不服,别的村只会批斗,他不,他罚!罚粮罚油,罚工罚劳。民以食为天,不信谁毛不顺!结算分配时,还不是他一个人说了算?每人头上捋一斤,就会有几千斤的精细软白,不光剩个吃香的喝辣的了?虽说大会小会他受到过无数表扬、表彰,可他总觉得那些都是虚套套,说得天花乱坠的,却没一句能抵他的心坎坎。他真想自己给自己开个表彰会,以资鼓励他的聪明才智!

他把这些聪明才智,情难自禁时说给怀里的屁吱吱。屁吱吱听了,翻身骑在他上边,眼睛睁得溜溜圆,佩服得一塌糊涂。两只胖乎乎的手和一张烫乎乎的嘴,盖戳儿一样印遍他的前胸后背、各个私密处,刺激得队长扯个嗓子嗷嗷叫。

现在,队长背着双手,披着他那件四个兜的褂子,正向秃驴家走去。秃驴好长时间不把他这个队长当队长了,领了个女人回来,都既没吭声,也没见照面,真正没王法了。一进秃驴家窑院,见一个女人撅着圆屁股,正在窑院里晾晒榆树叶,一旁的芦席上,晒了一摊儿杂色馍块。

“日子不错么,有这么多馍!”

女人回过脸,笑着招呼:“你来了。人没在。”就立在日头底下看着队长。

这是个很年轻的媳妇,约莫三十来岁,没屁吱吱白,却比屁吱吱水灵;没屁吱吱妖,却比屁吱吱天然。粗眉大眼的,一口细碎白牙,腰软屁股圆,一对儿大奶头,好好养一养,绝对一个好材料!秃驴,有这好的福气?

女人被队长打量得羞红了脸,说:“队长你有事?人出门了!”

队长哈哈哈笑了:“你认得我?”

女人说:“嗯!”

队长说:“你叫粉莲?”

女人说:“嗯!”

队长说:“秃驴又去要饭了?”

女人说:“嗯!”

队长说:“这狗日的,再没啥本事!”

女人不接话了,转脸向窑里唤:“秋叶,秋叶,拿笤帚来。”

中窑里啪啪啪跑出来两个娃,每人手里攥半个黑不黑白不白的冷馍。

队长兜里摸出两块洋糖,手摊开递过去。那是他每次让屁吱吱清除口气用的。四只毛眼睛盯一下洋糖,看一眼他妈,手指搭在嘴唇上,眼里冒着馋馋的口水,手却不过来接。队长咚咚咚过去,抓起粉莲的手把糖塞进去,捏着。粉莲使大劲儿抽出手,眉眼里又气又恼,又羞又怒,一声没吭,拉起俩娃进了窑屋,哐地把门一关。

队长立在院当中,把肩上披的衣服往上一抖:"啊,粉莲,有啥困难跟我说。稍微拨拉两把,就能叫你吃用不了!啊?"

说完,半天见没有回应,咬着牙转身走了,边走边自言自语:"不信他狼是个麻的!"

秃驴回来,粉莲说:"你得勤往队长家走!"

秃驴问:"为啥?"

"为活命!"粉莲低头忙着手里的活儿,没看他。

秃驴说:"他来过?"

粉莲摇了摇头。

秋叶眨巴着一对黑扑扑的眼睛:"他给我们洋糖了!"

秃驴瞅着粉莲看。粉莲只顾穿针引线,脸板得平平的没有表情。秃驴就骂:"骚狗!"

大半年了,粉莲早从湾里那些碎嘴婆娘的口中,听到过许多风言风语。说队长怎么和屁吱吱打得一片火热,到了谁也不顾忌的地步;说队长怎样欺辱铁算盘二老婆,批斗会开着开着,当恁多人的面就把手塞进了人家裤裆。说铁算盘的四女儿,才十五六岁,在麦秸垛上撕柴,准备给她妈烧炕,被队长碰上了,见四下无人,上去硬把人家个女儿娃糟蹋了,逼得羞答答花骨朵一样个儿娃娃上了吊。甚至有人还说,老贫农家那个失了踪的女儿,弄不好,命早就丧在队长手里了……

粉莲无端地感到害怕。她年纪轻轻,却经历了太多的惊吓恐惧,只想着遇个好人,有口饭吃,有个窝住,平平安安把她的两个娃儿拉扯大。要说秃驴并不中她的意,但称她的心,所以才把他认了个哥。他没本事,没力气,要人没人,要样没样,要家当没家当,可……可他却能对她好,对她的两个娃儿好。粉莲自小没爹没娘，哥哥的懦弱和嫂子的刻薄，让她对她的孩子有份特别惊恐的担忧。秃驴有一个馍，他能掰成三瓣，他们娘仨一人一瓣，独自把他饿着。这世上还能遇着谁，能对她的两个娃娃这么眷顾？

躲祸逃难两年多，粉莲遭遇了太多的欺侮，头一个遇到的男人，是个死了老婆的大高个儿，人很周正，心却长得歪歪扭扭，光想着享用粉莲的身子，对两个娃很不待见，尤其吃饭时，眼睛一夹一斜的，没有一句好声气，吓得秋叶不敢往饭桌去，抓个馍躲去院子一口一口咬。家里断顿时，跟粉莲说："要不想都饿死，就得想法子！我都瞅好了，有个无儿无女户，一心想收养个儿子，干脆把冬生卖给他们算了！那户人家殷实，不会亏待冬生的！"粉莲冷眼看着他，等他说完，问："他能给你啥好处？""五斗麦，二十块响元！"粉莲说："你这就去给说，二十块响元太少，得三十块！"男人就兴冲冲去几十里路外讨价还价。男人一走，粉莲赶紧卷起自己的东西，拉着俩娃跑了。

第二个男人，是一个大妈好心给牵的线。大妈冻得抖抖索索去柴窑抱柴火，吓醒了粉莲，连声回话："大妈，避避风，求你别赶我们！"大妈赶紧把这孤儿寡母拉进屋，冲了三半碗干炒面，一面看着他们吸溜吸溜喝得烫嘴，一面问长问短。炒面喝完，说："我亲侄子，人不好看，可有一身力气，家里虽穷，粮还勉强够吃。这天寒地冻的，你得替俩娃想啊！"可去了一说，大妈的侄子牙疼一样咧着嘴，看一眼粉莲，再看两眼冬生和秋叶，瓮声瓮气说："姑，缺吃少穿的，我负担不起！"他姑拽去隔壁窑里咕哝了老半天，过来说："走！"拉起粉莲走了。

只有秃驴，一个要饭挨日子的，把她认了个妹子，就领回家里来了。他身子残着，可心是那么好！

粉莲也不是没想过离开这个是非之地。尤其那天队长来过之后，只要秃驴不在，他就会披个褂子背着双手来，说些不荤不素的话，许些子丑寅卯的愿。他那点儿心思，鸡儿狗儿都能看得出来，已经有婆娘家对粉莲指指点点了。可是，离开这个巴掌大的湾里，她又能去哪里落脚呢？她已经走了太多的路，这荒年歉岁的，路上有那么多的苦难，人心都那么自私，她倒罢了，两个娃娃呢？

粉莲拿定了主意，决定秃驴一回来，就把那层窗户纸捅破，她认命了！

10

正是青黄不接的时候，秃驴跑了趟南塬。南塬和北塬，中间隔条泾河，秃驴听讨饭回来的村邻说，南塬地广人稀，灾情没北塬重，饭好讨要。

秃驴不歇不停转了好几个村子，花了不到十天，馍就把褡裢装满了，还装了半袋子五谷杂粮。心里牵挂着粉莲和孩子，赶紧不停不歇地往回赶。

路上碰到了受活嘴和八斗，说泾河发大水了，桥被冲垮，船也被冲走，十天半个月怕是回不去了，要秃驴跟他们再混几天嘴。

秃驴一听，啪啪直跺脚。他心里牵挂着粉莲，就背上褡裢，扛起口袋，呼哧呼哧往姜渠渡口赶。姜渠对过就是高渠，高渠坡上去就到了北塬，离家就只剩一顿饭工夫。他还没下水帘坡，就听到泾河的轰隆声了。

泾河像匹被惊扰了的野马，昂着头，扬起鬃鬣嘶鸣着狂奔。黄浆一样翻卷的急流中，树木庄稼，柜柜箱箱，一会儿沉下去，一会儿漂上来，偶然还能见着半扇屋顶，和一两个忽隐忽显的尸首。沿河两岸，三五成伙的壮汉，腰间用粗麻绳连起来，几个在岸边拽着，一个手持捞杈蹚进水里打捞柴草、庄稼、箱箱、柜柜、树木、板材。要能捞到一两头死猪、死牛、死马，那会是令人眼冒绿光的羡慕嫉妒。泾河两岸的老户，水性熟，胆子大，大水冲了他们的土地庄稼，他们得拼着性命赚一点儿，要不然，一年三百六十五天，咋活？年年都有被浪打翻溺亡的，但年年仍有人为了活命铤而走险。

秃驴一下坐到地上，瞅着漫过庄稼地淹到了枣树脖子的河水，直后悔怎么就来了南塬。他出门十来天了，要再等十天半月，粉莲和娃就会断顿的！队长会不会再去欺负粉莲？粉莲一个女人家，咋能对付得了人高马大不知廉耻的队长？

秃驴不想干等，心急火燎地往上游亭口渡口赶，十几里的路程，他走了大半晌。亭口渡口围满了人，有人跪在泥浆里放声恸哭。一打听才知道，几个家有急事的青壮年等不及水退，私自解缆划船渡河，不想索被挣断，船被掀翻，人和船都不见了踪影。秃驴顾不上陪人唏嘘，更没心情听那些杂七杂八无关痛痒的闲扯，连夜又往下游的早饭头渡口赶。

天黑路远，夜深人静，泾河水轰轰隆隆吼，山旮旯鸱鸮在瘆人地叫，野猫野狗趁着夜色出来觅食，风呼呼刮着，路两旁的树叶哗哗啦啦拍。秃驴的心里，不由得一阵一阵紧。灾年出门讨饭，最忌讳的就是走夜路。饥荒岁月，谁都饿着肚子，连野物也都红了眼，更别说人了。过黑石崖底时，秃驴的头发都竖了起来，后悔自己想得不够周全。要搁过去，秃驴不会这么胆怯，就被狼叼了，狗啃了，豹子撕了，也没啥可怕！把人活得猪都不如了，人见人嫌，狗见狗厌，还有啥可留恋的？可如今不一样了，秃驴心里边装了几个人儿，满满当当的都是些牵恋。他在自己并不能负重的肩膀上，放了一些担子，正是这些担子，让他滋生出了男人的责任感。

男人一旦有了责任感，他就会脱胎换骨！

秃驴在路边摸索了些干柴草，贴身的衣兜里掏出粉莲给他装的一匣洋火，背过风，头脸贴在柴堆上，哧地划出一道亮，没点着；脱下衣服盖在头上防风，哧又划一道亮把干柴点着，呼地燃起一道焰。火光里见路边漫坡上长着几株柏树，折来几把枝条，燃个火把擎在手里，踩灭火堆，又浇了一泡臊尿，背起褡裢粮袋继续往前赶路。

有了这个火把，秃驴心里踏实了许多，野物都怕火。过了黑石崖，吃茶坡下面的那个村子就是早饭头渡口了。老天爷你睁睁眼吧，让我梁秃子过了泾河，我天天给你磕头。秃驴心里求告着，加快了步子。

刚过黑石崖,就听前边像有人声。秃驴自小混迹行走,知道路上的艰险,加上饥岁荒年里听到的各种传言,自然多了份警惕,顺手就把馍褡裢粮袋子扔进路边的阳沟里,人却端直往前走。

呼啦一下便被三个人围住,声音阴森森喊:"把值钱的掏出来!"

秃驴立住了,赔上笑:"哥哥哥哥,我个要饭的,啥值钱的都没!"

"要的饭哩?"一只手把火把夺了过去。

"两天了,要了两三个馍,剩半拉没敢吃,在兜里,准备撑不住了垫巴。"秃驴从兜里掏出半个馍托在手心,那是他路上吃剩随手装进口袋的。

一个从暗处上前,一把夺过半拉馍,往口袋一塞,又把秃驴浑身上下摸了个遍,搜出一匣洋火,摇一摇装进兜兜,说:"毛都没有!"

"空欢喜一场!"拿着火把的人把秃驴上下一照,骂骂咧咧说,"这个穷光蛋,比咱还可怜,滚滚滚!"

秃驴手一伸,央求:"哥哥行行好,我一个,凭这壮胆哩!"

"还是个铁公鸡!给给给!"火把往秃驴手里一塞,呼啦散进了黑夜里。

秃驴擎个火把,直戳戳往前走,头都不敢回。腿肚子抖抖抖地哆嗦,额头上冒出一层碎汗。一直走到拐了个弯,才把手里的火把路边阳沟一丢,啪啪啪踩灭,跑去另一边的阳沟,猫下身子听动静。半天听不到人声音,才轻脚轻手折回去,顺着阳沟找到褡裢和粮袋,背上肩,不敢再赶路,悄没声息钻进旁边的青庄稼地,眼巴巴盼天亮。夜深露重,风紧天凉,秃驴连打个喷嚏都不敢,一手抱着褡裢,一手抱着粮袋,用这些救命的吃食,暖和着身子,撑持着精神,苦巴巴地挨着冷。直等到路上人来人往的声音稠了,才兜里揣了几个馍块,把褡裢口袋往青庄稼地里用柴草一掩。钻出去察看一番,搬块石头地畔做个标记,不放心,又折几条树枝压在石头下,看看显眼了能够找到,这才向渡口跑去。

早饭头渡口也停摆了。船拖上了泥滩,被轮流守住。船家说:"瞅这水势,八成得等十天半月。"

秃驴没指望了。他咬着牙根折身返回，在黑石崖半山腰僻背处寻了个看庄稼的小烂窑，偷些麦秸草往里一铺，又找些枯枝荆条门口一挡，做了个临时的窝。天擦黑，又赶紧寻路回去，慌慌张张把馍褡裢粮袋子背上来放好，心才稍安，窝在麦秸铺上听风吹草动，犬吠河吼。黑夜里，不敢入睡，眨巴着眼睛瞅外面的一派阴森，想粉莲，想秋叶，想冬生；也想队长，想屁吱吱，想二癞子。想着想着，忽然觉着自己的前半生，活得窝囊，活得不值。盘算着这次回去，不能再这样虱多不痒、债多不愁地装死狗了，要鼓起心劲，挺直腰板；要好好上工，把自留地经管好，对队上的事要积极，毕竟他不再是一个人了，他得照管好粉莲这个苦命的妹子和她两个可怜的娃。再不能连二癞子都瞧不起他了，他要给二癞子活个人样儿看看，让二癞子眼红！眼热！眼馋！

这样想着，秃驴就气昂昂地来了精神。白天拖条棍去继续讨饭，混饱肚皮后，夜里钻进他的小狗窝，等河水旱去，渡口开船。他心里说："粉莲，还有秋叶、冬生，你们等着！我梁秃子要不能好好待你们，就不是个男人！"

11

秃驴终于回到了村子。他生平头一次觉着这个到处沟沟坎坎，透着一派荒凉的湾里，竟会让他如此牵心，看上去从来没有过的亲切。他和碰上的村坊打招呼时，声音是喜悦的、清亮的，带着一股子热乎；村邻们看他的眼光，也是别样的，不同往日的，带有笑意的。莫非他们也感觉到了，今天的秃驴，不再是从前的秃驴，他要浪子回头，重新来过？

秃驴不想再做以前的秃驴了！他不能再破罐子破摔，他要活个人样儿，让那些瞧不起的人另眼相看！

"粉莲，粉莲！"秃驴高声喊叫着，一溜儿碎跑。被馍褡裢粮袋子压弯了的腰，惟妙惟肖像张弓。

秋叶啪啪啪跑出窑院，一对黑扑扑的毛眼窝忽闪忽闪着瞅他，不似往常那样尖叫嬉笑着往他怀里钻。

"咋了秋叶？"秃驴觉着了异常。

秋叶伸出小手，拽着他往窑屋里去。

粉莲躺在炕上，旁边坐着脸上挂泪的冬生。冬生一见秃驴，哇地放出哭声："我饿！"

粉莲呼地用被子埋住了头脸。

秃驴一边掏馍递给冬生和秋叶，一边问："粉莲你咋了？病了？"

粉莲不言语。

秃驴说："河涨了过不来！我知道要断顿了！"

粉莲就在被窝里嗷地哭出了声。她这一哭，两个娃也跟着哇哇哭。秋叶一边哭一边尖着嗓子喊："他打我妈！队长他打我妈！"

秃驴的血呼地涌上头顶。他脚步凌乱地在屋子转圈圈找东西，晃荡着挂在胸前垂在后背的馍褡裢和粮袋子。先拿一把菜刀，掂掂，哐地扔到案板上；又拎一把板斧，紧紧攥在手里，往外扑去。

"你不要命了？！"粉莲干吼一声，一把抓住褡裢。秃驴身子一挣，褡裢咚地掉到地上，滚落了一地的杂色馍块。

"你要不想让我活，就只管去！"粉莲的哭喊声，从窑屋撵出来，重重砸到秃驴背上。

秃驴僵在了窑院里。半晌，腰一弓，破着嗓子吼："杂种！狗日的杂种！"

杂种队长趁秃驴不在，得空儿就来，来了就说些不荤不素、没边没沿的不正经话。粉莲一个外乡女人，既没位分又没名分，心里提防着，面上却不便太过发作，藏不过就躲，躲不过就冷个脸，儿前女后地挤成一疙瘩敷衍，心里直盼着秃驴快快回来，潦潦草草凑合到一起，有个名啊分的，也不致这么窝囊。没承想有天后晌，猪狗不如的老家伙不声不响提来袋麦子，进到窑院见粉莲正脱了外套，只穿个破破烂烂的贴身短袖在洗头，胸前肉嘟嘟,腰里白花花,脸膛粉扑扑,一下子就扑过来抱住,当着两个娃娃的面,连抓带摸又咬。粉莲不敢大声呼喊,那样只会更坏名声。乡间对男女之间的龉龊,向来只吐女人的口水;而对男人,却仅作为笑谈,会津津乐道的。粉莲只能拼命挣脱,拼命抵抗,可怜身单力薄,肚里又连闹几天饥荒,终于抵挡不过,被拖进窑屋奸污了。

秃驴迟迟不归,家里的馍疙瘩眼看要吃完,粉莲就只把自己吊着,每天数着数儿给俩娃吃个半饱。后来半饱都难了,就只给噎个饥。可她把队长提来的那袋麦子,却扔进了秃驴窑屋的柴草里,一把没动,一眼不看。

粉莲吧嗒着眼泪珠子:"你要再不回来,我或许就没命了。唉,要不是这两个小可怜,还真不如死了的好,干净!"

秃驴气得呵呵喘大气。咬牙切齿地,拿头直撞墙。秃驴生平头一次刻骨铭心地感觉到了自己的孱弱无能,就手里有把刀,他杀得了队长? 就塞给他一柄长矛,他能刺进狗日的心窝?

二人相对垂泪。

秃驴说:"要不,我送你走?"

"走,去哪里? 谁肯再收留我们孤儿寡母?"

"那我去跟他拼命,我咬也能咬他一块肉! 大不了鱼死网破!"

"你死了,我还能待? 你死了,我这辈子,心还能安?"

说着说着,两个人互相宽慰起来。人就这样,为了活着,有时候只好把仇恨和屈辱埋进心底,假装啥事都没发生过。开心的话一来二去,粉莲心里的结就打开了不少,眉头也舒展了许多。

可秃驴自己的心里,却拧了个紧紧的疙瘩。天黑借口出恭,偷偷溜去队长家。先躲到队长家的麦秸垛后,一把一把在麦秸垛上撕出几个洞。二半夜了,怀里掏出一团揉软了的烧纸,"嚓"地划根火柴一点,烧纸腾地跳出了一苗火焰。

"娃,不敢!"

秃驴的耳朵里，响起了一个似乎很遥远、又仿佛在跟前的声音，接着一股阴风，呼地迎面扑来。秃驴吓了一跳，跌坐到地上，手里的烧纸倒地的一霎落到交裆，赶紧两手去拍。火灭了，夜色又弥合成一团更加浓重的漆黑，秃驴扭脖子四下张望，哪里有半个人影？人早早挺到炕头，小心仔细地呵护着肚子里的那点汤水，怕有丁点消耗。狗都不出声儿，怕被盗夜贼盯上招来捕杀，变成地里的一泡臭屎。

　　秃驴眨巴着眼睛仔细一想，忽然惊着了。那句陌生又熟悉的声音，像是他爸梁三，又像他眼瞎心亮的妈，还像他的吹鼓手二爸。秃驴的后背渗出了一层冷汗。

　　汗让风一吹，忽然灵醒了：今把队长的麦秸垛烧了，明队长就会下势来整自己！从前孤家寡人，秃驴怕谁？现在拖家带口，不为自己着想，也得为粉莲母子三个操心啊！秃驴磕了三个响头，心里谢过亡亲，起身来到队长门前，冲他家门板滋了一泡臊尿，悄悄骂：头上长疮，脚底流脓，你狗日不得好死！转身轻手轻脚回去了。

　　一进门，粉莲睁圆眼睛问："你做啥去了？"

　　秃驴说："啥都没做！"

　　躲不过粉莲的眼睛，又坦白道："你放心，我得替俩娃着想！"

　　粉莲盯着他看了好一会儿，低下头说："要不，明天咱找人说叨说叨，把家一成？"

　　这突如其来的喜讯，让秃驴忘了一切的凌辱。那一晚，秃驴被粉莲留在了身边。秃驴把他积攒了半辈子的神往和疼爱，不知疲倦地都给了粉莲。他一面猴急猴急地在粉莲的导引中行云落雨，呼哧呼哧大喘气；一面在心里骂：狗日的队长，你狗日的倒成全了爷哩！要不要爷给你提壶烧酒，里面掺上老鼠药敬你一杯，啊？敬你一杯？这一忽然的念头，此后好一段日子梗在秃驴心上，硌得他胸口隐隐疼。

　　第二天一早，秃驴去石磨上磨了几升麦，让粉莲擀了两案面，请来村上几个年老人,院门外燃一个火盆,叫粉莲在上面跨了三跨,进屋拜了天拜了地,两人再一对拜,就算礼毕。请几位老人坐上炕头,一人吃了几碗面,家就这么成了。

"秃驴,你要烧高香了,吹灰之力不费,有家有舍了!"一个说。

秃驴嘿嘿嘿光笑。

"这都是你爸你妈俩老好人积的福,你娃要惜福哩!"另一个说。

秃驴鸡啄米般连连点头。

"好好好,这就好。再能添个一男半女,这个家就全了!"又一个说。

秃驴就边笑边劝吃好喝好。

吃完把碗都舔过了,忽然都惊奇:"咦,秃驴,你过的阔得很么,还有麦面?这才真正是财神爷要饭,装穷哩!兔崽子,人小鬼大!"

粉莲赶紧岔开了话,说自己人生地不熟,不通乡俗,不懂礼仪,还请老人们不要见怪。秃驴心里则忽然像被啥抓挠了一下。昨天秃驴要磨麦子时,粉莲就很不高兴,说:"要我,宁肯饿死也不看它一眼!"秃驴说:"你跟个粮食有啥仇哩!他欠咱的!"粉莲再没说啥,脸色却很不好看。没见她吃饭时把两个娃支走,到另一个窑里去耍?没见她一口面都没吃?

送走客回来,秃驴说:"粉莲,你生我气哩!"

粉莲说:"没!"

"你连一口面都不吃?"秃驴斜着眼睛看。

"我高兴得不饿么!"

"你不饿,俩娃都不饿?"

粉莲就叫:"秋叶,冬生,过来吃面。"

秋叶冬生就笑得满脸开花,叽叽喳喳跑过来。两张嘴呼噜呼噜刚吃上,粉莲指着秃驴说:"从今往后,他就是你们爸!"两张塞满面条的嘴,同时冲他叫了声:"爸!"

秃驴"哎"地应着,搓着双手嘿嘿笑,笑得眼泪长流,心里说:"娃,爸要真心待你们好！"

那段日子，是秃驴最快活的一段时光。满屋满院的说说笑笑，打打闹闹，叽叽喳喳，让秃驴感觉到人世间原来竟然如此美好。一回家就能享受到热炕热饭，又被粉莲知冷知热嘘寒问暖地心疼着，还有那被窝里的迷人，咬耳根子的亲密，这些对自小备受轻贱的半截儿人秃驴来说，是新鲜的，稀罕的，做梦都不曾梦到过的。秃驴沉醉在这些暖心暖肺的温情中，忘了饥荒艰难，也忘了他人的轻贱和欺辱。秃驴不再吊儿郎当，穿戴得周周正正，踏着钟声准点儿出工。

"咦，秃驴，日头从西边出来了！"人们惊奇地看着秃驴。

队长叫他："秃驴秃驴，办事也不吭个声？"

秃驴不阴不阳地盯他一眼，把头偏向一边。他看到有人在斜眼笑，有人在咬耳朵，有人看看他又看看队长。秃驴心里的火腾地点燃了，却烧不起来，只冒着一股黑烟。他知道自己只是个薄皮鸡蛋，而队长是块大碌碡，硬碰硬只能是自己叽地碎成一摊黄水。君子报仇，十年不晚，秃驴不信三年还等不来个闰腊月，咱骑驴看唱本——走着瞧！

队长到底是队长，他不计较秃驴的脸色，说："秃驴你不仁，我不能不义。第一个，散工后到我家来，我补你一份礼；第二个，念你负担重了，给你记十分工。人不亲土还亲，河不亲水还亲，是不是？第三个，其他活儿你都干不来，你去给咱看苜蓿。"

秃驴低着头，一声不吭。

给秃驴计十分工，这是队长第二次提说了。他今既敢再提，主意就拿定了，谁要再拧，不定能拧得过，反倒会惹两个人。把队长得罪了，不说脏累苦重躲不过，单就每年分粮分油分棉分麻，秤星星上要点手段，秤杆杆上使一点儿坏，你就受不了！把秃驴惹下了，那你的烟囱就等着堵，水眼就等着捅，窖水就等着脏，自留地里的庄稼就等着倒吧。今日不比从前，这里头有了渠渠道道！因此没一个人吭声。二癞子都升成十分工了，谁还敢说啥？

粉莲却变了脸,说秃驴:"你没长脑子,看不出这是个圈套? 看苜蓿白天黑夜都得守在地里,你要把我卖了? "

秃驴想了半天,软软说:"那就不去看了? "

粉莲说:"不去! "

秃驴便被分派去干重活苦活。

秃驴一个残疾,又从小缺少磨炼,自然苦不堪言。担粪,队长嫌他的笼比别人都小,说:"你想挣十分工,就得出十分工的力! "给换成别人一样的大笼。秃驴挣红脸担起来,身子三摇两晃不稳,上坡时,像死鱼一样大张着嘴,两腿打着摆子,腿肚子抖出一团稀软,感觉随时都会被那两笼粪拽倒,骨碌碌滚下坡去。所有人都停下来,站在坡上坡下看热闹。看豌豆的二癞子没黑没明守在田里,乏味,常跑回村子凑热闹,来瞧秃驴笑话。背靠麦秸垛坐在崖畔上,放声笑:"秃驴秃驴,要饭多轻松,受这罪? 小心把屎挣出来! "坡上坡下的人就哈哈哈笑。有眼尖的,高声惊叫:"挣出来了挣出来了! 瞅,裆都湿了! "

秃驴咬紧牙,憋着气一趟又一趟挣扎。坡头的粪堆倒笼时,一圈儿溜粪的妇女蹙着眉捂嘴尖叫,有心软的就骂:"心死了,眼都瞎了? 欺负个可怜人算什么本事! 没见他都这样了,这人都咋了,心这么狠的? "

有人回敬她:"漂亮话谁不会说? 你要心善跟他一换,让他溜粪你去担! "

就都没人再吭声了!

下工回到家,把粉莲心酸得直掉眼泪。一边给秃驴洗屎裤子,一边说:"都是我拖累的! 要不,咱都去讨饭? "秃驴浑身散了架一般,各个骨关节都疼,肩上的皮肉磨破了,钻心地辣。可他心里却很骄傲自己没有认输,不是软蛋,终于让人见识到了他很男人的一面。半躺在炕上,捏着冬生的脸蛋说:"打死我,也不会再叫咱娃去要饭了! "

夜里，粉莲把秃驴搂进怀里，心疼得抽抽搭搭哭："要不，你低个头去找一找人家，让我也去挣工分。"秃驴像个受了委屈的娃儿，脸贴在粉莲胸前，一声没吭。

实在揭不开锅了，秃驴就外出乞讨，把北极塬各个角落一趟趟踏得很熟。受活嘴可怜秃驴，怜念秃驴是个残疾，却能在最困苦的岁月好心收留三张闲嘴，并为了那三条苦命龁出去了奔波，有时剚了猪骗了羊路过，会提一吊猪卵羊蛋给秃驴："给两娃一焖，解个馋！"秋叶嫌膻，捂着鼻子不吃。冬生却大口大口嚼得满嘴流油，吃完了，把嘴咂得吧嗒吧嗒响。

逢有人家婚丧嫁娶，秃驴还去跟事。去了就帮人家忙这儿忙那儿，眼尖腿勤，脚步跑得啪啪响。等开席了，却不去吃，只央主家给他夹几个肉馍。家底薄或者吝啬的，就夹几个馍给他，秃驴会帮人家把客送完，把摊子收拾利索，才揣着馍回去。情况稍好或为人大方的，咋都要招呼秃驴入席吃喝，说："放心吃放心喝！再不给谁夹馍，能不给秃驴夹？"秃驴这才千恩万谢去吃酒席。

北极塬人感到惊奇，说："秃驴，啥时候变得这仁义了?!"

同席的人瞅着秃驴狼吞虎咽，哈哈哈笑："半拃高个人，咋恁能吃的？"秃驴呼噜呼噜吃完五个馍三碗汤，打着嗝儿嘿嘿笑。要遇着有好人家大排场，秃驴就会牵着冬生的手去吃汤泡馍。每次路过堡子，一帮破衣烂衫的小屁孩，就会跟在秃驴和冬生后边，尖叫着喊热闹：

秃驴领着个带筷子，

身上披着个烂褂子。

怀里揣了个布袋子，

咋看都像个二傻子……

秃驴不吭声，冬生可着嗓子回骂。秃驴说："甭理，省点唾沫，养人！"

带了冬生的这一天，秃驴在人家的席面上，就吃得很少，给冬生夹一筷子菜，瞅一眼同桌的客，嘿嘿嘿一笑；给冬生夹一片肉，看着他吧嗒吧嗒吃完,再瞅一眼同桌的客,嘿嘿嘿一笑。

人都说:"真没想到,矮把子秃驴,还有这份情义!"

有人撇嘴道:"对他爸他妈都没这么好过!嘁!顶啥?咋都不是自己的种!"

秃驴听了,只当耳旁风。活在笑话人挤对人成风,靠欺凌和争抢谋求生存的世事里,秃驴受惯了作践,早就习以为常,见怪不怪了。

12

整整三年多的灾荒,在入秋后的几场场透雨里迎来了转机。玉米、高粱、糜子、谷子,嗞儿嗞儿喝饱了,蹿着个儿往上长。有粮食了,人就有了指望。虽说粮食还长在眼里,没收到场上,可地里的苜蓿、苦菜、地丁、黄蒿、车前,都长了出来,绿莹莹一大片一大片,肚子就再也饿不着了,命就能吊住了。

秃驴夹个口袋兴冲冲去分夏粮,只分了十来斤麦。四张嘴单凭一个劳力,分粮时就显出了大可怜!粉莲给秃驴说,她既成这家一口人,就是队里的一个社员了,不能干坐着,得去挣工分。她把锄啊锨啊镰啊镢头的,擦得锃亮,说秃驴:"男勤看铁锨,女勤看灶间,瞅瞅你这些家具!"

秃驴畏畏葸葸先去找队长,吭哧吭哧说:"队、队长,啊叔,粉莲说她她她,她也想挣工分!"

队长看都不看他一眼,说:"谁的事,叫谁找我!"

秃驴说:"就我的事么,叔你开开恩!"

队长说:"你知不知道她这是盲流?你知不知道她这是犯法的?我不揭告就算仁至义尽了,不然早被逮回去了!"

秃驴也听到了一些风声,说上头来人挨家挨户清查逃荒落脚的人口,找到一个遣返一个,惹得鸡飞狗跳、女哭男号。东村一个甘州客婆娘,被拖出屋子,抱住崖畔一棵杏树不撒手,哀号说宁死不回,被几双手硬掰开,就一头从崖上跳下去摔死了,哼都没哼一声。

秃驴腿肚子簌簌发抖,双手不住作揖,嘴里呜哩呜啦不知咋说好,说啥好。扑通一下跪到队长面前,头把地磕得嘭嘭响:"叔你行行好! 叔你积福哩! "

队长像尊泥塑的菩萨,板着脸一声不吭。

秃驴回来跟粉莲商量,让她去求队长。粉莲眉毛倒竖问:"叫我往火坑跳? 算了,活人还能叫尿憋死! "

秃驴蹲到地上,抱着头光叹气。

粉莲是个能吃苦的女人,领上俩娃去磕畔、坡洼开荒种地。这里埋几窝洋芋,那里点几棵玉米;这里撒一把糜子,那里种几行谷子。秋后收获了不少,招得村里老老少少直咋舌:"秃驴,命恁好的! "

秃驴人前人后挺着个小身板,头扬得高高的,一脸的滋润,得意得脖子一拧一拧。

二癞子妒恨得一塌糊涂,恨不能把秃驴的大头拧下来当个尿壶。为秃驴升成十分工,他已经不舒服了好长时间,要不是他妈屁吱吱拦挡,他早跳出来搅局了。眼睁睁瞅着秃驴的那副神气,再也忍无可忍,站在人堆里叫:"秃驴秃驴,啊剩饭好吃不? "

人们嘻嘻哈哈一片乱笑。秃驴不搭理,头一扭,继续走他的路。

二癞子受了笑声的鼓舞和秃驴的轻蔑,声音更大了:"是不是队长吃剩的,就格外香? 啊,秃驴! "

湾里这已不是秘密的秘密,在这一刻,由这张嘴,以这种方式揭开了盖子,人群里的笑声马上变得很诡谲。好事的幸灾乐祸起哄,怕事的抿嘴笑着。

秃驴刹住脚步,荷枪实弹地奋起反击:"屁吱吱才是剩饭! "

两人立马扑到一处,厮打得团团转。秃驴抓烂了二癞子的血疗痂,二癞子抠破了秃驴的光脑袋。湾里那帮日子缺盐少醋,心里苦焦恓惶的老少爷们,着实看了一场好热闹。

秃驴气哼哼回到家,摔东撂西地给粉莲甩脸子,吓得秋叶冬生躲得远远的。粉莲斜着眼睛问:"你咋啦?"秃驴恶声恶气说:"吃得撑了!"门咣地一摔,躺到偏窑去了。饭做好俩娃去叫,蒙着头喊:"不饥!"粉莲去叫,躁烘烘说:"不吃!腥气!"

粉莲的眼泪骨碌骨碌滚下来,说:"你要心里不顺,就打我,骂我!甭作践自己!"

秃驴就抱住粉莲呜呜地哭。自从他爸他妈跳了渗井,再苦再难,再遭罪再受欺,秃驴都没掉过一滴眼泪。他知道,其实他连哭一哭的资格都没有,他活着,本身就是用来排遣他人活得不幸的一个笑料,他不想让这个笑料味更足料更猛。可今天,他却把脸埋进粉莲的怀里,哭得无所顾忌,一声声对粉莲说:"我没用!我没有用!"

粉莲像抱娃一样拍着秃驴的脊背,说:"咱都是苦命人,活在人家舌头上的,甭管别人咋么轻贱,自己要争气哩!"

秃驴谁的话都可以不听,就听粉莲的。只有粉莲,才把他当个人待。

秃驴对粉莲,那是真心的好。豌豆地偷把豆角,玉米地顺个棒子,人家树上摘几颗毛桃,队里的园子揪两兜兜鲜枣;抽空儿去跟一两个红白喜事,夹几个肥肉蒸馍,这些全都拿回家。自己舍不得粘牙缝,都紧着粉莲和俩娃。

可一到夜里,秃驴就会变成一只狼,想着法儿折腾粉莲,连掐带咬地不让她消停。粉莲心疼秃驴,知道他活在湾里人的污言秽语中,心里有苦有气,咬着牙任他发泄。发泄完了,秃驴又会悔得肠子抽搐,知道不该欺负这个性子绵软的女人,心里直骂自己是猪是狗。可只要太阳落山,月亮冰着个脸出来,白天遭受的那些屈辱,听闻的那些秽语,就会酵头一样在他的腔子里啵啵冒出来一股邪火,让他变成另一个人。

那天粉莲去沟里挖药材，柴胡啦远志啦那么多，挖着挖着舍不得走，就回去晚了。摸黑爬到沟畔，被一个高大黑影挡住了去路，粉莲本能地把镢头攥紧举到胸前："谁？"

"我！"果然是队长！

"人有脸，树有皮，咱井水不犯河水！"粉莲不想把事情闹大，也不敢把事情闹大。

"跟上我，能让你吃亏？香的辣的，紧着你挑！"队长说得活像救世主，是来给粉莲送福的。

粉莲稳了稳神，想一想说："叔，我敬重你是个长辈，不想把话说得难听！你把我粉莲看扁了，我不是那种人！"

队长不听，往前走。粉莲扬起手里的镢头，咬着牙说："你再敢动我，我就死也要挖你两疙瘩肉下来，不信你来试试！"明晃晃的镢刃，在微弱的月光下闪着一道寒光。

队长刹住了脚，说："多少女人盼着哩，你娃倒好，敬酒不吃！那好，就等着吃罚酒吧！"转身扬长走了。

粉莲回家想了一夜，第二天，去义门街收购站卖了一担药材，进供销社扯了七尺花布，径直去了队长家。队长正坐在院里喝砖末子茶，见了粉莲，以为她想通了，脸上绽开热乎乎的笑，说："就是么，还能叫你吃亏？"粉莲却绕过他朝屋里喊："姨！姨！"

队长龇牙烂眼的婆娘正在厨间和面，扬着两只面手走出来，见是粉莲，冷着一张马脸说："有啥事？"队长和粉莲的丑事，她早听到了风声。

粉莲把手里的花布一抖，亮出来半院鲜艳，说："我从小没爸没妈，人都说姨是菩萨心肠，我想把姨认个妈。这是礼，不知姨愿不愿意收下？"

队长婆娘人丑身子笨，但心却不蠢，她不喜欢漂亮，但却懂得欣赏聪明，一下子就明白了粉莲的用心，脸立刻笑成了一朵金丝菊："扑进怀里的雀儿谁忍心打？行，你磕三个响头，亲就这么认了！"

粉莲扑通一声跪在了院当中。烂眼婆娘尖着嗓子叫队长,队长脸黑黑地不动,龇龇牙张嘴喊:"你又不听话了?得是想让我把老贫农叫来?"

队长铁铁梗着的脖子,立时就变软了。

粉莲的心别地一跳。

队长扑踏扑踏走过来,站到马脸婆娘旁,扭着头看院里的鸡儿刨食。

粉莲磕了三个响头,叫了一声"妈"。队长婆娘高声应着,等她叫爸,粉莲却站起来了,说:"妈,从今起,你可得疼我护我!"队长婆娘大声道:"从今起,谁要敢欺负我女,我跟他白刀子进,红刀子出!"

秃驴知道后,把粉莲佩服得一愣一愣的,摇着个五短身子撺前撺后地问:"你咋想出来的?你咋恁灵的?"

就这样,粉莲也挣上了工分,日子虽然艰苦,但命是能吊住了。队长心里有恨,给秃驴和粉莲派活儿时,就下黑手。再苦再累,粉莲咬着牙一声不吭;可眼瞅秃驴一天比一天黑瘦,眼睛鼓突得像个癞蛤蟆,心疼得不行,去找队长婆娘:"妈,能不能给说说,甭再给秃子派苦活儿了,他个烂人,迟早得给累死!"队长婆娘盯着她说:"你好好一个女人,为啥非要跟个秃驴?一朵花偏要插到牛粪上!这事,我劝不了他,总得让他把这口恶气出了吧,这你怨谁?"粉莲碰了个软钉子,这才认清了队长婆娘。她愿认自己做女儿,只是为了断队长的念想,里面并没情分在。就粉莲不去认她这个妈,无论被队长怎么欺负,只要队长不把家里的钱财物件往外抖弄,她也会装作啥都不知道的。铁算盘女儿的吊死,"老贫农"女儿的失踪,她都能不在乎;屁吱吱和队长都能在她眼皮子底下鬼混,她还会在乎一个粉莲吗?她只要一年四季不去出工,一天三顿吃香吃辣,人人见了觍脸谄笑。她甚至撇着嘴给人说:"谁会嫌自家的猪拱了别人家的圈?养个公驴,就为填别人家的母驴!"

秃驴的肩膀上,磨出了两道厚痂;两只手摸着粉莲的奶时,疼得她直咧嘴。脚底板硬了两张死皮,到冬季,会裂出娃娃嘴般的大口子,一走一阵钻心疼。胳膊腿僵硬得像个干树枝，直让粉莲担心随时都会"叽"地折断。可秃驴一声苦都没叫过，不是去上工，就是去跟事，要么就出门讨饭，大脑门上的头发干巴巴只剩稀拉拉几根。有一天跟事回来，扯了二尺花布，二尺蓝布，说："给俩娃缝个书包！"

湾里没有学堂，念书得到十里路外的镇上。前两年秃驴说让秋叶去上学，粉莲没答应，觉着个女孩子，迟早要嫁人的，不如好好学针线茶饭！再说穷成这样，砍个柴打个猪草，还能贴补家用。如今见秃驴又提上学，粉莲就问："你不要命了？"

"贱命一条，有啥稀罕？得让咱娃把眼睛亮了！"秃驴说得不容置疑。

"钱短粮缺的，能成？"粉莲愁得眉头蹙成一疙瘩。

"这你甭管！"秃驴说得满口轻巧。

粉莲拗不过，只好依了他。

13

湾里多数孩子都是睁眼瞎，能走进学堂的，加上秋叶和冬生，左右不过五六个娃娃，人家在镇上都有亲戚托管。秃驴去求娘舅，娘舅板着脸只抽烟，妗子说："你妈一死，这条路就断了，以后别来丢人现眼！"秋叶和冬生，就只能一天两趟地跑。

每天，天不亮，秃驴就得把秋叶和冬生叫醒。秋叶已经懂事，只叫一声就一骨碌爬起来，三两下把衣服穿上，跳下炕，去帮她妈忙饭。冬生却一声声叫不醒来。秃驴只好扳起身子给穿好衣服，抱下地还闭着眼瞌睡。粉莲抬手要打，秃驴挡住了："就个大人也会受不了的！天天起这么早，娃能不缺觉？"粉莲斜着眼怨："惯！你好好惯！看能惯出个好？"

一人书包里装一帕帕饭，秃驴就牵着冬生的手，腰里别把老镰刀，拖起讨饭的那根棍，冬天还会提卷艾蒿搓的火绳，点上火，出门去送。晴天咋都好说，要遇着雨雪天，父子三个就要遭不少罪。送到学校，往门房老头手里一交，折身赶紧朝回返，刚好能赶上出工的钟声。这样天长日久，好人都受不了，何况秃驴呢？成天腚后边屁嗵嗵嗵嗵响，走几步手指头把屁眼一顶，走几步手指把屁眼一顶。秃驴从此落下了脱肛的毛病。粉莲心疼得直掉眼泪，提出要替秃驴，最起码和他平摊，秃驴说："你个妇道，要真碰上个野物，你能对付？"

村坊邻居把嘴撇得吊到了腮帮上。好心点儿的，劝他说："老二球，不要命了？这么下去，铁打的都能垮了！"爱看人笑话的，风凉话一串串："秃驴秃驴，好好弄！说不定能弄出个当官的，让你住楼上楼下用电灯电话！不知冬生家坟里有没有这个脉气，反正你家坟里没有！不过做梦娶媳妇，也不是没有可能！"

秃驴谁的话都不往心里去，他对自己说："我就只当听了一声屁！"

让秃驴最为畅快的，是冬生。恁小个人，上学还没几天，回家捧个书本本，手指头点着一字一句给他念。扯一张纸，歪歪扭扭写几个字，指着它给秃驴看："这是'梁'字，是咱的姓！这是我姐的名字：梁、秋、叶；这是我的名字：梁、冬、生。"

秃驴见冬生能念又能写，瞅着粉莲感叹："娃比咱强，会念了，还能写了，是个秀才哩！"一下子觉着一切都值了。

挨到秋叶和冬生放了寒假，就是一年中最熬煎的日子。囤里的粮食快见底了，缸里的面也所剩不多，可还得整整半年才能熬到夏收，何况还有个大年要过。北极塬人再穷也不愿娃娃们过年没白馍吃，没荤汤喝，没几顿煎汤面滋润口齿唇舌。"宁穷一年，不穷一天。"他们很看重一年三百六十五天的这个收官和开端。苦了一年，结局得好；有一年要苦，先开个好头！这是他们埋在心底的一点儿巴望。

有力气的，拉上一车冻柿子，去西峰，去庆阳，去平凉，到地广人稀的地方换粮食；一来一回六七百里，苦赚过年的精白细软。若撞大运了，还能给青黄不接攒一点儿心里踏实。没力气的，就背个褡裢，拖条细棍，揣个破碗，到安华，到韩家，到麟游，甚至到乾县礼泉，去沿门行乞。

受活嘴来拉秃驴就伴儿，一头钻进南山去要饭。受活嘴的日子越来越不好过。不单不许他再劁猪骟羊，还把他列入了管制人员，这让胆小的受活嘴，觉着谁都能给他下个套，只要绳子一拉，就会把他勒个半死。拉秃驴做伴，是没人愿意和他有染，只有秃驴不嫌。再说同是要饭，秃驴总能博得更多同情，不至于空手去再空手回来。秃驴呢，也得仰仗受活嘴的力气，同行有个照应，返回时还能当个脚夫。

没想到南山里要饭的人那么稠，一拨接着一拨。秃驴问受活嘴："咋都这么穷的？"

受活嘴跟秃驴说话，不生顾忌，悄悄说："地姓公了，人还姓私，都充数儿混工分哩，谁把地当地？产量本来就低，公购粮还定那么高，交的交了，贪的贪了，剩下的那点，能混半年饱就谢天谢地了！"

秃驴想一想，确实是这么个理。大队小队恁多干部，谁出门要过饭？就连二癞子，别人家再闹饥荒，他兜里却常揣着雪白雪白的蒸馍，时不时掏出来给秃驴显摆。气不过，吐口黄痰骂："粮都叫狗日的吃了！好菜好饭都喂了猪了！"

为了多讨要点粮食馍饭，秃驴把粉莲偷偷薅生产队羊毛给他织的那双厚袜子一脱，贴胸揣进怀里，赤着脚沿门乞讨。到了人家门口，一边哀声求告，极言困苦；一边脱下鞋子，露出他的光脚。心软的女人一看，惊乍乍进屋去给拿吃端喝。

那是一双遍布裂口的脚。脚指头一个个变形了，布满秃驴自小跟事留下的老茧。脚底板厚厚一层干皮，紫黑着，裂开横七竖八的大口子。口子很深，连日来不停不歇地赶路，每道口子开始流血了，整个脚掌血呼啦啦的，一瞅会让人心里一紧，像有小刀子尖尖地划过。

山里人都很朴实，她们多半一辈子没出过山，围一圈儿问家长里短、世道人心。得知山外常闹饥荒，人心刁野，都庆幸这山里虽然狼豹出没，野狐成群，一年四季却能吃饱，也没那么多争啊斗的，打啊杀的。听说可怜得只有半人高的秃驴家里还有两个娃娃等着糊口，就一把麦子两把黑豆地抓出来，往秃驴口袋装。

不出半月，秃驴讨要了整整两大口袋蒸馍，百十来斤粮食。麦子虽然不多，可凑合过个好年还是绰绰有余的。

多亏了受活嘴，一人扛上两袋，昼伏夜出，脚底板磨起一层血泡，才回到北极塬上。两人商量先到秃驴家把粮啊馍啊一分，受活嘴再回他家。

受活嘴跟秃驴说："我是沾你光哩，你多分。麦我一颗不要，你娃娃小！"

秃驴说："那咋成？咱俩是伴儿，啥都一人一半！"

受活嘴大喘着气说："有你这句话，叔就领情了。其他都好说，麦全给你，就那么几把。"

秃驴说："那好！过了初五，咱俩再搭伴跑一趟。正月里白馍细面多！"

受活嘴呵呵笑："饭都把咱要成精了！"

两人摸黑进村，到了秃驴的烂庄子，却见梢门大敞着，院里一片漆黑。秃驴高声叫："粉莲！秋叶！冬生！"

没一声回应。

窑门上都落着锁。

秃驴急了，开锁进门，划根火点亮灯，见窑里一派狼藉。跑去另一孔窑洞，也空无一人。受活嘴说："是不是串门儿了？咱先把东西一分，让我先走！"秃驴却顾不上，啪啪啪跑出门，站在崖畔上放声叫：

"粉莲——"

"冬生——"

"秋叶——"

"吼！放大声吼！"夜幕里钻出来二癫子，听声音就知道一脸的幸灾乐祸,心里揣着满怀的讥笑。

秃驴立马嗅到一丝不祥,低声下气问:"二癫……兄弟,粉莲呢?你见着没?"

"见着了!还是一场好戏哩!"二癫子故意卖着关子,充分享受着他的快活。他已经等秃驴好多天了。

秃驴的心里,一瞬间设想了许多种可能。受活嘴骂二癫子:"你狗日的光会耍怪,赶紧说!"

二癫子这才告诉他们,粉莲被抓了,遣回原籍了。

原来粉莲竟然是地主家媳妇。比她大十几岁的丈夫,高中还没毕业,父亲死了,只好返乡接管家业。母亲硬给他订了一门亲,吹吹打打娶回家,却一年等一年就是不见怀胎,婆媳俩明吵暗斗,弄得家里鸡犬不宁。后来家业全被分了,定成地主,成天挨批挨斗,媳妇就跟他离了婚。老母亲除过戴个尖尖帽大会小会接受批斗,其余时间就拄个拐棍到处求人给儿子寻媳妇,说她不见孙子,死不瞑目。有人给粉莲嫂子通了信,粉莲嫂子随口提个条件:二百响元,五十个票子,外加两匹老织布。这基本相当于趁火打劫,没想到老地主婆竟然满口答应了:我的私房就剩二百二十块响元,都给她。粉莲说啥都不愿意,可拧不过哥哥嫂子,硬被逼着娶了。

粉莲生了冬生后,整个人才像发了酵一般,该圆的圆了,该鼓的鼓了,该软的软了,再不是个干瘦干瘦的黄毛丫头,脸颊飞着桃花红,头发像道黑瀑布,让村上那个被到处请去忆苦思甜的老光棍盯上,拖进玉米地强暴了。粉莲找队上,队上不管;找公社,公社训斥:"你个地主婆,敢诬蔑贫下中农?"婆婆亲自出面找老光棍论理,三言两语被抽了几个耳光,血从嘴角流了一胸脯。粉莲男人提了家里一把老马刀,血红着眼睛,噗地捅进老光棍肚子,血从后背的刀尖上喷出来一道射线。哧地拔出来,再噗地又戳进去,老光棍就睁圆眼睛软软地栽倒了。男人手握滴血的马刀,杀猪一般号叫着,圆睁双眼绕村吼了一圈,最后跳进了自家那口深井。那是全村唯一的一口水井,粉莲公公花四十块响元外加两石好麦,雇人打了多半年,水又旺又甜,供全村人饮用,村坊感念其功,取名为仁义井。

婆婆回头冲粉莲号了句:"粉莲,带娃走!再甭回来!"自己也一头扎进了井里。粉莲拖上两个娃,连夜逃出了村子……

前两天,湾里忽然来了几个外乡人,队长直接领进秃驴家。粉莲一见,人就跌倒在地上。最后抱娃的抱娃,捆人的捆人,硬生生把又哭又喊又骂的娘仨抓走了。

14

这无异当头一棒,击得秃驴浑身一震,整个人簌簌抖。发疯般跑去啪啪啪打开队长家门,队长说,粉莲家乡来人,有一个还是粉莲她哥,跟来的公安让他带路抓人,他有啥法?说完又说,没想到这个女人,身上竟背着几条人命!把秃驴送出门时还补了一句:"秃驴,我这次可是救了你一把!"

秃驴说啥也不相信队长,他总觉得这事件跟队长绝对脱不了干系。可无凭无据,他能咋?即便有凭有据,就他,能把队长怎么样?

秃驴的筋被抽了,摇摇晃晃回到家,见受活嘴还蹲在窑门口等他,说:"你把东西都扛走,我啥都不要了!"受活嘴说:"秃驴!"秃驴说:"我要去寻粉莲!"受活嘴说:"你咋寻?"秃驴就坐到门槛上呜呜哭,哭得像个娘儿们。一会儿怨自己,一会儿恨别人,觉着这个世事单和他过不去,连条活路都不给。整整折腾了一宿。

第二天天不亮,秃驴就踏上了寻找粉莲的路程。他背上铺盖卷,里面捆进了几身春夏衣物。在把粉莲给他纳的两双新鞋捆进铺盖时,秃驴的眼泪像滚豆子,大颗大颗往下落,咧开嘴叫骂。临出门,看到炕桌上秋叶和冬生的书包,整整齐齐理好,挂到了脖子上。

秃驴一路要饭,一路打问。只要见有女人领俩娃,背影就咋看咋像粉莲。喊喊叫叫追过去，却不是。好一点儿的，蔑他一眼；遇上焦躁矫情的，指定挨一串臭骂；要碰个不善的茬儿，还会受到推搡甚至追打。挨骂挨打那是经常的，谁叫他见到和秋叶冬生年龄相仿的小娃娃，就要扑过去扳着肩膀瞅？吓得人家娃娃惊乍乍尖叫，不打他打谁？万一是个人贩子呢？万一是个心术不正的呢？

他整整寻了粉莲五年零四个月。

秃驴终于回到北极塬时，让受活嘴大哭了一场鼻子。那天，永乐街上的张家过大事，受活嘴去行礼，晌午正准备开席，来了一个叫花子，五月天还裹着一身破棉衣，浑身上下翻飞着一团团棉絮，头发二尺来长，粘满柴草麦秸，像个活鬼。招呼客的嫌又脏又臭晦气，会倒客人胃口，骂骂咧咧去赶，叫花子哑着嗓子开口说："乡党，我，秃驴。赏个馍。"

受活嘴听见，一下子站起来了，跑过去弯腰一看，眼泪哗哗流了下来，拉着手泣不成声："秃子，娃呀，这是你吗？"

秃驴木然地瞅着受活嘴，说："叔，热水，脚，鞋，长住了，疼。"

热水端来，鞋却脱不掉，稍一用劲儿，秃驴就杀猪一般喊。受活嘴把脚连鞋投进热水里。一顿饭吃完，把着鞋跟往下一脱，秃驴嗷的一声背过气去。他的一双脚，像两个剥了皮的兔，露出粉红的嫩肉；而那两只鞋，则成了一对皮壳壳，敲上去噗噗响。

受活嘴骑着他那辆黑火棍自行车，载秃驴去公社的卫生所，抹了酒精，敷上药粉，包好纱布，秃驴的双脚就不能着地了。受活嘴把秃驴抱出来，车后架上一放，推到一个斜坡，跨上去摇摇晃晃骑回家。受活嘴老婆死了，跟两个儿子儿媳过不到一起，柴窑安了口小锅自做自吃。他给秃驴剃了头，刮了脸，换下爬满虱子的破棉袄裤。自己的衣服秃驴穿上像袍子，便打开秃驴的破铺盖卷找换季衣服。果然有两双崭新的千层底布鞋，两身干干净净的单衣夹衣。受活嘴把棉絮翻飞的铺盖往柴草堆一扔，新鞋单衣往炕边一摞，说："有东西你不换，给谁装？"秃驴一把抓过鞋和衣服，抱在怀里不松手,泪珠子噙了两眼眶,任凭受活嘴说啥都不吭声。

秃驴整整在受活嘴家住了两个半月,穿着受活嘴的一身单衣裤,褂子长得快到了膝盖,裤子往上挽着五六道圈。受活嘴问啥他都不答,每天吃了睡睡了吃,整个人像截木头。受活嘴摇着头跟人说:"这家伙把魂丢了,只剩下个空壳壳!"

两个半月后,秃驴能下地了,给受活嘴说:"我回呀!"看都不看受活嘴瞪圆的眼睛,抱着他的鞋和衣服回湾里去了。

受活嘴冲秃驴的背影骂:"你会说话?吓了我一大跳!"

二癫子那些天颠着脚步,血疗痂扬得高高的,头脸一片通红,一天到晚嘟哩格嘟哩格嘟哩格嘟地唱,聒噪得湾里人直揉耳朵根子。也难怪二癫子这么轻狂,他一下子碰上了两件开心事,怎能压抑得住心里的那些个酸爽?一件是秃驴又成光棍了,还变成了个二傻子,美!一件是队长被抹了,不单抹了,还戴了个尖尖帽,该!

秃驴重新走上了跟事讨吃的老路。早上汤泡馍一吃,找个麦秸垛一靠,闭上眼睛晒暖暖,谁叫也懒得睁眼。晌午席一坐,就早早寻个窝钻进去,呼呼睡得跟死了没有两样。第二天睁开眼,已是半早晨,有事就去混吃喝,要没事,直到肚子容不得懒,才起来随便谁家门槛上一坐,讨上几口一吃。谁敢不给,那就把他得罪了。会咋样?哼!你家门口正长得肥大的葫芦,会碎一地稀巴烂;水窖里吊两桶水上来,里面就漂着一层牛粪;半夜里你家麦秸垛会烘烘烘冒起几丈高的焰。

北极塬上,谁都不敢惹秃驴。

隔几天,秃驴会去一趟山后堡,给受活嘴送两个夹着肥肉的白蒸馍,也不坐,非看着受活嘴吃完才转身离开。好多次受活嘴才吃完饭,就把馍收下,说等下一顿再吃。秃驴不行,你不吃他用讨饭棍把炕边打得咣咣响。慢慢受活嘴明白了,秃驴是怕他孝敬了孙子。他对秃驴说:"都跟我不亲,你放心,我不喂这些狼崽子!"

"人不亲馍饭亲！我还不了解你？"秃驴说。

受活嘴惊得瞪大了眼睛："你这不没傻吗？"

秃驴又把嘴闭严了，再不接话，两眼木然地看着眼前。受活嘴就又迷糊了，不知道秃驴是真傻还是假傻。

湾里的家，秃驴能成几个月不回一趟。偶尔回去，瞅着那大水漫过似的空空荡荡，乱七八糟，就坐在院子一声声叫：

"粉莲——"

"冬生——"

"秋叶——"

叫完就放老声哭。

湾里人都说："他真疯了！"

一天碰上二癫子，吼吼叫叫喊："秃驴秃驴，我见着粉莲了！"

埋头正走的秃驴站住，瞅着二癫子："哪？"

二癫子手指头一勾一勾："你过来！"

秃驴颠颠跑过去，眼睛亮亮地盯住二癫子。

二癫子嘿嘿嘿笑："我见粉莲在大路上走，就问：粉莲粉莲，你做啥去？粉莲说她寻队长去。我说队长被弄倒了。粉莲说只有他弄倒人，谁能弄倒他？我说真的弄倒了，粉莲就摸着大肚子说：'妈呀，哪娃咋办呀？'"

秃驴说："哄！"

二癫子说："谁哄你谁哄你？"

秃驴说："啥时？"

二癫子说："就昨晚！"

秃驴眨巴着眼睛问："啥地方？"

二癫子说："梦里！"说完嘎嘎嘎尖笑。

秃驴抡起手中的讨饭棍去打，二癫子一跳一跳跑开了。

秃驴立了一会儿，把讨饭棍往肩上一扛，向村当中走去。蹲在墙根晒

180

太阳的村人打趣他："秃驴,做啥?"秃驴身板儿一拧一拧："给队长,喝一壶!"喜欢看热闹的大人娃们跟了一串儿,队长家崖畔探头一看,烂眼窝婆娘正在窑院里指天画星星骂："老驴日的,不是骚么,不是好风流好快活么,不是嫌弃我要笑我么,啊?屄吱吱好,你咋不去她那儿吃去,穿去,住去?甘州客好,让她来给你缝啊补啊,浆啊洗啊?"队长勾头坐在石槽边,双手浸在冰水里搓一堆衣服。

屄吱吱自从队长被抹掉后,谁见了谁吐口水。因为和队长的苟且,她也被戴了顶破鞋的帽子,游行批斗她时场面十分热闹,先是湾里那些男人摸奶摸臀摸脸,有的还去摸裤裆;后来女人们就揪头发抓脸面。批斗回来,屄吱吱一头跳下崖,却没死,瘫了。

秃驴搬了块胡基扔下崖畔,窑院里啪地碎出一声炸响,吓得烂眼窝一跳一跳像个丢了魂的老母鸡,嘴里冒出一声声尖叫,像谁在拿刀锯她。队长也从小板凳上跌倒在地,蹬出两脚稀泥,泼了一身的脏水。

崖畔上就响起一阵嘎嘎嘎嘎的大笑。

在这片笑声里,秃驴当众解开裤带,把一泡臊尿摇摇摆摆洒下去,喊:"队长,爷给你,浇一壶!你驴日的,喝好!"

队长把头抵到交裆,背弯得像个晒干了的虾米。烂眼窝一跳一跳扯着嗓子骂:"狗日的秃驴,谁以前像孙子装可怜巴结,啊?谁管不住自己婆娘,祸害我家男人,啊?墙倒众人推,狗日的连你都得势了?"

秃驴站在崖畔上,眨巴着眼睛瞅,像看热闹,又像在想事情。末了,转身一把火,将队长家的麦秸垛燃起几丈高的火焰。

湾里的人扭着头互相问:"这狗日的,真傻了,还是在装?"

那天以后,秃驴再没回过湾里,专门跟事。见着了七八岁的娃娃,愣在那里一眼一眼瞅,瞅着瞅着,嘴里小声地念叨:"梁——秋叶!梁——冬生!"眼里漫起一层薄薄的水雾,忽闪忽闪地荡漾。

两家正为了地界或房檐滴水拉开架势吵嘴,一个骂:"谁犁地多占一垄沟,全家死光!"另一个喊:"你家滴水流到我墙根,眼睛瞎了?"恰好秃驴挂根拐棍路过,等了半天见只骂不打,扯起嗓子吆喝:"打!谁赢,谁,有理!"要打起来挂了红,秃驴会像一只踏蛋的公鸡,扑棱扑棱欢实;要老不见动手,秃驴就很扫兴,骂一声,无趣地走开。

走着走着到了饭时,碰到谁家就往谁家门槛一坐,你要不赶紧招呼端吃端喝,他也不吱声,手撑膝盖站起来,裤带一解就冲窑屋滋泡膘尿。敢骂?那好,你就没黑没白去守你家麦秸垛吧,敢卖个眼,火焰能映半边天。打?试试!那就等于你家请了个爷,得敬着,稍不如意,光追着你家大姑娘小媳妇动手动脚,能闹得你家鸡犬难安!北极塬但凡知道秃驴的,没一个去招惹他的。

也有不信邪的。受活嘴村里一个愣头青,偏不信这个邪,娃过满月,就不让秃驴进门,嫌晦气。受活嘴说:"娃,积福哩!"秃驴把拐棍一撂,浑身衣服脱个精光,大门口晃过来晃过去走,客人笑得连席都不坐了,挤成团儿瞧热闹,羞得大姑娘小媳妇门都不敢出。最后还是受活嘴出面,才把秃驴哄住。

"狗日的秃驴,越变越坏了!"年老人咧着嘴议论,个个像中了摇头风。

也有说秃驴好的。

一个是受活嘴。秃驴隔三岔五,指定会给他送两个夹了肉的蒸馍,看着他吃完,才扑踏扑踏离开。受活嘴瞅着一走顶一下屁眼的秃驴,说:"娃,甭再跑了,瞅你的腿脚,都成啥了!"秃驴的腿弯得像两张弓,走路两只脚掌着不了地。秃驴头也不回,说:"羊蛋!猪蛋!"受活嘴的老眼里,就涌出来两股浊泪:"娃,我只给你了一分好,你可给了我十分亲!"秃驴回脸嘿嘿一笑。这么多年了,这是受活嘴唯一一次见他笑。

另一个是堡子的刘婶。儿子死了,媳妇跑了,丢下两个孙子。秃驴只要路过,就给刘婶送几个夹肉蒸馍,说:"给娃!"起初人都没在意,直到那天一个说:"爷,怪不得!瞅,刘寡妇侧面看,像不像秃驴那个粉莲?"人一看,都惊呼真像！荤的素的玩笑话便半真半假地开。刘婶不再接秃驴的东西，远远见来，哐地把门一关。听声音知道走了，开门一看，窗台上放着几个肥肉夹馍。刘婶的大孙子吃了好多年这样的馍饭，一天天长大后，听到了堡子人们半真半假的玩笑话，有一天见秃驴又来送馍，拖了条棍追出去便打。刘婶扬着把铁锨撵出来，骂："你个龟孙子，好赖不分，还有没有良心？"孙子转身吼："胳膊肘朝外拐，你真看上他了？"一句话噎得刘寡妇脸一阵青一阵苍白，惹得阖村人笑得直不起腰。从那以后，秃驴便再没去过堡子。

土地承包那年冬上，秃驴倒在了跟事的路上。当地派出所接到群众报案，看住尸体，通知湾里让把人拉回去。村主任叫这个叫那个，都没人肯去，便只好和村支书村会计几个，去把尸首拉回来。到了村口，却被阖村人挡住了，说是孤魂野鬼，大不吉祥，会冲撞气脉，破坏风水，死活不让进村，连派出所都没办法。最后只好在村边一小片荒坡地里挖了个坑，几锨土草草埋了。

秃驴的故事，就这么结束了。

北极塬再有红白喜事，人就说："没了秃驴，这事都过得不热闹了！"

北极塬上的人们，渐渐忘了秃驴，一些年轻人，连秃驴这个名字都没听过。尘归尘，土归土，生命在这个生生不息的人世，有时候就这么苍凉。

尾声

梁冬生为了秃驴碑文一事，中间又给我搬来一箱茅台，一箱中华，是我这个靠摇笔杆子混嘴的平头百姓大半辈子收到的最阔气的礼物。还惹我跟老婆吵了一架，她执意要拿去烟酒店换成钞票，我则坚决不从，说："这是我用本事换来的！"老婆轻蔑地冲我说："本事？你要能成个大作家，才叫本事！"一句话说得我泄了气，躁躁地吼她一嗓子："滚！"害得我两天没有一口热饭吃！

捻头发耗损了上万个脑细胞，终于完成了一篇骈不骈散不散的碑文，打电话叫梁冬生来取。冬生这次一个人来，烟啊酒的又是一大堆。没有干扰，我们好好聊了一通……

原来粉莲被队长举报为盲流后，县公安同时接到一份负罪潜逃的协查通报，经过秘密侦察，确定就是粉莲。便一个电报招来粉莲家乡的押解人员。粉莲被押回原籍后，大会批小会斗，冬生和秋叶跟上受了不少罪。粉莲最后跳崖死了；秋叶嫁给当地一户地主的儿子，生头胎孩子时难产，睁着圆圆的眼睛咽下最后一口气。剩冬生一个，偷偷跑去新疆，先给人帮工，再承包土地，后来跟人合伙倒和田玉，再后来就开了玉矿。赚了大钱后，回乡想给爷爷奶奶、生父母亲建一处墓园。土地批不来，冬生找到县上，提条件说给县上捐五十万元建一所学校，就建在他们村上。县上研究来研究去，老定不下来。冬生直接找到县委书记，吃了一顿饭，给了一张卡。冬生给占地五亩的墓园起名叫"铭心园"，学校则用了他爷的名字，叫"守仁学校"。村支书村主任一干人，攘前攘后地巴结，各种好话说了几箩筐，想让冬生把村上的路修了，再打一眼机井。冬生说："我爸我奶的尸骨，我已经全部打捞了。我家那口井，过去我爷是打给全村人的，今后你们还可以继续用。"村支书是个小年轻，咧着嘴说："那口井水，谁还敢再喝？"冬生说："为啥不敢喝？喝了那井水，才能叫人记住些事情！至于路，还是你们自己修的好，前人修路后人行嘛！"

冬生动了回湾里的念头，是在老屋整理他妈遗物时见到了几样东西后。一样是件驼毛头巾，一样是块绣花手帕，还有一样，是一本名叫《白毛女》的小人书。他当下就哭出了声。他忽然记起来，他妈粉莲生他时，落下了产后风，见吹风就头疼。那年冬寒，秃驴还没穿上棉裤，粉莲把挖药材卖的几元钱交给秃驴，让他去称几斤棉花。秃驴赶了一趟集，却买回来那条当时最流行的驼毛头巾，外加一块绣花手帕，一本小人书。粉莲生气了，黑着脸不理秃驴。秃驴把那条大大的头巾往粉莲头上一围，扎好，左看右看说:"好看! 好看! "粉莲一拳擂在他身上,骂:"你想冻死? "秃驴说:"我是块硬石头,不怕冻! "转身给秋叶一块红花绿叶的手帕,给冬生手里塞一本小人书。

冬生哭完眼泪一抹,就决定回湾里,寻秃驴。

好不容易凭一点儿模糊记忆,费了很大周折找到湾里,才知道秃驴早就死了,连坟头都找不着了。县委县政府十分重视。县委书记召开专题会议,说:"我们整天喊招商引资,商都找上门了,还不高度重视? 让人家屁股一拍走了,那将是我们的失职! 耻辱! 各方面马上动起来,积极配合,想方设法满足人家的要求。我们已经了解到,梁冬生的资产,没有上亿也有好几千万。"

可村民却没一个配合。

梁冬生想在湾里建一个现代农业养殖种植园,村民可以用土地入股,也可以把土地出租。园区建好后,全村人都入园做工,可以按劳取酬,也可以论工发薪。

村民谁也不愿入股,说:"隔夜的金子不如到手的铜,谁知道以后会是啥情形! "

那就出租呗? 行啊! 租金怎么定? 地里的树啊苗啊怎么算? 他梁冬生有那么多钱,乡里乡党的,总不能亏了咱吧? 一夜之间,湾里的承包地上忽然冒出了密密麻麻的小树苗,好一点儿的,栽下去勉强能活;差一些的,只是充数,谁管它能不能生根发芽。队长已经死了,他老婆找到冬生去攀亲:"当年你妈可是把我认了亲的,论起来你得叫我奶哩! "冬生不知道有这么一出,二癞子弯着个腰骂:"这人都不要脸了! 冬生,别听她糊弄,狗日的就数她一家最坏,欺负你妈不说,还把她撵走了! 报应啊,两个女儿都在外头用身子赚钱,这老不要脸儿的在家还想用脸赚? 这一家子,猪! "

冬生心冷得像铺了一层霜,就只想给养父秃驴修座像样的墓。勘来勘去,最后图清静,想把秃驴家的老庄基填平,建成半亩大的墓地。没想到前后左右的邻居一个个跳出来："有钱了不起了？有钱就能欺负人了？把阴宅建在阳宅旁,你咒我们哩？"

最后二癞子找上门,跟冬生说："我妈瘫着下不了炕,我又是个烂人,干不动了。干脆我用承包地跟你家庄基一换,钱你看着给,够我娘俩吃饭就行。"

冬生觉着这倒是个好办法。

村干部却不同意,说二癞子娘俩已经吃着低保,加上养老保险高龄补助,足够他们生活了。再说了,老辈人都知道,二癞子和秃驴打了半辈子嘴仗,这样做了,秃驴魂都不安。最后由村上在机动地里划了半亩地,让冬生交了十万元的土地使用费,才把事情敲定。

我看着冬生,问："那就这样了？"

冬生看着我,说："还能咋样？"

沉默了一会儿,又说："其实我想在湾里办个学校。并校以后孩子们上学很不方便,和我小时候一样,得跑很远的路。我没上几年学,老是个缺憾。再说了,要发展社会,得把人先发展起来不是？你建了动车,让赶牛车的去开,迟早不得出事？咱目前在这方面做得还不够好！可人家说,建学校不难,可建好了谁来教？是公办还是民办？公办肯定不批,那么多村级学校都空置着。民办,经费谁给？工资谁付？问题一大堆。我老家那座,如今也变成村委会了！"

单凭这番话,顷刻让我对冬生高看一眼了。这个土财主,眼界不一般哪！

⋯⋯⋯⋯⋯

冬生给秃驴立碑时,非要派专车来接我,说："你是人类灵魂工程师,咋能让你搭车来？"这话让我很受用。好多年没回故乡了,我便欣然前往,能跻身故乡的权贵行列,总归没有坏处嘛！

立碑仪式很隆重,故乡有头有脸的人物大都参加了,光小汽车就排出了一条长龙。四乡八村的老少里三层外三层挤了一圈,站在远处叽叽喳喳瞧热闹。有年老人说:"秃驴,有这大的福气!"仪式一完,都钻进车里往村外开,去县城的五星级宾馆赴宴。

一个正在地里薅草的没牙老汉,扬头看着一辆跟着一辆的小汽车,忽然扯开破锣嗓子拖腔走调地胡唱起来:

他大舅他二舅都是他舅,

高桌子低板凳都是木头。

金疙瘩银疙瘩还嫌不够,

天在上地在下你娃甭牛……

地丁花开

1

地丁草最后一茬儿花刚一开艳,堡子照例缭绕起了大雾。浓雾里响起下沟挑水人的咳嗽和吆喝声,偶尔伴有几声铁勺撞击桶壁的咣当声,那是雾里看不清陡坡台阶,趔趄了一下。高脚牲口喷着响鼻,杂乱的蹄声由远及近,再由近及远,嗒嗒嗒去庙背后的响泉沟里饮水,嚼了一夜的干草料,得饱饱喝一气。

"嘚啾!嘚啾"这个似有若无的声音,又在这样的浓雾中隐约传来,好多年了,从未间断。老辈人说,那是梁桄老汉在吆他那条瘦狗。

大人即刻压低声,叱责热被窝里叽叽喳喳的娃儿们:"悄了!"娃儿们立马把嘴闭严,缩进被窝,竖起耳朵,扑闪扑闪的黑眼睛里,烁烁地露出惊惧。

老梁桄坟上的荒草一人多高,草死草活了多年,可他的阴魂不散,堡子里只要起大雾,就会飘出他若有似无的声音。有人甚至说下沟挑水时,影影绰绰看到他吆着狗,胳肢窝还夹着一捆草帘:"爷呀! 还满堡子转着收死娃哩!"

大人听了,背上凉飕飕一紧。娃儿们吓得嘴里发出两声惊叫。

老梁桄生前的最后营生,就是收死娃。

谁家有早夭的婴幼,习俗上是不能自己处理的,得外人收拾。这被认为是霉头、不吉,谁都不愿沾手。梁桄之前,焦家庄那个被叫作"焦尾巴"的怪老汉,是方圆尽知的收尸人,一碗麦子或三五个蒸馍作为酬谢,他就会一片破草席卷了小尸骨,胳肢窝一夹,埋到山旮旯沟渠渠。"焦尾巴"是当地骂人的话,意思是身后一片焦荒,绝后了。焦家怪老汉光棍一条,并不忌讳,任他谁叫,只要给吃给喝给拿,就都答应。他就靠这糊口。

"焦尾巴"后来死在了埋死娃的路上,发现时,早不知被什么野物吃得七零八落,只剩一架骸骨,埋都不用埋了。"焦尾巴"死后,各村、各庄、各堡再摊上这种难事,就都犯了愁。机缘巧遇,梁桄就成了埋死娃的。

所不同的是,梁桄不为糊自己的嘴。

后来老梁桄也死了。死了的老梁桄却成了堡子里的精灵鬼怪,被传得邪邪乎乎,阴阴森森。大人吓唬晚上不睡、被窝里胡捣乱的娃儿们,就会压低嗓门说:"小心把梁桄招来!"娃儿们立马会鸦雀无声。

2

梁桄不姓梁,也不叫桄,他人矬、精瘦、皮实,担得事,吃得亏。一次他和侉子婆娘吵嘴,侉子正扛一杆长梯要去打杏,就骂他:"你比死人只多了口气,还不如这梯子上的梁桄!"由此得名"梁桄","志良"的大名从此绝少人叫,小辈儿就更不知道了。

梁桄是家中老大,弟兄三个。爹妈死后,为拉扯两个兄弟,他牵上家里那头老叫驴去跟人赶脚,驮盐、驮煤、驮药材、驮布匹,风里雨里几十年。让老二志成拜师学了木匠,供老三志正上私塾识了字,又先后给他们建了五间厦房,娶了婆娘,自己却一直打着光棍。

"舍不得彩礼么!"提起他,年老人都撇嘴这么说。

虽然光杆司令,日子却也风光,每每赶脚回来,两兄弟都争着吵着往家抢,你攀我比,好吃好喝好铺好盖地伺候,亲兄热弟,好不热乎。梁桄心里就很滋润,不觉着孤单,也没短吃短喝,夏褂冬袄更用不着他操心,弟弟、弟媳们,比他上心。

一次赶脚途中,正遇外乡遭灾,梁桄在路边救了个奄奄一息的女人,只用一碗炒面就白赚了个婆娘,可驮回家来,却谁都不容,便在破窑洞里安个小锅,过起了日子。

有了婆娘的日子,梁桄既快活,又心烦。

快活的是终于有个暖被窝的,夜里赤条条胸挨胸腿夹腿,手就有了个抓处,嘴就有了个吮处,人就有了个醉处,这是他此前幻想过但从没体验过的迷人。

自然,烦心事也就接踵而来,并且来势汹涌,让那时还不叫"梁桄"叫"志良"的梁桄猝不及防。再赶脚归来,别在腰里的那些软的硬的、细的碎的,就再不能由他支配,想给谁给谁。侉子把她鸡爪子一样有骨无肉的手一伸,虎个马脸说:"交!"梁桄就得哗啷哗啷往炕边掏。

起初梁桄心里那个梗啊,直戳戳地堵得慌。"你个臭婆娘,得势了?凭啥?"犟起脖子勾着头,拧身出门就去兄弟家。

老二细木匠正在院子发锯,大黄狗耷着双耳眯缝着眼,竖起浑身的细毛缩在墙角,来人都不大声喊,只在嗓子眼里"呜"一声。细木匠抬眼看见梁桄,丢下手里的三角钢锉儿,一脸的笑,迎上来就接他的褡裢:"哥这趟咋样?"

"好着哩。"

梁桄把肩上的褡裢给老二一递,背过手,迈着他的内八字脚,左摇右晃地径直进了上房。他听得偏房马上有了碗碟的响声,紧接着风箱就啪儿啪儿欢唱起来,心里想:老二婆娘不单人长得好看,手脚更麻利得少有。顺势坐到那把太师椅上,鞋一蹬,腿也盘了上去。

就在梁桄把他两条罗圈腿盘上椅子的一刻,蹦娃从院外嗖的一声扑进来:"伯,你给我带啥没?"

"带了带了,咋能没我蹦娃的。"怀里掏出一包油纸,"琼锅糖,又甜又香!"

蹦娃一把抓过油纸包,嗖地跑了出去。梁桄粘在蹦娃身上笑眯眯的目光,被噌地扯断。

蹦娃是细木匠的老生儿,鬼精灵,全家都宠,七八岁了,光知道个野,祸害得一堡子狗见狗跳崖、鸡见鸡上房。

"得给收心了!"梁桄说。

"拜过湾里的安先生了。就是这学费,还没送过去,拖着。"细木匠回道。

梁桄就从椅子上下来,松开腰里缠了两圈的宽布腰带,露出一个光羊皮的袋子,哐啷一声倒出几枚袁大头:"趁早!"

细木匠的脸笑成了一朵灿烂的花:"蹦娃会记哥的恩的!"

晚上回到家,侉子婆娘就鼻子不是鼻子脸不是脸,被窝不让进,身子不给摸,转天冰锅冷灶的饭都不给做。回回这样,梁桄就受不了,服了软,进门就缴械,缴械了侉子婆娘就香的辣的款待,就笑脸白身子伺候,就说啥是啥,要啥给啥。

"红颜是祸水!"梁桄享受着这些时,就想起说书先生的这句话,嘿嘿嘿光笑。

有时他也想打个马虎眼,要个小九九,但每次,马脸的侉子都会像狗能嗅到屎、猫能闻见腥那样,不是从他鞋窝里摸出一块银圆,就是从他袄衬里搜出几枚铜板,少不了又是一通擤鼻涕抹眼泪的控诉。那婆娘,能把人祸害死!

折腾几回,梁桄就服服帖帖了。

慢慢地,并不心细的梁桄也觉出了些异样,侉子婆娘的脸是越来越热乎,两个兄弟的脸,却越来越冰凉。

这让梁桄活得有点没滋没味。

3

侉子的家乡又遭灾了。要饭的一拨一拨来,又一拨一拨走。熟悉的乡音和相同的经历,让侉子宁肯自己饿着,也要管吃管拿。自己还有梁桄这个靠头,还有五亩薄地指望,可这些个饥民,她的乡亲,谁知道这顿吃饱了,下顿又在啥时候啥地方,会遇上啥人啥事。

夜里就头抵在梁桄怀里嘤嘤地哭,哭着哭着就说她要回呀,她不能这么只管只顾自己,她的老家,还有三个娃娃,三个……爷不疼、奶不爱、娘也不管的……女娃儿。

梁桄百般劝慰,劝着劝着就说:"要不咱去一趟,把娃接过来?"

侉子婆娘抹着眼泪,一脸愧疚地盯着梁桄看。几年了,他们花了恁多力气,也试过好多办法,侉子甚至也把神求了,把佛拜了,香烧了许多,愿许过不少,可她的肚子就是不来动静,瘪瘪地平着,一点儿气不争。

侉子很想给她的梁桄生个一男半女。他人好,凡事总让着她、容着她,有时真动气了,也就踢踢猪骂骂鸡,从不动她一指头,不像她老家的男人,动不动就暴粗口,舞拳脚。单就这点,侉子也想好好侍候他一辈子。一年一年过去了,折腾得精疲力竭的侉子,一脸羞愧地说:"我恐怕没胎了!"

梁桄唉了一声,说:"没了就没了,这都是命!"

碥畔沟边的地丁草冒出了紫兜兜的花苞,正是青黄不接的季节。梁桄牵出老叫驴,驮上侉子,跑了一趟山后,去把侉子的毛女、二女、碎女接了来。母女团圆,喜不自禁,吃了饱饭换上新衣,侉子给她们洗净脸,梳光头,让一字儿跪下磕头认爹,按当地风俗唤梁桄作"伯",自己也湿着眼跪在梁桄面前,埋下头,不时用衣袖沾眼睛。梁桄眼见着空空荡荡的窑洞里,忽然间人满漾漾的,瞅着眼前几双黑扑扑的毛眼窝,那么清亮,那么可爱,心里热乎乎地熨帖,伏下身把她们揽进怀里,说:"从今,你们就是我亲生的!"

一句话,说得侉子大声哭了出来。

"梁桄把侉子的三个女娃接来养活啦?"堡子里人一碰面,就问,就传。就有人摇着头说:"人这命,啧!前半生拉扯兄弟,后半生养育外人,前世欠下的!"

细木匠坐不住了,憋了泡老尿一般在院子转圈圈,啪儿啪儿直跺脚,牙痛似的,龇牙咧嘴地骂:"羞先人哩!羞先人哩么!"

可急坏了小脚的二婆娘,一会儿摆条湿毛巾,一会儿沏杯陕青茶,都被细木匠手一挥挡回去。便细声细气递话儿:"要不找三掌柜合计合计?"

这倒很中细木匠心思。

老三志正能识文断字,头梳得光光的,胡子蓄得长长的,走路不紧不慢,做事不急不躁,说话慢慢吞吞的,堡子里人叫他二先生。但凡立约写对子,下帖当中人,没他就弄不成事,是大家公认的头脸人物。

细木匠急急火火过去。二先生正双手抱着一壶热茶,趴桌上就着壶嘴吸溜吸溜喝,看着一本发黄的书本本,见二哥细木匠嘟着个脸进来,屁股都没挪地方。

这弟兄俩,其实一直疙疙瘩瘩的不亲。小时候为了谁入学堂成天吵嘴,成年后为了梁桄偏谁向谁了,去谁家多了,来谁家少了,没少较劲。还有一个,就是细木匠总看不顺眼二先生的那个做派,不就多识了几个字,会写两笔么,至于装神弄鬼?二先生也看不上细木匠的矫情,旁人过年都请他去刷上两笔写个对子,可细木匠偏不,宁肯碗口蘸上墨,两条红纸上盖几个黑圈圈,也不来叫他。有一年,二先生叫婆娘给送去一副用心写好的春联,初一去拜年时,差点没让二先生背过气去。你猜怎么着?细木匠把他好纸好墨写的对子,颠倒着贴在驴圈门上,明摆着打脸嘛!

可今天不一样,是细木匠亲自找上门的。他这是没底气了,来寻同盟。二先生也不计较前嫌了,他正寻思着怎么能和细木匠联手呢。

"听说了没? 马鸿逵的队伍,黑压压的,正从县城边上过呢,都一天一夜了,还没见着尾!"二先生不待细木匠坐定,压低声音说,好像这是天机,容不得第三人听到。

细木匠黑着个脸说:"自家事都管不了,谁还管别人家事。"

"咋了? 谁吃了豹子胆,敢惹你?"二先生揣着明白装糊涂。

细木匠一下从椅子跳到地上:"你真没听说? 羞先人哩,戳祖坟么!"

"啥事,这严重的?"二先生照旧温温吞吞着,一副房子着了不管、油瓮倒了不扶的超然。

细木匠早急得鼻子不是鼻子眼不是眼,心里恶狠狠骂着"装花鬼",嘴上高喉咙大嗓门地叫:"大掌柜的把侉子那三个赔钱货,接过来养呀! 这羞先人哩,这戳祖坟么!"

二先生眼一眯,无声地笑了:"你这人,总沉不住气。"

细木匠赶紧坐回桌前,头一伸,盯着二先生等下文。二先生却把面前的烟匣拉开,取出黄铜锅头、湘妃竹管、红玛瑙嘴的短烟锅,一揉一揉慢吞吞装满烟,火镰一撒,冒出一缕青烟,噙上烟嘴吧儿吧儿吸。

细木匠的额颅上,冒出了一层细汗。可人在屋檐下,不得不低头,就忍着。要搁平常,他早转身走人了,受这份窝囊气?

一锅烟吸完,二先生才胸有成竹地开口了:"这事,我思量,于理,大掌柜没错,娶了人家,就有养人家的职责。于情呢,夫妻之间,有情有义,一方有难了,一方能不管? 没这个说法!"

"要依你说这就板上钉钉了?"细木匠躁了,"那大掌柜的家业从此就成外姓人的了?"

二先生嘿嘿笑了:"不就几个赔钱货么,值得你这样? 我估摸,大掌柜,也整不出个一男半女了,这事情,得从长计议!"

4

二先生的从长计议,最后演变出一喜一悲两个结果。

一喜,是细木匠把那个调皮捣蛋不学好的三儿子蹦娃,过继给了梁桄去顶门。这呆公子,一直是细木匠的一块心病,打不屈骂不软,不走正路专挑斜道,整天惹是生非不做人事。三岁看小、七岁看老,指望这败家子? 不喝西北风就算好的! 瞅眼下这架势,以后不抽大烟、掷骰子、耍女人、典房子、卖土地,就是先人的造化了! 如今过继给大当家,既去了块心病,又顶了个门户,还能得一份家业,你说细木匠心里能不乐开花? 就把个水烟抽得咕嘟咕嘟笑,茶壶喝得吸溜吸溜欢。

这一悲,则是细木匠和二先生从此交恶,断了来往,让老大梁桄喉咙里像戳了个木橛橛,心上像压了块石砣砣。二先生的心思,是想把他的老二文魁过继给梁桄的。二先生育有两男三女,长男取名武魁,是二先生眼见乱糟糟的世事里,文不能创家业建功名,武能够治一方扬声名,祈愿后辈能走入武行,不似自家活得这么窝囊。可惜血脉天定,门风俗成,老大自小赢弱优柔,半点武行的天分没有,就咳一声断了念想。到了老二,干脆起名文魁。这文魁又机灵又可爱,嘴甜脚勤会哄人,虽然智不能谋得功名,力难以看家护院,但灵醒可人,自然很招二先生喜欢,人前人后带在身边。因此怜爱,就多了份打算,想让文魁给大当家顶门立户,既能护住脸面,不让人说族中无人,把个家业踢腾给了外人,又能捡个便宜,也算给文魁多个保障,还能卖个人情,让大当家的不至于百年无后。

可细木匠却梗在了中间,瞪着一双牛眼质问:"这世上还有个长幼吗? 这世上还有个多少没? 论长幼多少,哪样轮得到你做主?"

二先生斜他一眼，慢悠悠说："尿泡再大，无斤两；秤砣虽小，压千斤。这事，跟长幼无关！"

"好，就按你说的！那也得看多少，我三个你两个，你倒公平说，该谁？"细木匠的脸几乎贴着二先生的额颅了，唾沫星酸酸地溅了二先生一脸。

二先生抹着脸上的唾沫，说话就下了狠茬儿，再也顾不得慢条斯理了："说的是给大哥顶门立户，又不是替他出头打架，多了能咋少了能咋？再说了，龙生一个定乾坤，猪生一窝拱墙根，你以为多了就是好事？"

细木匠当下脸就铁青了。他三个儿子中，老大兴旺游手好闲，只会卖嘴，话说得天花乱坠，见人说人话，见鬼说鬼话，就是不动手，家里地里的活儿半样不干，二流子一个；老二兴盛一心想着逃离农门，匠人家世却偏要留个洋学生的头发，从一边偏分出白茬茬一线头皮，成天对着个镜子照，照毕了就四处访朋走友；小儿子蹦娃又是个混世魔王。二先生这是拿话戳他的心窝子！

细木匠不言不语往前挪了两步，冷不防一巴掌把二先生抽得跳起来，又一脚把二先生踹得倒下去。二先生连号叫一声都没挣出来，就成了一摊剔去骨头抽了筋的肉，窝在地上不动弹。"不给你点家法，你不知道姓啥为老几！"细木匠扬长而去。

二先生整整躺了一个多月，才勉强能下地，还浑身上下疼得直"哎哟"。梁桃来看过他好几次，也去骂过细木匠好多回，可始终不明白这两个亲兄弟，婆娘娃娃都一大摊子了，为啥能弄到动脚动手、水火不容？问谁，谁都不说；劝谁，谁都不听。儿大都不由爹娘呢，何况他只是他们的兄长，还是个窝窝囊囊上不了席面的兄长！腰蜷腿弯牙豁眼花的梁桃，就只有心酸抹眼泪的本事了。

好在身边多了个蹦娃。梁桃原本就打心眼里喜欢他这个最小的侄子，如今身份一变成了亲儿，更疼爱得不成，觉得日子有了滋味，活着有了盼头，赶脚的力气就鼓得足足的，走路的脚步就迈得大大的。

脚户们发觉,这个人一下子焕发了精神,整个人亮亮堂堂的。性情却变得啬了、抠了、舍不得了,把个铜钱能看成磨盘大。野地里能凑合一宿的,绝不去车马店的大热炕;褡裢里要有干粮,绝不会下馆子。就是下了馆子,也只要一碗热面汤,泡进去两个冷蒸馍,呼噜呼噜吃完,嘴一抹,朝店家满含歉意和谢意地一笑,出门而去。酒不喝了,烟不吸了,不和窑姐儿打情骂俏了,倒和客户、伙计、商贩们,分分厘厘地争竞。不该接的单他接,再难跑的路他跑,只要有钱挣,不管人死活。"日妈,这家伙中邪了!"脚户们都说。

梁桄心里盘算,照这样,不出三五年,他就能盖五间庵间房,当卧房、客房,再挣弹着盖两间厦房,当厨房、粮仓,这才不亏待他的蹦娃,也能让他的侉子和三个带犊子女儿,享上两天福。自然了,上房中的一间,一定要留给他的这位老伙计,它才是恩人哩!

这老家伙真通人性,瞧它铃铛摇得多脆,蹄子撒得多欢,好像真就听到了梁桄的心里话。

5

送蹦娃上安先生的家塾,梁桄很费了一番周折。

他先每天领着蹦娃赶集逛会,好吃好玩的哄劝,然后夜里搂在怀里说一段神神仙仙的故事,插缝儿开导几句,讲一段鬼鬼怪怪的传说,抽空儿规劝一番。几个回合下来,天不怕地不怕的那个小人儿,就被焗软了,磨平了,答应先去试试。

头天,蹦蹦跳跳背个书夹子随梁桄就了学,第二天却打死都不去了,躺到地上,拖不起抱不动。

这可急坏了梁桄。骂舍不得,打不忍心,急得直打转。还是侉子给了个主意,梁桄觉着也不错,就去找安先生告假。都是邻村,安先生对梁桄的家屋事也风闻一二,待梁桄就高看一眼,客客气气说:"你是有情有义的! 难为你了!"

一听说伯要带他出远门,蹦娃欢喜得扑棱扑棱的,恨不能插上翅膀飞起来。不再往外疯跑了,看他妈他姐忙活着烙干粮、备炒面,帮他伯套笼嘴、搭鞍鞯、抬搭筐。收拾停当,被梁桄侉子架到驴鞍上,嘚嘚嘚颠出了堡子。

下了高渠坡,过了泾河,绕过大佛寺,拐过火石咀,邠州城高高的西门就隐约可见了。进城到恒义顺商号装了两筐花布,伙同几个老老少少的脚户,牵马的牵马,吆驴的吆驴,沿着官道往西,朝庆阳方向赶。

蹦娃最初的那些个新奇和稀罕,在月夜寒风里,被单调的马铃声和杂乱的牲口蹄声撞碎了。自装好货后,他就不能再沾鞍鞯了,得自己走。梁桄心疼他,走一程,会蹲下身子让他爬上背,背他一程。梁桄有意想让这个没吃过苦没受过罪的崽娃子,尝尝苦的滋味,背他一程,就要让他再走一程。

八九岁的娃娃,细皮嫩肉的,福里生福里长,啥时候受过这罪? 很快脚底板就磨出了血泡,吭哧吭哧要冒哭声。

梁桄央伙计们帮忙,将搭筐里的布掏出来几匹,捆扎好扛上肩;把蹦娃抱上了驴背。有伙计数说他:"带个娃娃赶脚,你以为这是看戏哩?"梁桄悄悄捅他一下,贴着耳朵说:"教乖哩!"

蹦娃骑上驴背,半趴在搭筐的横杆上,双手抓牢,摇着摇着就睡着了。忽被颠醒,见还在踢踏踢踏赶路,半睡不醒问:"伯、伯,还有多远?"梁桄说:"远哩!"颠着颠着又睡过去,再一惊醒,就带着哭腔说:"伯、伯,咋还不到?"梁桄说:"早着哩,还得几天!"蹦娃就吭儿吭儿掉眼泪。梁桄趁机说:"你不爱书房,以后就跟伯赶脚。不读书,那咱就下苦!"

蹦娃就悄了声,嘴噘得高高的,噘着噘着又被摇睡了。

这一趟脚,来回用了十一天半,行程六七百里。在庆阳,遇上过兵,差点把货没收了;在西峰,又碰上一伙抽大烟的来劫道,破费了一把碎钱才保得平安。蹦娃被枪啊刀的，吓尿了一裤裆，后边路再远，天再冷，都咬着牙不吭声了。好不容易回到家，他们前脚进门，后脚就跟着落下来头场雪。蹦娃脸皴成了鱼皮，手冻破了几道裂口，嘴唇上干了一层黑皮。侉子和毛女、二女、碎女个个满眼怜惜，惊乍乍给他热水、洗头、洗脸、烫脚、烫手，问这也不吱声，问那也不吭气，傻了一样。第二天清早一睁眼，三两下蹬上衣服，拎起书夹子要去安先生家塾。

这把梁桄欢喜的，扬着一张沟壑纵横、黑得像锅底的老脸，踏着咯吱咯吱响的软雪，逢人就哈哈哈笑，露出一口缺胳膊少腿的大黄牙。

梁桄老汉的蹦娃，自此变了个样，每天上学下学，不再惹是生非，除过写字背书，就像个小大人一样，照料梁桄的那头老叫驴，喂草喂料，毛刷得亮亮的，缰绳将得顺顺的，石槽扫得干干净净，那份仔细，不亚于梁桄。

村坊邻居都感叹说："想不到！真料想不到！这崽娃，变了个人！"

梁桄赶脚的日子，侉子就每天接送蹦娃上下学。两个堡子之间，要翻一条小沟，越一道崾岘，穿过一片乱坟岗，人稀烟少，常有野物出没。侉子毕竟一个女人，天晴时还能见着人影，听到人声，并不觉着害怕；最担心雨雪天，一路上阴阴森森的不见人迹，不闻人声，腿就有点发软。

人常说怕啥来啥。一个黄昏，侉子接蹦娃下学后，在崾岘口就被几只狼堵住了。蹦娃没见过狼，以为是狗，还大呼小叫着想扑过去驱赶。侉子一把将他攥住，手上使的劲和发的抖，让蹦娃头上的毛发嚓嚓嚓竖起来，他本能地喊出一个字："狼？！"

这显然是三匹饿狼，一匹肚子鼓鼓囊囊的，一看便知是怀着崽，另外两匹，一大一小，肚子都瘪瘪的。三匹狼竖着尖耳，弓着身子，后腿蹬，前腿撑，压低了头，用刀子一样的眼光试探并挑衅着。蹦娃的侉子妈双手朝后，把蹦娃拦在身后，两双鸡爪子般的手紧紧揪着娃的裢子，头往前一倾，扯起嗓门大吼："走——走开——你敢过来，咹？老娘戳瞎你的眼，扒了你的皮！走——走开——"

蹦娃感觉到,侉子妈的指甲掐进了他的肉里,簌簌簌抖。这种抖,让他的心紧紧搐作一团,成了一块肉疙瘩,提到了嗓子眼里。侉子妈的吼声,则像悬在山峁峁上南玉寺里那口古钟敲出的响声,震得他腔子里都嗡嗡颤,那声音尖、锐、响、亮,从窄窄崾岘两面的陡坡上,咔啦啦滚下去,又磕啷啷爬上来,把个沟沟洼洼弄出来一片山响。

人再吼,狼就是不动。

侉子就喊蹦娃:"你折回去,去叫人,妈给你挡着!"

蹦娃不走。蹦娃不是那种会撇下妈不管的人。蹦娃没有个头,也缺少力气,但蹦娃有手,有脚,有嘴,还有牙,咬也能撕它一块毛皮下来。

侉子支不走蹦娃,急了,两只眼睛紧紧盯住狼眼不放,眼睛里的光,比狼的还要凶,还要狠,浑身上下刺棱着,活模活样一只遭到挑衅的护雏老母鸡,扯着嗓子大吼:"狗日的,又不听话了,咹?你快走!赶紧走!妈老皮老肉了,你还没活成人哩!"

正对峙着,身后响起了一片嘈杂。三匹狼先一步一步缓慢退后,最后转身一溜烟从沟渠跑走了。蹦娃拧过脖子一看,七八个人扬着铁锨、镢头,踢踢踏踏朝他们跑来。

侉子妈抓进他肉里的指甲一松,出溜一下瘫在地上。

来人说他们听到侉子的喊声,知道碰上了狼,就赶过来。他们去搀扶侉子,侉子苍白着一张马脸,窝在地上就不起来。硬拉起来,才知她尿了一裤子,整个一条裤腿湿漉漉的。这后来成为两个堡子大人小娃嘴里的笑话,被越传越变样,越说越走调,蹦娃为此还跟几个比他大的小伙子动过刀。

回去的路上,侉子对蹦娃说:"妈不是怕自己,妈就死了,也活够了。妈是怕我蹦娃!我蹦娃还要上学哩,还要出息哩,还要骑洋马做大官哩!"

蹦娃就紧紧抓着他妈的手,眼泪珠子骨碌一个,又骨碌一个,挂到脸蛋上。

侉子扭头见了，训他："孬掉眼泪。好汉眼里火出来，孬汉眼里尿出来！"

以后再送蹦娃上下学，不管春夏秋冬、天阴天晴，侉子腰里就都别着两把镰刀。她给蹦娃壮胆说："人软遭欺，马善招骑。不管狼还是人，你不怕他了，他就怕你！"

6

梁桄终于如他所愿，请阴阳看好风水，找工匠选好日子，要动工建他的五间庵间和两间厦房了。

蹦娃已被他送到县城早先叫太王中学的邻县县立中学去读书，成为堡子里真真正正的秀才。蹦娃当然不能再叫蹦娃了，安先生给起了个学名，叫青云。安先生对梁桄说，他带了那么多弟子，没见过像青云这么悟性高、记性好、一点就通、再点就透的。他拍着梁桄糙得跟树皮一样的手说："是个大材料！枉不了你一片苦心的！"

老梁桄嘿嘿嘿嘿光知道个笑，觉着自己身上，全是使不完的力气。

二先生劝他："养儿防老，你过继蹦娃，为啥？你今把他送走，明他就飞不回来了，谁给你养老呀？谁给你送终呀？"

梁桄说："只要娃能出息，我这把贱骨头，打了锣也值！"

地丁花开得欢实的季节，梁桄的五间庵间和两间厦房垒起来了，要上大梁，当地人称作"立木"，有隆重的仪式，要热闹一天。

先几日，梁桄就牵上他的老叫驴，跑了趟县城，买了些烟酒糖茶，还去看了一眼叫作青云的蹦娃。蹦娃高过他整整一个头了，穿着黑色的学生制服，留着黑亮黑亮的小分头，说话做事，像个大人了。蹦娃把缰绳接过去，拴在门房的窗桄上，叮嘱门房看好牲口和货物，便领着梁桄去看了他的宿舍、教室，还到学堂后面的半山上，去逛太山庙。庙里早已没有住持，满院荒草,地丁紫兜兜的碎花,散在草丛里,一摇一晃地舞蹈。蹦娃说这尊泥神是公刘,几千年前带部族从庆阳一带迁居来邠州,使此方成中华文明的发祥地之一;那尊泥神叫亶父,几千年前又带部族从这里迁去了周原,最终建立了周朝。

老梁桄惊异地发现,他的蹦娃出息了,满肚子学问了。他以前从没拜过神,也没生过拜神的念头。可此刻,他却满怀虔诚地走过去,庄重地跪倒在神像脚下,响响磕了三个头,心里说:"神,求你保佑我的蹦娃!我这辈子给你烧香化纸,下辈子给你当牛做马!"

蹦娃带梁桄去吃了碗羊杂汤,送伯出了镌有"公刘启化"的西城门楼子,告诉他伯梁桄,屋子立木那天他一定回来,他还要给伯磕头、敬酒、放鞭炮哩!

一大清早,梁桄忙着忙着,就不由自主地跑到村口去。第三次到了村口,看着空荡荡的泥土路,他不由得笑了,心里说,娃就起得再早,三十多里的山路,也都到晌午去了。转身回去,侉子婆娘絮絮叨叨数说他这是懒婆娘挈藉娃哩,去躲奸溜滑。等啊等,等到村坊邻居帮忙的来了,四乡八村的亲戚也来了,侉子也着忙了,吆喝着几个女儿去村口探,探了一回又一回。

吉时已到,不能再等。老梁桄像丢了魂儿、六神无主地看着大家吆吆喝喝上梁,噼里啪啦响炮,被拉扯着敬天地、告祖先,磕头作揖而过,都入席吃酒。

侉子抽空过来劝他:"娃不比咱,有事么!别蔫着,今一过,明你进城去看看。"

梁桄这才稍稍心安,举起杯酒刚想劝大家酒,就听轰隆轰隆几声沉闷的巨响远远传来,刚上的屋梁都被震得一忽悠。大家伙儿手中的酒杯都僵在半空,过一会儿再不见动静,这才七嘴八舌吵成一团。有说是不是又打仗了?有说是百子沟煤矿炸煤!有说不会是哪儿的山溜了吧?有说炸煤的炮在井底下，没这么响！有说山溜的声音，要比这个软……梁桄老汉的心忽然怦怦怦一阵乱跳，花白的短截截头发，一根一根竖直了，鬓角流下几溜儿虚汗。

梁桄老汉等不到明日，当晚就跨上他的老叫驴，向县城赶。

这是梁桄二十年来头一次骑他的驴。这头驴，他是把它当家人，不，当恩人看待的！有这头驴，才有他们三兄弟的活命，才能繁衍出这一大家子人。再苦，再累，梁桄都不敢骑它，它比自己还苦还累。自己苦了累了，还能发个火，骂个娘，吼两嗓子解个闷，它却只能睁着个眼悄着个声，硬硬地挨着鞭子和吆喝。

早先老二细木匠和老三二先生骑过它，那时候它才几岁，又倔又强，又有力气，一声"嘚啾"，跑得能像一溜烟。后来侉子骑过，侉子的三个女儿骑过，蹦娃也骑过，那时它已不再年轻，温驯得像个没了性子的女人，你叫它停，它立马就停，你吆喝它走，它等你迈出好几步了才走。它不再尥蹶子、使性子，不再扬着个脖子啊呜啊呜地骚情，老实得像个劁了蛋的狗，见人就摇尾巴乞怜。

如今它更老了，老得眼角总挂着眼屎，尾巴上总粘着稀粪。梁桄却在这个时候，头一次骑到了它的背上。他心里对它说：老伙计，老哥哥对不住你了。今日事急，你侄子蹦娃就是哥哥的命根子！

日怪不日怪？老叫驴像懂得老梁桄的心事似的，跑得嘚嘚的，一会儿一箭的，一会儿一箭的。这二年，它哪里紧走过两步哟！老慢吞吞像个装满心事的懒婆娘，苦着个驴脸，一副死猪不怕开水烫的架势。

今日，它这是怎么了？

老梁桄就这么骑在光秃秃的驴背上。走得急忙仓促，忘了搭上鞍鞯，老叫驴的脊骨像刀子一样割着他的交裆，硌得他心里一阵尖锐的疼。他忽然意识到，这老伙计，陪不了他几年了。

夜风冰凉，土路两旁稀稀拉拉的树木才刚发芽，连成线往后退。山坳坳里偶尔传出一阵狗咬，或几声鸱鸮的啼哭。老梁桄感到背脊上猛地蹿出一股冰凉，唰唰唰直抵他的天灵盖。

"鸱鸮叫，亡魂到。"一股不祥之感罩到梁桄头顶，像给他戴了顶天大的草帽。老梁桄使劲儿抹了一下脸，胡子没剃，扎扎拉拉。

他开始去想见到蹦娃时的情形，强迫自己不要分神。

他要问蹦娃，啥事不能回家？说好的么，咋就没能兑现？他要向蹦娃提说永乐张家、北极曹家、义门豆家的事。这几家都是北极塬上的大户，有头有脸人家。年刚过罢，就有媒人上门来给蹦娃提亲，说的就是这几家的姐姐。人家能看上你蹦娃，是你娃的福分。学上得再好，事干得再阔，官做得再大，也得成家立业不是？伯把房子盖这么大，这么阔，还不就是为了这？伯觉着，这几家的姐姐都差不了，都能配上我蹦娃……

大叫驴忽然发出一声惊叫，收住蹄子不跑，像冻住了。梁桄身子一闪，从驴背上栽下来。他看到县城的西门外一片火焰，一阵嗒嗒啪啪的脆响，炒豆子一样火爆。

"打仗了！"梁桄忽地闪出这个念头。

梁桄对打仗并不陌生。几十年走南闯北，西在长武、在泾川、在庆阳、在平凉，东在西安、在渭南、在潼关，大大小小的仗，他都见过，有一次还被截住驮了大半个月粮饷，最后偷着才逃脱。有一年冬十月，他给汉中驮盐返回，到了一个叫七里店的地方，赶上了日本飞机轰炸。那是他第一次见飞机，正抬头张望时，大叫驴扯着嘶鸣声拖起他就跑，正跑着，身后炸响了，震得他好几天听不见声音。回过头一看，他刚站过的地方，成了一个大坑，连旁边的房子都不见了影儿。

梁桄一个打挺儿跳起来，撒腿往前冲。他要进城，他要去找他的蹦娃。他弯着腰，两条罗圈腿抡圆了，他的身后，跟着他的老叫驴，拖地的缰绳一会儿绊它一下，一会儿绊它一下，它就甩着耳朵叫。它这一叫，老梁桄才刹住脚，折身回来牵起它再跑。

他被几个兵挡在离西城门一里多的地方。西城门早坍了,城门楼子脑袋栽地戳在那里,半边脸上跳着火苗儿冒烟,半边脸贴在地上。几个兵半趴在那里,朝城里乒乒乓乓放枪。梁桄说他要进城,娃儿在城里念书,他得把他接出来。兵说他们正在解放县城,正在消灭反动派,正在保护人民群众……

梁桄谁的话都不听,他一遍一遍念叨:"我要去接我娃!我要接我娃!"他扑着要进城,几双手都缚不住。一个当官模样的就过来喊:"大爷,你得听我们的啊!你现在进城只会挨枪子儿,不挨敌人的枪子儿就挨咱们的枪子儿。枪子儿又不长眼睛!你挨枪子儿死了,就再也见不着你的孩子了,你孩子也就没父亲了,是不是这个理儿,你想想?"

梁桄老汉一下子灵醒了。

确实是这么个理儿!他不能死,他死了,蹦娃咋弄?侉子咋活?三个半大不小的女儿咋办?陪他大半辈子的老叫驴咋回?死人是最舒坦的,眼睛一闭,啥烦不见了,啥心不操了,啥罪不受了,啥苦不吃了,独独把那些人世的烦忧、苦累、洋罪,都留给活人,让活人把自己那份再添上承受双份,你忍心?

老梁桄一下子不闹了,安下心来帮他们扶伤员、抬死人、搬弹药、送干粮。这些兵有的不比蹦娃大,有的不比自己小,他们活在枪子儿里,够不容易!老梁桄只盼着这仗会因了自己的帮忙,能快一点儿结束。

这一仗,整整打了一夜。

第二天早上,城里的国民党投降了,城外的部队拥进城去清剿。梁桄老汉把他的老叫驴拴牢,疯跑进城,直奔蹦娃学堂。街上横七竖八躺着兵,有出声的,有不出声的,有脸朝上的,有脸朝下的,空气里一股血腥、尘烟、枪火味道。梁桄顾不上这些,他硬着心肠咬着牙,只顾往前跑。

梁桄找了整整一天,也没寻见蹦娃。他跑遍了学堂的角角落落,逢人便问,不认识的摇头,有认识的,说好几天不见青云了。

学堂里不见，梁桄就去街上寻，这个巷道钻进去，那个街面跑出来，见尸体就翻，见人堆就扒拉，直跑到街面上看不清了人脸。

人瞅着这个两手血污、眼泪八叉的老汉，同情地说："是不是回家了？"

梁桄就弯腰往城外跑，赶到拴驴的西城门外，缰绳一解，爬上驴背猛捶驴屁股。

老叫驴晃悠两下，迈开蹄子先慢走几步，就嘚嘚嘚地跑起来。过了泾河天已漆黑，跑到麻园一带，山沟沟传出几声阴森森的鸥鸦哭，梁桄老汉一阵心惊肉跳。他感到裆里一片潮湿，探手一摸，驴身上湿漉漉像淋了场大雨。老了！都老了！老梁桄心里忽然泛起一片酸楚，嘴里嘟嘟囔囔说："老伙计，就这一趟了，最后一趟！日后再苦再难，都不要你驮了，咱不跑了，咱歇下。"

正嘟囔着，老叫驴前蹄一跪，身子筛糠一般哆嗦着僵持了一会儿，轰地侧身倒在土路上。

梁桄老汉的老叫驴，就这么离开了。它两眼大大地瞪着，瞅着梁桄，瞅着远远的夜空。夜空上几颗稀稀拉拉的星星，冷着脸眨眼，一闪一闪的。

梁桄老汉的蹦娃，就这么不见了，活不见人，死不见尸。有说被马鸿逵队伍抓了，有说跟着闹了革命，有说被炮弹炸飞了不留尸首……传言很多，无一可证。

7

梁桄一下子成了真正的老汉。盖了一半的房子，他不再打理，侉子哭哭啼啼求匠人，央帮工，草草了了尾，不粉不刷地空置着。

最初那些日子，梁桄躺在那孔拴老叫驴的破窑里，醒了哭，哭完睡，睡醒再哭，不吃不喝，不见人，不说话。

家遭不幸，村坊邻居陆陆续续前来安慰。女眷们陪着哭鼻子抹眼泪，唉声叹气地说些体己话,告些艰难;男人则会陪着一锅一锅吸旱烟末子,骂天不公地不平,这是乡俗。可梁桄反顶着门,谁叫都不吱声。细木匠去打门,二先生来拍窗,侉子连同她的三个女儿跪在窑门口哭喊号叫,都没用!

这是寻死的架势。

侉子慌忙借来一辆独轮车,去把梁桄的老舅接了来。满口只剩两颗锈钉子般门牙的老舅,老得从独轮车上下不来,一进院门就放声哭喊:"志良,我的儿啊,哎嗨嗨嗨嗨……"

那两扇紧顶着的槐木门板,哐啷一声从里面拉开,梁桄跌跌绊绊扑出门,跪倒在独轮车旁,抱着老舅的双腿放声号:"舅呀你咋来了……舅呀我这辈子没亏人么……"

自后,梁桄人是活过来了,可心却死了。他锄地,草没锄去,苗能毁许多。他去收菜籽,割倒捆好,却空掂个扁担回来。他去种麦,肥撒了地翻了,种子却提回家来了。

村坊邻居都说:"这梁桄,傻了!"

有天在沟口捡了条癞皮狗,便成天吆在身边,一路"嘚啾!嘚啾"地赶着,就像赶着他的老叫驴。

侉子满眼怜惜地抹着泪对女儿们说:"你伯,怕把魂丢了!咱得去给他叫回来!"

晚上,侉子硬把梁桄的贴身脱一件,第二天吃过早饭,提个竹篮,里面装上针、剪、菜刀和一沓儿黄表纸一把香,又把梁桄那件贴身衣服放进去,裤腰里别把镰刀,拉着毛女去县城。直走到大后晌,才到县城西门外,找一处空地,先把香点上,把黄表纸一张一张烧完,磕了仨响头,便起身往回走,走几步叫一句响亮:"他伯,回来!"跟在她身后一两丈远的毛女就接上一句长腔:"回来了——"她们就这样,一路呼应着,绕过火石咀,路过大佛寺,经过水帘洞。侉子是对小脚,一来再回,脚早起了血泡,一走一步钻心疼。这样到了泾河岸边,早夜深人静了。母女俩好不容易叫醒船家,求爷爷告奶奶央他摆渡过了泾河，顺着高渠坡一路你叫我应地往回走。四野一片黑黢黢，近处有鸟雀受惊的啼鸣，远处有野狼家犬的嗥吠。侉子一手提着竹篮，一手紧攥着镰把，心紧紧地揪到嗓子眼。毛女耸着肩膀，脚步凌乱地跟紧侉子，月夜里的每一声阴森声，都会让她小小的心儿一阵狂跳。

到家已经月儿西沉，鸡都叫过了第三遍。

侉子和毛女刚一进门，炕上躺着的梁桄一骨碌爬起来，两眼闪光："去城里了？"

"去给你叫魂！"侉子以为梁桄终于魂归原身了，欢喜得脸绽花儿眼冒笑。

梁桄满脸的期盼："见着蹦娃没？"

侉子眼睛里的光散了，脸上的花儿零落了，她只得摇头。

梁桄眼里的那些光亮，燃尽了油的灯火一样，跳了几跃，闪灭了，身子一仄，嗵地又躺下，不一会儿，呼儿呼儿打起了呼噜。

梁桄把这叫作小死。大死人人都怯，死了就没了，再也活不过来。小死人人却爱，你把眼一闭，世事就被你关在了外头，啥烦啥忧，啥苦啥难，就都没了。你在梦里，能见你见不上的人，能做成你做不了的事。人见了、事做了，你醒来了，还在这个世上，能吃能喝，能说能笑，能哭能叫。老梁桄一天到晚啥事都不想做，光想小死！

侉子头都愁白了，眼睛哭得看东西雾蒙蒙一层。她就用她雾蒙蒙的眼睛，一边又愁又气又心疼地斜着梁桄，一边脱鞋子绽裹腿。她虽不是三寸金莲，但也缠过，来回六十多里山路，脚上早有了血泡。毛女熟练地点上灯，取一苗针在火上烧了，一个一个给她妈挑破放血水。毛女长大了，该寻婆家了，偏不偏霉运不断，祸事连连！

正挑着，院门外闪进来细木匠的身影。鞋袜来不及穿，侉子急忙跳上炕去，双脚捂进梁桄被窝。这老二，平时走路嗵嗵地响，脚重得能吓死鸡气死狗，可只要进别人家门，就脚轻得像个偷听婆娘。

"咋样？"细木匠进来，谁也不瞅问。

弟兄三个里，数这细木匠最讲究，脸刮得净净的，头剃得光光的，戴一顶黑贡呢瓜皮小帽，一年四季穿得板板正正，浑身上下一尘不染，就连千层底的收口黑布鞋，都刷得干干净净。这点就连二先生都比不上。

侉子愁云满面地接了一句："老样子，没见坏，也不见好！"

细木匠往地上一圪蹴，怀里摸出手巴掌长短的旱烟锅，装了一锅烟，火镰撒着点上，吧吧吸了两口，说："我来商量个事。"

侉子就推呼噜连天的梁桄，梁桄不醒，她用脚蹬。梁桄睁开眼，茫然看看这个，瞅瞅那个，微张的口角挂一吊清凌凌的涎水，一看到地上蹲着的细木匠，头一落枕，别过脸去不吭不哈了。

"他伯，二掌柜有事。"侉子小声说，像哄娃娃。她知道梁桄一见老二，又戳到了心头的疼处。

梁桄头都不转。

细木匠就咳了一声，说："已经已经了，这样能咋？我都能成，你有啥过不去的？"

梁桄呼地坐起来，定眼瞅着细木匠，嘴唇哆嗦着，眼里噙了两汪水，一会儿烤干了，冒出两股火。可他到了却一声没吭，又呼地躺倒，脸贴着山花墙，只给众人一个脊背。

侉子赶紧圆场："他二爸你别见怪，他伯心里不畅快。"

细木匠"喊"了一声说："我就不拐弯了！房盖好了不住，撂着就糟蹋了。我想是这，我把它粉粉，给兴盛把婚结里头。"

窑里头，忽然寂静得像空无一人。连正拉风箱烧水的碎女都愣住了，扑闪着眼睛看她妈。侉子把眼皮奔拉着，脊背挺得直直的，像有一把刀子顶着了她的后心。毛女急得半张着嘴，蹙着眉头快速地眨眼，瞅一眼梁桄，瞅一眼侉子，见他们都死人一样不吭声，尖起嗓子喊："凭啥？"两股眼泪挂到了嘴角。

细木匠忽地站起来，瞪大一对牛眼吼："你姓啥为老儿，唉？驴槽里刺出个马嘴！你妈咋调教你的，唉？"

侉子顺手捞起身边的扫炕笤帚，跪在炕头，劈头盖脸打向毛女，边打边吼："我叫你心黑！我叫你嘴贱！"

细木匠知道侉子这是在打黑牛惊黄牛，指桑骂槐。他用鼻子一笑，又蹲到地上。他今来，只为解自己的燃眉之急。老二要成家，屋里就更局促了。老大兴旺占着三间偏房，细木匠老两口占着两间正屋，另两间是客堂，而另一座偏房，是骡马圈。勉强能给兴旺腾一间上房做婚房，这不明摆着要生纠纷的事？梁桄的房盖好了，反正闲着也是闲着，再说了，让兴盛给占着，咋说也强似落到外姓人手里。今天，说啥，二木匠也非得把这事给办成了！他这是给祖宗争脸哩，给家门守业哩！

"够了！都把嘴闭上！"梁桄终于爬起来开口了。本来他只想睡着，睡着了，他的心才不那么酸，肝才不那么疼，肠才不那么悔，他才能活着，才能活下去。可世事既不许他大死，也不让他小死，这就是命，躲也躲不过，绕也绕不开，那就只能受着。

梁桄把头转向蹲在地上吧嗒烟锅的细木匠，说："老二，来，你别嫌，坐炕边。"

细木匠挠挠头皮，慢吞吞站起来，用手掸了掸炕边，半个屁股挨上去，算是坐了。梁桄勾着头，半天不作声，他因干瘦而格外粗大的喉结，咕涌咕涌耸动着，像被一口米饭噎住了。侉子急得嘴一张一翕，却不敢插嘴，就喊毛女，让去喂那条蔫不啦叽的癞皮瘦狗。搁往常，只要一提喂狗，即便在梦里，梁桄也会猛睁开眼叮咛："把料拌匀！"侉子知道，梁桄有些魔怔了，老把那条癞皮狗当作他的那头老叫驴心疼。可今天，梁桄头抬都没抬，一声不吭。

侉子觉着了异常。

梁桄终于抬起头时，果然一脸老泪："志成，兄弟，哥对不住你！"

细木匠倒被弄得一时不知所措了。他这时候的心思,和梁桄此刻的感受,各自平行着,挨不上边儿,思量半天,才捞到一句话:"过去了就过去了,你不敢老放不下。生来是个短命的,他就留都留不住。命里是个讨债鬼,你就赶都赶不走。"

老梁桄就和泪咳出了一口闷气。

细木匠又点上一锅烟吸,冒了几口,脸遮在青烟后说:"蹦娃没了,还有兴旺、兴盛哩。兴旺是个二流子,指望不上。兴盛还算知书达理,要不叫他再给你顶个门?"

梁桄一手抠着脚上的疔痂,一手摆得摇扇一般。"我命硬,再不连累谁。"说罢,头转向侉子,"你把钥匙给他二爸。"

侉子的心,咯噔一下跌到了冰窖里。她原本的私心,是给毛女招个上门女婿,一来让她和梁桄的老境有依有靠,二来也能添男添女,让晚景膝下不空,有个乐子。人活一世,不就为了个香火不断、子嗣连绵?花都要坐个果,麦都要吐个穗哩!这些她还没顾上跟梁桄说叨。因此,她一手在怀里摸索,另一手就在被窝里掐梁桄的脚,嘴上说:"瞅我这记性,把钥匙搁哪了?要不他二爸你先回,我寻着了叫娃给你送去。"

细木匠翻着眼睛瞅定她,说:"不急,你慢慢寻。实在寻不着,我去换把锁!"

8

侉子和梁桄整整吵闹了一夜,梁桄躲到哪儿,侉子就追到哪儿,毛女、二女、碎女,谁都劝不住。

侉子从炕上骂到窑后,又从窑后哭到院子里,再从院子闹到驴圈。驴圈里那条癞皮狗,把头搭在前腿上,耷拉着双耳,用一双黑溜溜的眼睛,瞅瞅这个,瞅瞅那个,嘴里发出难过的呜咽。侉子刚伸出手去撕扯打不还手骂不回嘴的梁桄，它呜的一声低吠着，冲上前去叼住了侉子的裤角不放。侉子回腿踢了一脚，正中面门，它尖叫着一跳一蹦退到一边。梁桄骂一声："日妈，反了你了？"一把扫过去，侉子就跌坐到了地上。

跌坐在地的侉子，反倒不哭不闹，不叫不骂了，冷冷瞪着梁桄。梁桄一时不知所措，静了静，弯腰去拉侉子。侉子身子一扭，爬起来门一摔回去了。梁桄自知理屈，悄悄窝到驴圈那张窄炕上，望着窑顶出神。他知道这样做对不住侉子，可他就是死，也不会去住那几间房。人都没了，驴也死了，那房，就是给他们盖的，他们住不上了，自己能住安心？只会更难过，更添堵！

不几天，事情就传得满堡子皆知。先是老五炮吼吼叫叫来，人还没进门，声腔早震得窑顶能掉土渣渣："个老挨刀的，得是想上二婆娘那对大奶子了，咹？个新新的房，沾都没沾，说给人就给人了，咹？"老五炮自小跟梁桄耍大，说话做事两无顾忌，原本就粗喉咙大嗓门的，这下更聒噪了。梁桄在驴圈里喊："炮塞子，这儿！"两人就在驴圈你一言我一语吵成了一团。正吵吵着，二轱辘和受活嘴跟着来了。远远听到五炮的大嗓门，好打麻将的二轱辘笑了："齐了，正好一桌！"受活嘴则喊："他姨他姨，晌午吃顿煎汤面，要汪。"侉子隔窗说："漫说一顿，十顿都行。只要你把那个死人说活了，给你杀头猪！"受活嘴就不敢接话了。驴圈窑里登时嚷嚷声一片，一忽儿高说，一忽儿低劝，车轱辘话转来转去，整整嚷嚷了半前晌。到晌午，左等右等不见侉子上饭，就都散了。

毛女蒸了一锅馍，切个白萝卜丝调好，要给梁桄送，被侉子叫骂着禁住，便偷偷揣两个冷馍给梁桄送去。梁桄从毛女手里接过馍，说："女，跟伯，遭罪了！"

毛女低眉垂眼小声说："伯，你救了我们的命！"

梁桄就长叹了一声，泪眼八叉。

二先生这些天一直闷在屋里，大门不出，二门不迈，气哼哼对谁都没好脸。直到听说细木匠都在粉刷墙面了，才坐不住了，噔噔噔去找梁桃。梁桃正坐在窑院的日头坡里晒暖暖，脚边卧着他那条瘦狗。他塌着背，溜着肩，头仰起靠在土墙上，黑洞洞的鼻孔里，张扬着两丛乱蓬蓬、雄赳赳的鼻毛，白多黑少，嘴张着，又长又黄的两排牙齿，歪七竖八地狰狞着，嘴角挂着条透明的长涎水，头发胡子几乎全白，在日头光下很耀眼。二先生径直过去，咳嗽一声，不见动静，抬腿踢狗一脚，狗"汪"地一叫，梁桃这才睁开眼，一手遮阳，瞅这面被日光镶了银边的黑影，揉了两揉，才看清是二先生，挪一挪身子，给二先生让出身下的麦秸蒲团。二先生说声"咱窑里说"，老梁桃就扶着墙站起来，颠着一双罗圈腿，左摇右晃进了驴圈窑。

二先生进门就问："你真把房给木匠了？"

梁桃说："那是你二哥！"

二先生说："我没这个哥！"

梁桃斥责："一娘所生的，有啥过不去的坎？叫人笑话！"

二先生正好接上口："你还知道一娘所生？好，咱把话摊开说，我只问你，我是不是你亲兄弟？武魁、文魁是不是你亲侄儿？"

二先生一反往常的慢条斯理，嘴快得像倒豆子。

"看你说的，这叫啥话?!"梁桃明白二先生的来意了。

知弟莫如兄。他是看着两个兄弟吵吵嚷嚷谁不让谁长大的，他知道他们的长处，也知道他们的短处。都说长兄如父，梁桃觉得，这话一半对一半错。对的这一半，是长兄多半都能尽父亲一样的抚养、抚助之责，无怨无悔，不计回报；错的那一半是，长兄大都不能担父亲那样的指教、训导之职。你只是长兄，他不服你管，即便他小你很多，你打他试试？他不跟你动拳动脚才怪！梁桃至死都忘不了那几年困难时期，爹为了节省口粮保他们三个命，吊死在了沟口的柿子树上；娘把自己饿得肚皮像张纸，能看到里面绿绿的肠子，弯弯曲曲盘成一团。娘气息奄奄时拉着他的手，眼泪倒豆子一样往下滚："志良，我苦命的儿啊，你说啥都要，把这两个，拉扯大……"

梁桄记住了娘的话,再苦,再难,再劳累,再憋屈,他都尽让着他俩。

"我说的这叫人话!"二先生气得满脸煞白,"凡事都得一碗水端平了,你不能光想着老二,忘了还有个老三!"

梁桄一下子不知该说啥好了,腔子里捞了半天,喉咙里才咕哝出一句:"我把好好个娃,给人家弄没了!"

"喊!就那坏秧子?迟早是个祸害!"二先生撇着个嘴,"是个好苗,他能给你?"

梁桄觉得一股呼呼冒着烟的气浪,从身子的每一个骨节处,每一窍缝隙里,轰地喷出来,顶到胸腔,旋风一样翻卷。他像被一通老拳闷击了,浑身一震,胸口当下疼得喘不过气来,一个跟跄摔倒在地。

梁桄是被一阵哭哭喊喊的喊闹声拉回阳间的,从此落下毛病,淌眼泪,流涎水,一条罗圈腿走路一撇一撇,身子前栽后晃,干不成力气活了。

二先生争竞的房子,就这么撂下了。

兴盛在梁桄的那院新房里结了婚,吹吹打打迎进来他姨娘家侄女。新媳妇家境殷实,模样俊俏,细木匠很中意,婚事就办得隆重又体面。唯一令他脸上无光的,是二先生一家没一个来吃酒席,更别说帮忙了。他大哥梁桄和侉子也没露面,支了三个外姓女子来帮忙。

梁桄说,他到死也不会再进那座房院!

9

改天换地了。盘踞在邠州城里胡作非为的马家队伍跑的跑,降的降,死的死。四乡八堡靠偷靠摸、靠坑靠抢、靠欺靠霸的地痞流氓二流子,抓的抓了,关的关了,毙的毙了。

个个拍手称快,人人振臂欢呼。

要"土改"了。村村刷出"实现耕者有其田""贫农当家做主人"的巨大标语。李家庄的老地主李秉坤被枪毙了;刘家堡的财东刘彦东吊死在了老槐树上;芦寨那个娶了四房婆娘,养了十三个儿女,人叫"程万金"的暴发户,被乱拳打死……各种传言,在堡子里被添油加醋嚼出不同味道,有人听得两眼冒光,有人听得心惊肉跳。

细木匠就是头一个心惊肉跳的。

按上头要求,村村得有地主,庄庄得有富农,这是任务,也是指标。堡子没有大富户,排来排去,就数细木匠家殷实得招人妒恨,让人眼红。"乖乖! 两院地方,十几间青砖瓦房,六七头膘肥体壮的牲口,一挂老牛车,几十亩的上等土地,排不上地主,咋说也得给排个富农! "堡子里早有人咬牙切齿,幸灾乐祸。

细木匠牙疼了一夜,院子里转了整整半宿,天还不亮,就啪啪啪擂开了兴盛房门,逼着他赶快搬回自家。大清早提串钥匙,欻啦欻啦专挑人多处走,逢人就大声喊:"给大掌柜还钥匙去! 好借好还,再借不难,亲兄弟也得明算账呀! "

梁桄抹着眼泪、涎水,稀里糊涂瞅着细木匠:"你这是,咋了? "

"咋也不咋! 兴盛说了,他还是回家住方便。"细木匠把钥匙炕边一摞,转身就走。

梁桄趴炕边探身追着背影喊:"咱一口唾沫一个钉! 我既给了娃,就没收回的理。钥匙你可以摞下,可话咱不能摞空! "

毛女过去给梁桄说:"伯,你不知道,这房成祸害了。"梁桄睁大糊了两坨眼屎的老眼:"咋了? "毛女把"土改"和成分的事,哪庄地主被枪毙,哪堡财东被吊死,哪村大户被打死学了一遍。梁桄这才知道了,原来他大门不出二门不迈地将养病,世事竟发生了这大变化,心突突一跳,问:"咱堡子哩? "

毛女头往前一凑,小声说:"都盯上我二爸了,说他房多地多牲口多……"

梁桄被子一蹬翻下炕，靸上鞋，拖条柳拐儿出了门，不顾身后几张嘴的高呼低叫，前栽后晃地走出窑院。癞皮狗摇着尾巴跟上去，老梁桄一撇一捺往前走着，"嘚啾！嘚啾"地吆他的狗。其实他比狗走得慢好多。

梁桄跛了一路也闷了一路，招呼不接，问候不应，勾着头径直来到细木匠家。细木匠一家正忙乱着拾掇屋子，看见梁桄，全都停住了。细木匠迎出来堵在梢门口，说："你又死心眼了？说了还给你就还给你，咋又追来了？"

老梁桄把他一推，没推动，往里走，他用身子一堵。梁桄生气了："这门不让进了？闪！进屋说！"

细木匠不情不愿闪开，梢门一关，跟身进了上房。老梁桄也不坐，抱着个柳拐撑身："你别怕，把事都往我身上推！那房，还有这房，都是我出钱盖的，地，也是我出钱置的，都跟你无关！"

细木匠从椅子上站起来，定眼瞅了梁桄半天，小小心心问："这，能成？"

"成不成，你只管照说！"

"这不是害你吗？"细木匠过意不去了。

"我就烂人一个！光脚的，还怕穿鞋的？"梁桄转身跛出门，头也不回地走了，留细木匠僵在梢门楼子下，看老梁桄吆着他那条瘦狗，把个直路撇得扭七歪八，把个平路颠得坑坑洼洼。

费了好大一番周折，加上堡里大都同宗同族碍着情面，话也好说，事也好过，最终归在三孔塌窑烂庄子的老梁桄名下，划有房产二十八间、骡马十三匹、牛驴七八头、田地一百二十六亩，是堡里家业最大户，自然被定成"富农"。细木匠和二先生，住的是梁桄盖的房，耕的是梁桄置的田，使的是梁桄买的牲口，都被定成了"贫农"。

此后，每逢集会，凡有批斗地主富农的活动，老梁桄就会吆着他那条瘦狗，撇腿跛脚地赶去入列。他的两只眼睛由于长年淌泪，被泡得红彤彤的，像个猴屁股；嘴角的涎水滴溜滴溜，三岁孩子一样，侉子给缝了个围嘴儿，三天两头地洗，还总湿渍渍明溜溜的，站在一群老财东里，就格外抢眼，惹得人能笑弯腰。

侉子就吼吼叫叫骂："个老鬼，真是个死梁栊！"

10

毛女的婚事，说来说去，最后说给了冯家的长孙。冯家是北极塬有名的大财东，在邠州地界属有头有脸的乡绅。搁过去，就他梁栊？八竿子和人家搭不上边！媒人来说合时，梁栊还以为听岔了，连问三遍，确信说的是冯大财东后，就嘿儿嘿儿笑得涎水吊了一串串："媒婆的嘴，脚夫的腿，咱俩真该配成对！"

媒婆打趣说："就你那双腿？说废立马废。哪像咱这嘴，只会成人美！我说的是真的！"

没料想毛女却不同意："他家是地主！"

梁栊说："咱家还是富农哩！"

"人家能咬文嚼字，我斗大的字认不得半个！"毛女又说。

"人家找媳妇哩，又不是找先生。"

毛女就埋头双手绞自己的衣角。

毛女出门那天，兴盛参军要去西藏。他俊俏的媳妇羞着个脸，眼泪八叉把他送到大路上，说："你这下如愿了！"来道贺的村邻亲戚都说："双喜临门！双喜临门！"梁栊尽量把他的驼背往直挺，抹着眼泪笑。

好长一段日子，老梁栊见谁都呵呵乐，眼泪、涎水也都不那么淌了，两条罗圈腿也跛得不那么厉害，随了大家上工下工，干一些轻巧活。侉子本来就是个爱耍爱笑的响呱呱人，有人打趣她："这白天的活能干了，晚上的活还能做不？"侉子就操着她的外乡口音，高喉咙大嗓门笑："老娘憋了半辈子,尝着了,恨不得天天做,老娘都快成烂扇扇了! 怎么? 借你老婆来顶两天? "梁桄的好转,让侉子格外高兴。

其实,比她高兴的还是梁桄。这多好! 人人都有了地,人人都有了屋,谁和谁都一样了,谁也不妒恨谁了,谁也不笑话谁了。再也不用撅个屁股没黑没明置家业了,再也不怕子孙不孝,吃喝嫖赌掷骰子抽大烟,把个祖业嘣噔一下踢光了。大家一起干活儿,说说笑笑,打打闹闹,多美! 你就蛮力苦出,也两晌;你就躲奸溜滑,也一天。梁桄心里一天比一天亮堂,夜里躺在热被窝,眨巴着眼睛,和侉子一起幻想"楼上楼下、电灯电话"的光景,咋想都想不出是啥情形。

谁料没出二年,灾祸来了。

先是毛女疯了,披头散发、衣衫不整地到处乱跑不着家。强行笼在家里,就见人咬人,见狗咬狗;硬锁进屋子,就瘆人地号,头撞得墙壁咚咚响,满脸的血。

说是一队人马不知被谁唆使,冲进家里,硬说冯家把财宝埋了让交出来。冯家大小被拷了三天三夜,全家哭跪了一地,求情告饶,毛女吓尿了一裤裆,当时就失常了。

侉子哭得死去活来。

梁桄腰里别把镰刀,连夜去了冯家坳。他要找冯家论理:我好好个娃成了这样,咋办? 你们得有个交代!

冯家真个把势倒了! 倒不是说家业被分光了,一大家子只好住进了过去的牲口房,主要是把心气倒了,个个见了人,埋头躲得远远的,像老鼠见了猫。毛女的公公病倒了,人失了模样,挣扎着坐起来,一脸凄然,只一个声儿回话:"把娃害了! 把娃害了! "其余的一概没有主张。

梁桄长咳一声,拖拉着他的罗圈跛腿回来了,对侉子说:"咱娃,还得靠咱! "

央了门中几个精壮,东打问,西找寻,把不成人形的毛女强拉回来。好在毛女在她伯她妈她妹子的安抚和精心呵护里,一天天安静下来,虽还疯癫无状,吃着吃着饭会摔碎碗大哭,睡着睡着觉就蜷起身子大叫,但不再往外跑,人能稳住了。

侉子愁容满面,愤愤难平地对梁桄说:"嫁出门的女,泼出门的水。凭啥他冯家落清闲?咱给他送回去!"

梁桄说:"你舍得,我还舍不得哩!你瞅瞅冯家,泥菩萨一样,自己都顾不上了。"

"他不出人不出力,还不能出个钱粮?"

"人家也落难了么。"

"就你能!"侉子嗔梁桄一句,摸黑给他掖掖被角,揽住身旁睡得呼儿呼儿的毛女,悄悄听着窑院里风扫秃树的嗯哨声。

毛女这边刚安顿消停,细木匠那边就炸了窝:兴盛回来要跟媳妇离婚。

梁桄听到消息后,正指天指地咕咕哝哝骂,兴盛丈人就背搭着手,梗着脖子勾个头,一脸霜色踏进了窑院,身后跟着哭哭啼啼的兴盛媳妇。梁桄赶紧迎进窑屋,又是端烟匣,又是递烟锅,好像自己做了天大的错事。

侉子拉着兴盛媳妇的手劝:"我娃不哭,咱好好说。他娃敢!"

兴盛丈人咬着牙,眼窝瞪得明溜溜的,说:"他伯,大哥,你是个义气人,你倒说说,他娃凭啥?说不要就不要了?我娃是人样不好、品行不端,还是茶饭针线都不入眼了,他狗日的弹嫌啥?啊咳,啊咳,啊咳咳咳咳……"

梁桄一边不住声赔不是,一边伸手拍他后背:"兄弟先不气,我打断他狗腿。他敢!"

梁桄支二女碎女先后两次去叫兴盛。兴盛不来,细木匠也不闪面。梁桄就吩咐侉子生火擀面,自己前栽后晃去找兴盛论理。

细木匠不在家,躲了。二婆娘抱着兴盛半岁多的儿子久娃,边摇边哄。兴盛威威严严端坐在上房里,正翻一本红皮书。梁桄苦口婆心劝,车轱辘话说得团团转，口干舌燥喉咙冒烟，可兴盛只咬定一句话："非离不可！"油盐不进，刀枪不入！

梁桄就瞪圆了眼睛骂："狗日的你不怕遭罪？不说大人了，还有个娃娃哩！"

兴盛头也不抬说："这事你别搅和！"腔撇得天南海北的。

"别人的我不管，你娃的我就要管！我是你伯！"梁桄的柳木拐把地戳得咚咚响。

兴盛霍地往起一立，声色俱厉道："你有啥资格管？"

梁桄一股血直往头上涌，扬起手中的柳木拐，踉踉跄跄往前扑："我打死你个狗日的！我打死你个忘恩负义的龟孙子！"兴盛伸手抓住柳木拐，可着嗓门喊："你要造反吗？"声音震得屋子嗡嗡响。

梁桄使劲儿拽扯，想夺回拐棍，喘吁吁地叫："你松手！我不打，革命军人。我打，背了人皮的狼！"

兴盛把拐棍一拉再一推，老梁桄扑通一下跌倒了。那条一直躲在梁桄身后汪汪叫的瘦癞皮狗，呜地扑上去，和兴盛咬成了一团。一家人惊叫着拥进来，撵狗的撵狗，劝人的劝人，有说兴盛过分的，有劝梁桄消气的。捎门口围了一大堆人看热闹，叽叽嘎嘎怪话不断，却没一个进来劝架。

11

兴盛到底把婚离了。细木匠一家，同兴盛娘姨家，过去因了这门亲事亲上更亲，现今因了这段姻缘断了来往。

老梁桄经此一事，掂出了自己的斤两。他忽然觉悟到自己在这个家族里，好比一个长工，只有干活儿的命，没有决断的权，只是下苦的角色，没有说话的份儿。有利了，都认他是个哥，是个伯，是这个家的大当家；没利了，他就是个害，毛都不顶。这让梁桄顿生凉薄！他觉着再也没脸见人，除过上工下工,就闷闷地窝在家里,一会儿踢狗,一会儿打鸡,吓得癞皮狗都躲他远远的,下巴搭在前爪上,眨巴着眼睛呜儿呜儿哭。

过些天侉子对他说,兴盛媳妇把久娃撇下,回了娘家。又过些天,梁桄从侉子嘴里得知,老二细木匠一家,为个吃奶的娃,吵吵闹闹搅成了一锅糯糊。

细木匠老婆娘耐不下那份擦屎把尿的烦,受不了那份喂吃喂喝的苦,听不得那种说哭就哭想闹就闹的聒噪,黑着个眼圈苦着个脸,先骂兴盛、兴盛媳妇,再骂细木匠、兴旺,骂着骂着,就指桑骂槐捎带上了兴旺媳妇。兴旺媳妇早就烦烦的,婆媳之间、妯娌之间过去那些个鸡零狗碎的嫌隙,碟碟碗碗的磕碰,一下被触发了,顿时抹下脸,隔着窗子叫阵:"你嘴干净些,骂谁哩你骂?把他个先人撇下,让谁养活哩?我不说啥就饶了你了,有你骂的啥?"

二婆娘也不依了:"我骂鸡骂狗骂猪哩,你驴糟里伸出个马嘴?反了你了,谁的嘴都敢顶?兴旺你狗日的,还有没有家法了?"

兴旺媳妇平时就不省油,加上对丈夫、公公、婆婆都有意见,就从炕上跳到门口:"咋,蹬掉了一个,还想蹬第二个?打了老的嫌不够,还想打小的?都新的时代了,别想着做你缠脚磨人的恶婆婆,莫想!"

婆媳俩你一句我一句谁不让谁地吵,吵完哭,哭完闹。饭也不做了,娃也不管了,弄得两父子头都大了。兴旺只要你不找他的茬儿,即使家里着了火、灌了水,他也懒得去操那份闲心,一看这情形,打着口哨出了门,去找他的一帮狐朋狗友混吃混喝,好多天不回家。细木匠是精细人,只好吃冷馍、喝凉水、看脸色、听闲话、受作难、生闷气,噎得咯儿咯儿直打嗝。

侉子要去劝说,梁桄不让:"谁把咱当人了?不管!"

侉子知道梁桄说的是气话,只管去,劝了这个劝那个,宽心话倒了一箩筐,顺气话说了几蒲篮,劝来劝去,却劝出个不可思议的结果:细木匠一家,都多余那个尺把长的吃奶娃,要把他送人,话都放了出去。

侉子赶紧回来给梁桄学:"虎毒都不食子哩,那么好看个娃,咋就忍心?"梁桄抬手就把面前的烟匣,举得高高地砸到地上,摔出一地的木渣渣、烟末末。侉子后悔自己嘴快,一边清扫一边拿眼睛斜炕上的梁桄:"砸东西就有能耐了?有本事你去打人呀!"

"我还要杀人哩!"梁桄朝她吼了一声,翻下炕去找细木匠。

细木匠正坐在家里生闷气。毕竟自家骨血,要送出去给人,咋不心疼?可老婆不受苦,儿媳不担责,天杀的,叫他一个老汉家有啥法子?三言两语,就和梁桄顶撞上了:"你站着说话不腰疼,强装大善人!个吃奶的娃,你叫我咋弄?谁头上有毛好装秃子?我要能长俩奶头,会走这一步?"

"活人还能叫尿憋死?没奶水就喂米汤么,粮短缺大家都来凑么。不就是受些罪么,咋说也不敢送人呀!"梁桄的拐棍儿直捣地。

"你上牙一碰下牙,话说得轻巧。你要能行,你抱去养!"细木匠牙疼得吸溜吸溜的,嘴一咧一咧直倒气儿。

老梁桄就撇捺着双腿,满院子转圈圈,拐棍儿敲得咯噔咯噔响。

兴旺媳妇隔着窗子在屋里叫:"伯,伯,兴盛摔你那一跤,听着都疼疼的么,没事?小心点,小心别再跌一跤,你不疼,我都替你疼哩!"

梁桄登时僵住了,脸由白变红,再由红变紫,最后由紫变黑。拧身边往外走,边恨恨地骂蹲在地上的细木匠:"瞅瞅你养活的这帮鬼!羞先人哩!"

老梁桄回到家还在呼呼喘粗气。他怨自己贱,总爱咸吃萝卜淡操心,把自己当成家族老大,凡事总爱出个头露个脸。又恨他们阴毒,啥事都能做,啥话都敢说。他就想不明白了,人心都是肉长的,怎么有人总念着别人,有人光想着自己?侉子凑过来打探消息时,梁桄就没好声气:"你盐吃多了,闲的?"到了晚上,翻来覆去睡不着,忍不住问侉子:"那么大点儿娃,没爸没妈的,能养活吗?"

"咋能养不活?只要有米汤糊糊,大不了再养头奶羊。碎女就这么吊大的。"

梁桄就不吭声了。两个人静静地听狗儿在远处吠,风儿在近处吹,枝叶在窑院里哗哗啦啦地摇。天气一天天转寒了,瓮里的粮,缸里的面,一天天地见着底儿了。

侉子推一把梁桄:"要不,抱来咱养?"

梁桄没动,也没吭一声。

"二女碎女都是帮手。没米没面了,我就去要饭。给你弄头奶羊,你叼空儿放。"

梁桄还是不动弹不吱声。

侉子就使劲儿摇他:"你也能睡得着?"

"醒着哩!"

"醒着你装死人?"

"大话好说,饥肚子难忍。趁早别想!"

"那也总比抱给别人强,亲亲的骨肉,我都舍不得!"侉子支棱起身子。

"快别腰里别老鼠,装打猎的了。谁会把咱当个人?"

侉子就没词了。

第二天一早,老梁桄出工,听人你一言我一语数说,先说兴盛是个陈世美,那么好个媳妇,要模样有模样,要性情有性情,里里外外过日子的一把好手,说蹬就蹬了。要包公在世,就该铡了,铡一次不够,得铡两次!接着议论细木匠一家不容一个吃奶的娃,心黑了,眼瞎了,要抱出去送人。这一家是咋了?啥事都能做得出?七嘴八舌的,听得老梁桄心里躁烘烘的,胸口像压了块大磨盘。

下工刚一进家,侉子就连珠炮一样炸了:"好你个死梁桄,你能听下去,我听不下去!人活脸,树活皮,你就一点儿都不臊?你不要脸了,我还要脸哩!"

老梁桄闷着头,只管吧吧吸他的旱烟锅,好像只有那苦涩呛人的滋味,才能安了他的神,稳住他的心。

侉子不依不饶："你聋了还是哑了？你要不拿主意，我就拿了！"

老梁桄把烟锅在鞋底上一磕，抬起脸看着侉子："你想好了，我可是个废人了。苦的累的，可都是你！"

侉子的脸立马笑出一朵金丝菊模样："我没本事给你养个一男半女了，就豁出这半条命，也要给你拉扯个后人！"

12

梁桄和侉子把久娃抱过来养了。破窑烂庄子里，不是婴孩的啼哭声，就是大人、小娃的笑声。这间庄子，自从毛女被接回来，已经很长一段时间没听到这样的欢笑声了。

奇怪的是，自从有了这个小人儿，疯疯癫癫的毛女忽然沉静了，能大半天大半天陪在小久娃旁，满眼怜爱地瞅他。他高兴，她就笑得一脸明媚；他哭闹，她就急得抓耳挠腮。她把小久娃抱在怀里时，就像抱着个金贵的瓷娃娃，小心翼翼地，抱紧了怕箍破，抱松了怕摔碎。她不再那么癫狂，白天抢着照看久娃，该喂饭了，她马上抢来喂，该把屎把尿了，她赶紧提灰笼，寻裤布。夜里睡在久娃旁，安安宁宁的，大气儿不出一声，再也没吼叫哭闹过。

"久娃是咱家的送福童子哩！"侉子对梁桄说，脸上心里，都乐开了花。

有了久娃，梁桄一家的生活和生计，发生了很大变化。碎女是三分工，挣分最少，就专门待在家里照看久娃。毛女慢慢跟上侉子挣工分了，村坊邻居可怜她，格外照顾和包容，她干或不干，干多或干少，都记五分工。好天气里，碎女就抱着久娃到田头，找奶孩子的妇女，分人家几口奶；遇刮风下雨，碎女就在家里用热备好的小米米汤或麦面糊糊，一小勺一小勺地喂。工余，一大家子就挖野菜、偷苜蓿、捋榆树叶，刨各种能吃的菜秆儿、菜根儿，一半糠菜、一半粗粮地对付肚子，从牙缝里抠搜，把有限的精白细软,都留给久娃。

就这样,久娃还是瘦了,毛发干黄干黄,哭起来病猫儿似的,有气无力。

一家子又心疼又着急。

侉子说:"咱养头奶羊吧!"

梁桄说:"钱哩?"

侉子说:"咱把二女卖了!"

梁桄说:"又不是猪儿鸡儿,说卖就能卖了?"

侉子说:"你赶紧找人托说。"

梁桄说:"都新的时代了,咱再不敢替娃做主。毛女就是例子。"

侉子就没了主张,吧嗒吧嗒掉眼泪。

梁桄劝她:"别心急,我有方子。"

梁桄就这样成了方圆一带收死娃的。

收死娃这一行,属不入流的贱活,儿孙齐全不残不缺,谁都不会屈就。你入了这行,周围亲戚邻人,见你就能躲则躲,能避则避,嫌染晦气,怕不吉利。正害喜的,刚添丁的,家有小娃的,正盼有娃的,都视你为瘟神。可一旦谁家刚落地的、吊在奶上的、会走路了的、不到入学年龄的娃娃,是个讨债的、短命的,是个"谎花",是个"落瓜",夭了折了,就或亲去或捎话来叫梁桄。

梁桄得细细问清住址,清清记在心里。路远的,他得后晌下工后出发;近便的,他等天黑尽方才动身。寻到地方,窗外咳嗽两声,叫:"掌柜的,来了。"

门扇一拉,泼出来一道灯光,递出来一个包裹,梁桄接了,当面铺开随身带来的一卷草帘儿,把这"谎花""落瓜"仔细一卷,结结实实捆紧。

家里有公家人的,会塞给一两块票子,那可是几斤盐、几斤油、几尺布的重酬。梁桄就千恩万谢,觉得占了人家莫大的便宜,很过意不去。劳力稠粮不缺的,会装一两碗白面或三两斤麦子,梁桄就双手一并,连连作揖。遇人多劳少家境困窘,住宅跟自己一样又破又烂的,梁桄啥啥都不收,你硬给,他会急。如果正巧是个月婆子,梁桄就啥都不要,腰里摘下一个瓶子,只要半瓶人奶。

梁桄把扎紧的草帘儿身上一背,拖着两条罗圈跛腿,挂上那根柳棍拐棍,身后跟着那条跟他般配得恰到好处的癞皮狗,三颠两摇、前栽后晃地走进深重的夜色,边走边"嘚啾!嘚啾"地吆他的狗,把个路越走越长,把个夜越走越黑。

死娃是个冤孽,不祥,要埋在山旮旯、沟渠渠,不然魂儿会出来惊扰吓唬那些个命根还没扎稳的娃,勾魂索命。"焦尾巴"在世时,常常会偷个懒,用个巧,力困了心烦了,或者跟主家生嫌隙了,就随便找个拐角,挖个坑一埋。梁桄却不,他一定要走老远老远,专拣那些人不常去的僻背,一来好让这些还没成人的冤孽,能不受阳间纷扰,安安静静地再去投胎;二来也防止这些个冤魂,惊吓着了那些豆芽菜一样细嫩的娃娃。老梁桄腿脚不灵便,身子不利索,遇坡他就往下溜,逢坎他就往上爬,常常弄得浑身泥土,夜半三更甚至东方发白才能回到家里,第二天还得照常出工。

有时一连几日不空,侉子就不忍心了:"他伯,推了罢。这样下去,铁人都受不了!"

梁桄树皮一样的大手一摆:"没事,我是块钢!"

久娃一天比一天白胖了、水灵了,哭声少了,笑得咯咯咯咯的,暖得老梁桄心里热乎乎的。心里热乎了,腿都不疼了,走路比以前利索了许多。他嘿嘿笑着对担心他的侉子说:"他奶,你说怪不,我这一天到晚的,一点儿都不困了么!这人,真活着个心劲儿!"

"贱骨头贱命!"侉子怜惜地笑他,完了叹气说,"一对儿!"

老两口被自己惹笑了。

睡在一旁的傻毛女把眼睛从久娃身上移开,回瞅着她老伯她老妈,没看出个究竟,嘴噘脸吊地说:"傻子笑多,乳牛尿多。"

梁桄、侉子先一愣,接着嘎嘎笑起来,前仰后合地咳嗽。

久娃两岁多的那年秋,二女要出嫁了。

侉子一直有个没了的心愿:招个上门女婿,让腿脚不灵光、身子不灵便,瘦得只剩一把干骨头了的老梁桄,多个帮手,有个依靠,权做个养老送终摔纸盆的孝子。梁桄把头摇得拨浪鼓一样:"他奶,使不得! 咱娃是你带来的,成天被人'带犊子、带犊子'地糟践。我生来一条贱命,没给娃带来好,倒给娃头上妄戴几顶帽子。咱出身、成分、家底都不好,给娃赘个女婿,更遭人欺。咱还没受够,叫娃再受? 叫娃去,兴许能碰个好人家,有条好出路,过上好日子。即就再不好,总比在咱跟前强。"

侉子就此不再提说。

二女出嫁那天,先跪倒在梁桄膝前,抱着他的双腿放声哭,挡不住,拉不起。她心疼这个救了她们一命,拉扯她们长大,宁肯自己遭罪也不想家人吃苦的老好人。她可怜这个谁都敢欺负,事事能担负,处处留善心的老实人。她有一肚子的感恩、叮咛和不舍,但哭在嘴上的,却翻来覆去只就那么两句:"伯,我舍不得你! 伯,你要好好的!"

梁桄嘴上劝:"娃,今是你的好日子,别哭!"自己脸上的每一道皱纹里,却都浸满了泪。

二女又头扎进侉子怀里,哭得上气不接下气。三个女子里,数她话少,也数她心重。她拉着毛女的手一遍遍哭:"姐,你乖乖的。姐,你要听伯听妈话。姐,姐你要快些好了呀⋯⋯"

毛女抱着久娃,久娃哭了,她都没哭,还嗷嗷地拍着哄他。等二女坐着迎亲的车子走远了,才忽然像记得了什么,哇地哭出了声,脚在地上跺得啪啪响。

二女出门后,碎女评上了七分工,是妇女里的全劳了。入冬,家家要出劳去几十里路外修水库,碎女被抽去了。梁桄、侉子每天要去村外的坡硷地修水保,照看久娃的差事只好落到毛女身上。毛女脑袋不灵光,茶饭针线上不了手,粗笨繁重的活路也没耐性,唯独对久娃格外上心。说来也怪,久娃也很黏毛女,姑长姑短地一声声唤,跟她亲得不行。

毛女喂久娃吃饱喝饱,给他穿戴齐整,把鸡赶进驴窑,把狗拴在树上,院门一锁,背上久娃去串门子。一伙顽童为找乐子,跟在毛女后边"疯女子、疯女子"地起哄,毛女一回身,他们就轰地四散,毛女继续走,他们又聚拢来。毛女走着走着,猛一转身,吓得胆小的一跑跌一跤,爬起来再跑,再跌一跤,惹得久娃趴在毛女肩头咯咯笑,乐得小身子乱抖。久娃的欢笑鼓励了毛女,她就故意在堡子里兜圈圈,招惹那帮鼻吊不收、烂鞋不勾的小娃,让他们蒜瓣儿一样串在身后起哄。

毛女其实从认知上,并不懂得他们在辱骂她,戏弄她。她基本上癫得跟这个世界到了若即若离的地步。

比方说,那个一辈子游手好闲、靠小偷小摸混日子的老光棍怪毛,有天趁四下无人,硬把她拉进麦秸垛解裤带,毛女抓破了他脸,踢疼了他裆,他双手捂着下身龇牙咧嘴乱叫骂,毛女却站在一边,扯着衣服上的麦秸草嘻嘻笑。

比方说,她抱着久娃刚好转到二先生家梢门外,听到院子里有笑闹声,就顺手把门一推往里走。二先生厉声喝道:"野种,出去!"毛女不管,还往里走。二先生霍地站起来,上前堵住,连推带搡赶她出去,把大门"哐啷"一关。毛女用脚踢着大门,哇哇乱叫着宣泄不满。二先生婆娘看不过眼,说她老汉:"她傻实了,你也傻实了?跟个娃你都计较!"二先生是那种一饭之德未必偿、睚眦之怨一定要报的读书人,他既发誓跟细木匠永不来往,就彻底厘清了跟他关联的一切人事。而对长兄梁桄,二先生以为,一来他做事偏向,二来他时运不济,近之未必获福,远离指定得益,也极少往来,刻意回避。他是读书人,对世事看得总要长远些、透彻些、深刻些,因此对头发长见识短的臭婆娘回敬了一声吼:"你懂得个屁!"毛女却早忘了刚才的呵斥与推搡,趴在门缝看起了吵嘴的热闹。

毛女心里只剩下了两样:一样听伯和妈的话,一样疼爱她的小久娃。跟这两样相关,她就像个灵醒人;无关这两样,她就傻得一塌糊涂,连拉屎尿尿都不知道避人。这极大地蛊惑和刺激着那些半大不小的娃儿,他们不厌其烦地跟在毛女身后,串着串儿尖声吆喝:

　　疯女子,哄孩子,

　　胸前吊着对大奶子。

　　疯女子,脱裤子,

　　露出大大的白尻子。

毛女头也不回地小步往前走,走着走着,听得喊叫声越来越近了,猛一转身攥向他们,身后那串小娃就像一群被投石击中的雀儿,轰地一下扑啦啦四散飞奔。

久娃贴在毛女的背上,笑声咯咯地扯出一长串。

一个毛头小娃慌不择路绊倒了,从斜土坡滚下去,脸磕破了,鼻子流血了。早有娃儿飞快报给家长,一惊一乍跑来,见满脸是血,就追过去打毛女。第一巴掌打在毛女脸上,声音很响亮,毛女懵懵懂懂不明事理,不吭声,也没躲避。第二巴掌再扇过来,清脆的响声吓着了久娃,"哇"的一声大哭起来。

久娃这一哭,把毛女激怒了,她把久娃地上一放,猛扑过去,也不吭声,逮住就撕,捞着就咬。双方的厮打一下子升级了。

满脸是血的毛头娃一见家人并不沾光,跑过去打久娃,久娃跌倒啃了一嘴泥沫子,张大嘴边号边叫姑。手里攥了一绺头发的毛女回头一瞅,抽身去追小毛头,小毛头吓得失了声尖叫着乱跑,两只细胳膊飞快地忽闪着,像只吓掉魂儿的小公鸡。家人弓起腰在毛女后边追,边追边大声喊:"日你妈二疯子,不敢攥了小心闯祸。崖!崖!"

前边一孔地窑,大人捏了两把汗,猫身捡块石头,嗖地朝毛女扔过去。

毛女"啊"了一声,扑通栽倒在地,没了声息。

梁桃和侉子得到消息从水保工地赶回时,毛女躺在冰冻的地上,旁边久娃哭得鼻一把泪一把。毛女说头疼,晕得站不起来。侉子一边哭骂,一边用手摸,在后脑勺摸了一把血,赶紧分开头发,血都冻住了,肿起老大一块包。

围观的有人说:"快把毛女抬到他家去,吃呀喝呀治伤呀,该着他管。"梁桃瞅侉子,侉子把脚一跺:"咱惹得起谁?赶快弄回家,我去请曹医生。"

梁桃和几个村坊把毛女往回架时,一路上他们都替梁桃打抱不平:"瞅你老二老三,狗日的心黑透了,没一个来把娃瞅一眼。唉,你算白拉扯他们一场。"梁桃软软地道:"都不知道么。""我们都知道了,他们就不知道?"村坊拿眼睛直斜梁桃,梁桃就默不作声了。

曹医生擦黑来,照着个手电筒,检查来检查去,说看不出有什么大碍。简单清理一下伤口,剪了片头发,包了块纱布,开了几样药片,让观察几天看情况再说。

毛女躺了一夜,第二天照样早早起来,倒尿盆、扫院子、喂鸡喂狗,给久娃穿衣服擦脸,跟没事人一样,她早不记得昨天的事了。一连好多天,都没异常,梁桃侉子就放心了。

眼看要入腊月了,天寒地冻,日子难熬,是一年里最惆怅的时候。"吃""穿"二字,这时候成为堡子家家户户最难熬的揪心。麦子见了缸底,麦面只剩下几把,侉子愁云满面地对梁桃说:"他伯,得想想法子,这年没法过了。"

除过几个大节,全家一年到头没沾过麦面,不是玉米面菜疙瘩,就是高粱面菜卷卷,要么是糜子面窝头、豆渣面饼饼,夹杂着苜蓿、野菜、榆钱钱,掺和着谷糠、麸皮、榆树叶,吃得人烧心刮肠吐酸水。细麦面只留给久娃,还吃不到麦黄。

二女和女婿给送来几斤棉花和半袋麦子。梁桄说:"这是娃从嘴里抠下的。"

侉子用棉花给久娃做了身棉袄棉裤,让梁桄把麦子在石磨上磨成精粉,以备过年蒸几个白馍、擀几碗年面。梁桄把面背回来说:"明给俩娃擀顿干面。可怜毛女了!"侉子嘴上说"等碎女回来",心里却想:你光会耍嘴!就那么两把细白,造完了,久娃喝西北风呀?嘴上这样说,心里这样想,可总归当妈的,还是不忍心,第二天早饭吃罢,上工前塞给毛女半拉白馍:"给你的。"

毛女把手往身后缩,不接,两只呆滞的眼睛眨巴着,一脸的不高兴。

侉子就又拿出一个白馍:"这个给娃!"

毛女眼里这才有了惊喜,藏着的两手飞快地伸出,抓过白馍塞进兜里,还扭头四下一瞅,嘿嘿傻笑。

侉子不由得心里一酸。早饭,侉子给三个大人一人做了碗糊裹馍。馍是掺了麸皮的高粱面碗坨,硬得像铁饼,吃在嘴里扎乎乎的。她把碗坨切成小丁,用玉米面糊一裹,开水锅里下了把冻白菜丝,把糊裹好的馍丁倒进去煮。久娃攥了半拉白馍挤在毛女旁边,非要尝毛女碗里的饭,毛女喂他一口,久娃边嚼边吐舌头,咽不下去,憋出两汪眼泪,逗得一家哈哈笑。

那天上工是给大田运肥。肥是农家肥,有推车的两人一伙拉,没推车的,一人两只笼去担,工分按额定数量计。梁桄脚腿不灵便,自然比旁人要慢好多,就挑了两只大粪笼,拄着个拐棍东摇西晃,满笼去时一头热汗,空笼回时一股透心的冷。侉子心疼他也心疼工分,就碎步儿小跑着赶。凭工分决算吃饭哩,谁敢偷懒?再说了,你成分差,出身不好,只有积极积极再积极,忍让忍让再忍让,才能求来平安。

侉子挑着担子正呼哧呼哧哈白雾,忽然隐隐约约听到一声唤:"妈!"她一惊,疑疑惑惑四下一望,只有寒风飕飕,风里夹着了零零星星的雪糁子。她就颠颠儿继续小跑。两个来回后,雪糁子密起来,打在田里的枯叶上,唰啦唰啦响。

"妈！娃！"

侉子真真切切听到了毛女的叫声。可是那声音,却不是毛女现在的声音,是她女儿时的,脆脆的,糯糯的,能甜了人的耳朵。

侉子一个激灵,定定地立住,问旁边走过的人:"听见毛女叫我吗？"

人就笑她:"我听到老梁桄叫你哩！"

梁桄晃悠着两只大空粪笼,一摇三晃往回走。侉子问他:"你听见毛女叫我没？"

梁桄说:"你想啥哩？毛女在家看娃哩。"

侉了就学给梁桄听,说:"我听得真真的！"

梁桄说:"你不放心就回,剩下的有我。"

侉子想了一想,挑着粪担汇进运肥的人群。

13

雪糁子密了起来,硬硬的,落地上,成了一层鸡爪雪。

"汪汪！呜——汪汪汪！"

梁桄那条瘦骨嶙峋的癞皮狗,跑到田头,拖着半截狗绳昂着头狂吠。癞皮狗是条蔫狗,平时很少高声叫,即便受点儿欺负,也压着嗓子呜呜哀鸣。今就怪了,吼声急赤赤、火辣辣地暴躁。

"你家狗见鬼了？"有人冲梁桄喊。

梁桄大声吆喝一句,癞皮狗就弓着背狂奔过来,撕住梁桄的裤管一蹦一跳地狂躁。梁桄心里怦地一跳,撇下笼担,顾不上叫侉子,一瘸一拐跌跌撞撞往回跑,才跑一半,侉子便追上来超过他。狗撇下了他,追着侉子边跳边吠。

老梁桄还没跑到院门口, 就听窑院里传出来侉子撕心裂肺的号啕:

"毛女！毛女！啊啊啊,天爷呀,我的毛女啊……"

老梁桄被雷击了一样,稀拉拉的花白头发,噌噌噌一根根竖起来,两腿一酸一麻又一软,泡进醋坛一样酥得站都站不稳。他嘴里发出"啊啊"的干号,拐杖撑着发软的身子,身子拖着沉重的拐杖,跌跌绊绊扑进院门。窑门外的雪地上,久娃裹着毛女的大棉袄,哇哇哭着一声声叫"姑"。侉子双膝跪地,怀里抱着毛女放声恸哭。

梁桄边往前挪边颤着声喊:"我娃咋了嘛? 我娃咋了嘛? "到跟前见侉子怀里的毛女闭着双眼,上身只穿件补丁摞补丁的薄衫,探手一摸,鼻子底下没一点儿气息,身子又冰又硬。老梁桄两手在地上一拍,拍飞了两把雪糁子,干涩的老眼里涌出来两串滚烫的老泪:"天爷呀,你杀了我! 你杀了我吧! "

跟了来的几个村坊目睹这样的凄惨,禁不住都落了泪。

事后根据各种迹象推断,梁桄、侉子上工后,毛女锁好门带娃去耍。一下雪,毛女就带娃回家,开了院门去开窑门时,人就不行了。死后,她的手里还握着那把长柄的锁钥,拽都拽不出来。可能她倒地后,是久娃的哭喊让她用最后那点儿力气,脱下袄裹住了久娃。还有人说,可能毛女见下雪了,怕冻着久娃,就把棉袄脱下来裹着,自己只穿件单衫子抱着娃往回跑,进了院门就倒下了。

被狗绳拴着的老癞皮狗,咋能挣断那么结实的麻绳? 有人说,可能是毛女弥留之际回光返照,大声吆喝它,要它去赶快唤回伯和妈,怕把久娃冻着、吓着、惊着了。有人说,可能是久娃的哭声、唤声、尖叫声惊着它了,才挣断狗绳跑出去。还有人说,狗通人性,出了这大的事,它得去报给主人。更有人说,可能是毛女的魂灵揪断了狗绳,让狗去叫家人回来照看久娃……

大家都一片唏嘘,说一个疯了癫了的女子,竟能这样周全,奇了!

人们都说,那么个瘦得能一脚踢死的老狗,竟会挣断这么结实的狗绳,怪事!

最让侉子后悔不迭、日哭夜泣的,是她塞给毛女的那半拉白馍,还原样不动地装在毛女衣兜里。毛女没舍得吃,毛女给久娃留着,毛女……毛女她没等到碎女回来,没等到吃一口白面白馍……

毛女的丧事很凄凉。

既是出了嫁的女子,不管咋样,梁桄还是先向婆家报了丧。婆家却说:"人是死在娘家的,不叫赔人命钱,就算开恩了。"一说三不管。仁仁义义的冯家,理不讲了,脸也不要了,出丧那天,竟没半个人闪面。

侉子的意思,年岁不好,日月难熬,草草埋了算了,活着没享半天福,死了你就给她个金山银山,她都看不见了。

但梁桄不依。

梁桄说,娃活着,咱没让娃过上一天好日子,死了还能叫她当孤魂野鬼?就把给自己打的棺材让给了毛女。

可在墓地勘址上又生了纠纷。细木匠和二先生不谋而合,出奇的一致,都不让埋进祖坟,一者并非嫡亲,二者是出嫁之女,三者虽非横死终究也不是善终,四者活得不明不白死得不清不楚……梁桄不待他们再往下数,落着泪摆手道:"不说了!不说了!"

梁桄最后把毛女葬到了豁口崾岘的阳坡上,他给毛女说:"女,你先睡这。伯殁了,就睡你左首,你妈殁了,就睡你右首,不让你孤单!"

毛女下葬前后,是梁桄今辈子遇到的最悲情的场面。那天,天上的雪像撒面一样扬,地上的雪张嘴就吞脚脖子。先一天,二女和碎女把面瓮倒了个底儿朝天,一面放着哭声,一面蒸了两锅高粱面菜卷卷,招呼前来帮忙的村邻亲戚。一来是小丧,人犯忌讳;二来家家缺吃短喝,拿不出或舍不得那一份水礼;三来,明知老梁桄家穷得叮当响,吃没吃的,喝没喝的,去了就是个贴赔,所以左不过十来个客。就连湾里那个消息灵通,以跟婚丧嫁娶讨生活的秃驴,都没来。

二女哭得几次背过气去,她哭毛女的可怜、伯妈的恓惶、人情的凉薄、日子的苦焦。她哭自己偏是个女儿,不能支撑这个东拼西凑的家,不能保护她的家人。她把跟着她哇哇哭的久娃揽进怀里,鼻一把泪一把说:"你要乖乖的!你要争气哩!你要给你爷你奶长精神哩!"

碎女在一边,把牙齿咬得咯咯响,嗓子眼儿里的那号哼声,被嚼成一截一截的碎片片。

全家守了一夜的灵。二女、碎女和侉子追忆起毛女的点点滴滴,哭一会儿毛女的各种不幸,直到连出声的力气都没了,只剩下抹泪。

鸡就叫头遍了。

按乡俗,小丧该起灵了,都说年轻亡人心里会有许多挂念和牵绊,起灵晚了能看清路,会常常寻路回来惊扰生者。眼看要过了时辰,却不见一个乡邻前来。梁桄知道,天寒地冻,雪厚路滑,家家锅里缺米面,人人肚里闹饥荒,自家又实在端不出可供充饥的吃食,谁肯来沾晦气,出大力?他就拍着棺板,老泪纵横地对毛女说:"娃,苦命的娃!伯给人帮了一辈子忙,连个人情都没赚回来。咱走,伯来抬你!"

侉子把纸盆端来,教久娃在棺前摔了,梁桄就和女婿的三个弟兄,一人抬一头杠子。梁桄喘着粗气对侉子说:"你不能去坟地。"

侉子悲号着说:"你都给女抬棺哩,还讲究个啥?"

梁桄心里就百无顾忌了,放开老声,把连日来憋在心口的悲酸、悲愤、悲怆,毫无遮拦地哭出来:"娃呀,人心啊——娃呀,疼啊——"

好不容易到了坟地,老五炮、二轱辘、受活嘴几个老伙计,一人手里握把锨等着,见只有老梁桄和二女婿弟兄几个抬着棺材,唾沫四溅地骂:"兄弟哩?侄子哩?这帮狗日的,心这么黑?"赶忙帮手把棺材下了,把人埋了。梁桄请他们回家喝碗菜汤,五炮几个说:"谁不知道谁家难?我们去吃了喝了,你喝西北风呀?"

返回的路上,老五炮不依,非要去找细木匠、二先生论理,二轱辘说:

"你肚子里还有粮食,消化不了?"受活嘴说:"我回呀,躺在炕上梦馍面呀!"老五炮偏不,扛着个铁锨,站到细木匠和二先生门外的雪地里,吼吼叫叫骂了半天。

14

接下来的几年,年年闹天灾。不是旱灾,就是涝灾,不是霜灾,就是雪灾,要么就是核桃大的冰雹,砸出一地的稀烂。地里打不下粮食,沟里连树叶子都被捋光了。老梁桄抢了一小笼榆树皮,剁碎晒干磨成粉,吃得肚子硬鼓鼓地饥。二轱辘家人多嘴多,为省口粮,自己吊死在豁口旁一孔烂窑里,家人用胡基把窑口一砌,就算埋了。

老梁桄出门去要饭了。

以前闹饥荒时,他就是带着两个兄弟要饭活下来的,只要碰到房高院大的人家,梁桄就跪在大门口,一边哀号,一边磕头,经常额头上顶着一块干了痂的血疤,直到多少给点吃的喝的,才会千恩万谢着起来,自己饿着,赶紧填两个弟弟的肚子。

梁桄半世勤苦,一心想着发家致富,流尽了汗,也耗尽了力,咋都没料到,这老了老了,腿瘸脚拐身朽力怯了,还会再踏上沿门乞讨这条路。

梁桄不敢带他的狗,四乡八村的连老鼠都吃光了。他腰里别把老镰刀,拖着那根柳木拐,撇捺撇捺着往南山赶,山里人少地多果木稠,咋都能够混个嘴。他白天挨村挨户乞讨,夜里就钻进人家的柴窑睡个囫囵觉。

老梁桄嘴斜眼烂、腿瘸骨瘦、破衫烂鞋的,最能招人可怜,每次多少都能讨要点吃食,或一半碗炒面,或一半个蒸馍,自己却都舍不得吃,只充个饥。一天竟然要到从前一起赶过脚的老熟人家,他认出了人家,人家没认出他。自报了家门,老熟人惊呼着直叫:"天爷!你咋老成这样了?"招呼给梁桄做饭,吃完后要留梁桄住两天。梁桄真想暖暖和和睡两天好觉,汤汤水水吃两天饱饭。可他不能,他得赶回去糊几张嘴、救几条命。老伙计可怜他,给装了几升面、半袋馍,说:"兄弟,对不住了,你凑合着对付吧!"如此年景里,这份情意,重得让梁桄直掉眼泪。

老梁桄把那几升面往腰里一绑,外面套上衣服,背起一袋杂色馍,连夜往回赶。天一露白,他就寻处没人的塌窑烂庄子,往里面一躲,或拣一处僻背的山窝窝,往荒草里一猫。年馑这么大,谁敢背着救命的口粮光天化日下走?你要保粮,就不定能保住命;你要保命,那救命的粮食就得被抢。

梁桄就这样昼伏夜行了整整四天,过了泾河,踏到北极塬地界,心才安下。顺道儿去了趟老虎沟,想给二女匀点儿口粮。

二女一见梁桄,心酸得直叫:"伯!伯!"眼泪哗哗地流。二女眼前的梁桄,浑身上下沾满荒草枝叶,背驼得像虾,腿弯得如弓,真比叫花子还叫花子。梁桄要匀些馍面给二女,二女心疼地叫起来:"我们孝顺不上你,咋能咽得下这馍面?我们年轻,咋都能扛。"父女俩拉来扯去,最终二女没犟过她伯,就让留了几个黑馍。

梁桄摸黑回到家时,鸡正叫三遍,天刚麻麻亮。碎女来开梢门时哭着说,侉子已经三天三夜没吃一口东西了,光喝水,她劝不过,自己也就不吃了。

侉子见着了梁桄,眼角哗地流下两股泪:"死鬼,我还以为,见不上你了!"久娃偎在侉子旁边还在睡,红扑扑的嘴角挂着一抹笑,他梦见啥喜事了?

梁桄转脸对侉子说:"还没把久娃拉扯大,你咋敢胡想?你两眼一闭,心不操了,事不管了,叫我咋活?"

碎女在一旁抹着泪说:"我妈是给我省哩!"

梁桄说:"你知道你妈的心,她就没白疼你。"

碎女盛了热水给梁桄烫脚,她不让梁桄动手,蹲下身先脱去鞋,见半个鞋底都没了,连忙扳过脚掌,只见上面黑乎乎一层血痂。碎女抱起那双脚,放声恸哭起来,哭声惊醒了久娃,"爷、爷"地叫着跳下炕,扑到梁桄身上。姑侄二人就给梁桄洗脚。久娃不敢碰那层血痂,攒蹙着眉眼问:"爷你疼不?"

侉子心疼地斜刺梁桄一眼,说:"你爷是个铁人,老二杆子!"

碎女吧嗒吧嗒掉着眼泪:"伯,你咋走回来的?"

梁桄吸溜着嘴说:"怪了!一路都没觉着疼,这会儿感到辣了。都是叫你三个说的,给惹下了!"

接二连三的灾荒,让讨饭也慢慢变得越来越难。梁桄经常会空手回来。

那年夏天,先是天旱得地里干出拳头宽的裂缝,庄稼苗稀稀拉拉像梁桄秃头上数都能数过来的头发,蔫耷耷的。正待开镰,又下一场鸡蛋大小的冰雹,把地里的庄稼和树上的果子,砸得一片稀烂。堡子里的老人,齐刷刷跪到田头放声号:"天爷呀!你把这些老不死的收了吧,别再害我娃娃!"青壮年摇着头咳咳直叹气,嘴上起了层干痂,眼里跳着一汪火,呼呼呼直冒烟。

到秋上,刨窝窝种下去的秋庄稼,像娘胎里受了症的烂烂娃一样,缺胳膊少腿脚的,又遇上持续干旱和大黄风,玉米棒光秃秃的没粒儿,高粱穗穗全是瘪的,糜子、谷子大多都是空空,基本绝收。

死人的传闻越来越多,不是当了饿死鬼,就是做了吊死鬼,要么就是养不活,一落地就溺死到尿盆里。人死得那么稠,可来叫梁桄去埋死娃的,却没了一个。命都难保了,谁还顾忌啥?可见风俗里的那些禁忌,生存中的那些讲究,是以日子富足、肉身能保、愿望可求为前提的。

实在熬不过去了,老梁桄的眼睛盯上了那条只剩一副瘦骨架的老癞皮狗。它多少天不叫唤了?温驯得像个受尽磨煎的小媳妇,给它拌碗谷糠,它三两口就吞完了;不给它喂吃喂喝,它就乖乖蜷缩在墙角,悄没声息地不吭不哈。它是体谅着它的主人吗?主人家好多天揭不开锅了,连爱吼爱笑的小久娃,都蔫蔫地塌着个肩,再不叽叽喳喳叫了,也不嘻嘻哈哈笑了。

它是在感激着这可怜的一家子？四乡八堡早不剩一条狗了，都被吊死吃了、喝了、啃了，放成屁飘在空气里了。而它一个还活着，瓜分着主人吊命的吃食。

老梁桄盯着老狗时，心就揪成一疙瘩，人也缩成了一团。

那晚，等家人睡熟，他悄悄起身去到驴窑。老狗见他进来，动都没动一下，只在喉咙里呜了一声，算是打招呼，然后睁着没神的眼睛，瞅着梁桄把一卷麻绳绽开，一头打个活扣，搭到了高高的驴桩上；另一头软耷耷垂到地下。做完这些，老梁桄过去，腿一弯跪到地上，把它搂进怀里，紧紧抱住，说："老伙计，下辈子，你托生成我，我托生成你。"

约莫鸡叫头遍，梁桄把狗绳解开，牵到桩前，活扣往狗脖子一套，背身抓起麻绳另一头，搭在肩上，眼睛一闭，哗地把狗吊上了半空。老癞皮狗，它一声都没出。梁桄听见身后狗的爪子啪啦啪啦拍打着驴桩，全身的毛都竖了起来，倒扦进他的肉里。他觉着自己的心，被那些爪子撕得辣辣地疼。这一刻，他竟然听到了老叫驴趄趄的叫唤声，听到了癞皮狗脆生生的汪汪声，听到了毛女惊惊乍乍的喊声："伯呀！"

梁桄恍惚间还在疑惑："蹦娃哩？"就听院外扑通扑通几声响，接着驴窑门被哐啷一脚踢开，堡子里七八个青壮年拥了进来，带头的竟是兴旺，后边跟着武魁、文魁。

兴旺"哈"地一笑："富农到底是富农，跟贫下中农就不是一心。要晚一步，毛都见不上了！"大家一拥而上，把梁桄挤到墙角按住，抢走了那条舌头吐得老长的死狗。

梁桄浑身筛糠一样抖着，没劲打，就用嘴咬，一口叼住兴旺的胳膊，感觉自己几颗各自孤立着的门牙，像钢钎一样往兴旺肉里楔。

兴旺惨叫一声，抢拳打过来，老梁桄耳朵嗡地一响，顺墙溜到了地上。

侉子起先以为碰上盗夜的了，心里还想：狗日的水洗了一样，有啥叫你偷？虱都饿死了！手往旁边一摸，一把空，再摸，才知梁桄没在炕上。赶紧摸黑起来,爬窗上一看,窑院里空无一人。出去见驴窑门开着,才想到了狗,跑去一看,狗没了,梁桄窝在地上捯气儿。

久娃得知狗被抢了,吧嗒吧嗒掉眼泪。又见爷被打得鼻青脸肿掉了好几颗门牙,攥紧拳头喊:"爷,等着,我长大把他们全杀了!"

老梁桄把牙关咬紧,啥都不说。他没说自己把狗吊死了,也没说来抢狗的,有他的三个亲侄子。他把难过和屈辱、恶心和后悔、愤恨和悲凉,搅在一起嚼碎了,咽进了肚里。他像棵朽透了根的老树般,扑通一声倒在炕上,蜷着身子呼哧呼哧喘粗气,两只混浊的老眼,圆溜溜瞅着眼前的一片空空荡荡。

侉子叫他,不应。

碎女喊他,也不应。

久娃尖着嗓门"爷呀、爷呀"地唤,他连眼珠子转都不转一下。

15

老梁桄聋了。

他意识到自己聋了,是第二天太阳爬到一竿子高的时候。

他被侉子摇醒来,看见侉子、碎女和久娃,都围着他眨巴眼睛,嘴在一张一合,可就是听不到他们的声音。他的耳朵听到的,是隐隐约约的驴叫、狗吠,里面夹杂着蹦娃和毛女"伯呀、伯呀"的呼唤。他扭头四下一看,跟前只有侉子、碎女和久娃。

老梁桄揉一揉耳朵,看一看他们,再揉一揉耳朵,又看一看他们,愣住了,眼睛眨巴眨巴,一声没吭地翻身坐起。碎女端来一碗热饭,是用谷米和玉米芯粉熬的稠饭。他伸手接过来,瞪着碗看了一会儿,呼噜呼噜刨了一半,放下碗就下了炕。

他冲侉子说:"把娃管好,等我!"声音大得像吵架,说毕,转身出门去要饭。

鼻青脸肿的老梁桄，撑着柳木拐，撇捺着一对儿罗圈腿，一边往前颠，一边"嗝啾！嗝啾"地吆喝，风餐露宿，忍饿挨饥，求爷爷告奶奶，硬是把一家人的命吊住了，终于等来了风调雨顺的好年景。

新的时代就是好，堡子里都有了小学堂，只交几角钱，就可以去识字读书。老梁桄牵着久娃的手，把他交给了先生，回去的路上，老梁桄既高兴，又伤心。高兴的是有苗不愁长，久娃都快八岁了。伤心的是，这样的一幕，让他想起把蹦娃交给安先生的情形。

蹦娃，他活着？还是死了？若死了，为啥不托个梦？好让伯给你收个尸骨。若活着，他又在啥地方，在干啥？

年景好了，有吃有喝的了，老梁桄就又重操旧业替人埋死娃了。他又聋又老，远处自然去不了啦，周围几个村子凡人来叫，不论刮风下雨，他都会一瘸一拐去，一拐一瘸回。深夜，只要听到"嗝啾！嗝啾"的吆喝，人就知道老梁桄又在给谁家埋死娃了。侉子心疼他，担心他又聋又瘸，每次都比画着劝阻，梁桄则大声对她喊："积福哩！还情哩！"挡都挡他不住。

梁桄不再要人一分一文的酬谢。

他没事就跟久娃唠叨："人不能忘本！本是个啥？本就是记恩、行善、不诳人。树没本就活不成，人要忘了本，迟早是个害。"

久娃不管爷说啥，听没听进心里，听懂没听懂，都点着头脆脆地应："嗯！嗯！"可惜老梁桄，他连久娃的这声应承都听不到了。

每天天一麻麻亮，老梁桄就锨把上挂个粪笼，去乡道上拾粪。"庄稼一枝花，全靠粪当家。"他饿怕了！为此，他还被作为积极改造分子，受到了公社大会小会的表扬。

邠县改为彬县的那年春天，老梁桄一头栽倒在拾粪的路上，再没爬起来。被人发现时，他仰面躺在路边一片开得绚烂的地丁花地上，两只眼睛大睁着，望着蓝蓝的天空。

老梁桄,就这么无声无息地死了。

起初人们并没多么惊讶。死人的事在物质贫匮、精神生活相当寡淡的乡间,往往会成个乐子,在人们嘴里是个很有味道的嚼头。但很快堡里人就不这么看了。

先是安先生寻来,送了一个挽幛,幛上白纸黑字写了斗大四个字:仁义堪铭。跟着冯家毛女的公公也来祭。那时碎女正跪在灵堂的麦草上,哭得天昏地暗,当即霍地立了起来,怒睁着一双泪眼就要往前扑。毛女公公扑通跪到灵前,放开老声哭:"老哥哥呀,冯家对不住你呀,对不住这一家啊!老哥哥呀,我怕我再不来,就没脸到地底下去见你啊……"

碎女恍惚间感觉到,灵堂里忽然亮起了一道光,很耀眼睛,自己就哭昏了过去。

后边认得的不认得的,三三两两来,有梁桄收死娃交下的,有梁桄要饭认识的,也有感念梁桄的为人处世心生敬佩的,上一炷香,化两张纸,圪蹴在窑院里闲话梁桄的仁义和可怜。

细木匠和二先生早先还讪讪地招呼着来客,两人即便打了照面,也相互冷着个脸,不理。后面眼里看到的,耳里听到的,当然了,可能也有心里想到的,就让二人脸上先有了愧色,再有了悲色。到晚上烧纸时,便跪倒在大哥的灵前,放开了老声哭,老泪纵横里,他们想起了过去的种种……

北极塬至今还有人说:"还没见过哪个百姓的丧葬,能来那么多人,还都是不请自来的!"

两年后,侉子正坐在窑院搓玉米,一个后仰倒地而亡。

从那以后,堡子里每逢大雾缭绕,人们就能隐隐听到"嘚啾!嘚啾"的吆喝声,那声音苍老、低沉,似有若无。你漫不关注了,它会从雾里飘出来;你侧起耳去细听,却逮不到一点点声音。直到有天一早,一个下沟去担水的人,慌慌张张挑了两只空桶飞跑上来,神神道道说他看到老梁桄吆着他的那条瘦狗,在大雾里忽隐忽现。人们这才说,原来那"嘚啾!嘚啾"的吆喝声,是老梁桄的,他死得不甘心,有牵挂,阴魂不散。

碎女终身未嫁,守着久娃。

久娃长大后,世事发生了很大变化。那时候已经实行了土地责任承包,久娃连考两年大学没考上,就跑进城里去打工。罪没少遭,钱没多挣,整天唉声叹气自怨自艾,眼见身边的人一个一个富起来了,富得流油了,有的跟个小秘,有的吊个小三,最不行也钓个情人了,就冷着个脸去找他的生父兴盛。

生父兴盛确实兴盛了,是一家名头很大的大厂的头头,人很富态,也很气派,安排久娃先承揽了厂子里所有的挖挖填填、修修补补,后来但凡基建和装修,都由久娃承包。

久娃挣了大钱,要接碎女进城生活,碎女死活不去,久娃只好在堡子里建了一栋两层的水泥洋房。房盖好,可心儿装修了,要姑姑搬进去住,姑姑却说啥都不去,执意要住在老窑庄里。久娃就撺掇村上,让把自家的塌窑烂庄子列为第一批回填造地工程。推土机开到窑庄,司机进门巡视,被吓得怪叫着跑了出来。

碎女把自己吊死在了窑梁上,她宁死也不离开那座老庄子。

久娃得到信报,从城里连夜赶回,他跪在碎女姑姑的灵堂前,哭得死去活来。他想起了过去的种种,他知道是他害死了他姑。他姑嘴上啥都不说,但他清楚,他姑碎女心里其实最难过。他后悔去投奔那个二十多年里从未养育过他一天的亲生父亲。他的生父去年专门回过一趟老家,谁家都没去,提着大包小包单去看望碎女姑姑,但姑姑堵在梢门口,连门都没让进。事后他拉着姑姑碎女布满老茧和倒刺的手,问:“姑你怨我了?”

姑摇着头,说:“只要你好,姑啥苦都能吃!”

久娃给他姑办了一场声势浩大的丧事。他请了三个戏班,三台吹手,吹拉弹唱了整整三天三夜。他给他姑买的是全套柏木雕花棺材,还加祭了他爷梁桄、他奶侉子,还有他姑毛女。他给四位亡亲各献了两头猪,两只羊,流水席全天开,鸡鸭鱼肉全上,酒是西凤酒,烟是金丝猴。

一个亲戚跟他商量:"不把你亲爷亲奶请上?"

他斜了一眼说:"这时候亲了?前几十年弄啥去了?我就一个亲爷亲奶!"

碎女下葬那天,一溜儿四座的坟地里,堆满了硬纸糊的别墅、汽车、沙发、电视、手机、摇钱树、童男童女、侍女用人和成堆成堆的冥币、元宝和烧纸,光烧这些东西,就整整用了大半天时间。

二女整整哭号了几天,嗓子哑得声都出不来了,一身短孝褂上,不是泥就是土,长跪在坟地里有气无力地泣,双眼漠然地看着人们嘻嘻哈哈地烧那些纸货。久娃见了,止不住又泪流满面,过去抱住她,脸埋在她的背上呜呜地哭,哭完喊来他的司机,低声咕哝了几句,不一会儿,司机从久娃的"霸道"车上拎来了一个挎包。久娃从挎包里掏出两捆扎好的百元大钞,当着众人面,往二女怀里一放,说:"姑,我就剩你一个亲人了!"说完,头又抵着二女哭个不住。

二女等久娃止住了哭,把钱往他手里一推,说:"姑不缺钱!姑只要你,做个好人,像你爷那样!"

"姑你是嫌弃这钱?还是嫌弃我这个人?"久娃盯着二女的眼睛,一脸的乞求。

二女再没推辞,说:"好,姑就收下,日后,不定会有大用场。"

事后,整条北极塬上,认识的不认识的,知道的不知道的,碰到一起都议论:"堡子里那个收死娃的老梁桄,养了个孝孙子。人家那丧事,风光!体面!排场!那才叫个不枉活人一遭!"

16

又是一年清明节。

二女的几个孩子来给他们的外爷、外婆和姨上坟。坟在豁口嶙岘的那面阳坡上，一字排着四座，从左至右分别是梁桄、毛女、侉子、碎女。坟都成了老坟，荒草萋萋，有地丁花散在草丛里，紫色的碎花随着风儿摇曳。

二女两口都上年纪了，这两年他们有心无力，来不了了。

孩子们摆上供品，上过香，化完纸，磕了头，准备离开时，见一辆黑色轿车缓缓开来停在豁口，车上下来几个人，簇拥着一个戴副大黑墨镜、大白口罩的老人，从嶙岘走来，其中一个戴金丝边眼镜的中年人抢前一步问："打扰了！请问有个叫梁桄的老人，墓地是不是在这儿？哪一座是他？"

他们指认给他。

他迅速回去，垂着手恭敬地向那位老人汇报。

一行人擦身过去，向坟地走去。

"这谁呀？"几个孩子面面相觑。

只见他们去到坟地，分别在几个坟头燃上香烧纸。那个老人摘去墨镜和口罩，把头上的帽子脱掉，一一在每个坟头深深鞠躬。其他人也跟在他身后，每一躬都躬得严肃认真，一丝不苟。

二女的大儿子向坟地跑去，边跑边高叫了一声："蹦娃舅？"

鞠躬的老人刚向下弯去的腰猛地挺直，睁大了眼睛。

"我妈是二女！这儿躺着的，是我外爷，我毛女姨，我外婆，我碎女姨！"二女大儿子眼睛瞅着老人，用手一一指点。

他看到，老人的眼睛里起了雾，他用起雾了的眼睛，把那一座座荒草萋萋的坟头缭绕一遍，抬起头，戴上墨镜，说："你认错人了！"

二女大儿子懵懂了。

老人身后的几个人，一边扶着老人离开，一边回脸说："小伙子你认错人了！"他们一行走上嶙岘，去到豁子，钻进车里嘀一声开走了。

孩子们回家后跟二女学了，二女一句追着一句仔仔细细问了眼睛、鼻子、嘴巴，最后肯定地说："是他！是蹦娃！就是你们蹦娃舅！"说完直后悔自己没去上坟,错过了,拳头擂着自己的双腿——她的腿疼得一点儿小坡坡都上不去了。

二女的孩子们问:"他既然都回来上坟了,为啥不认咱们?又为啥不承认身份?"

二女被问住了,她想啊想,想来想去,摇着头说:"不管咋说,看来你蹦娃舅还活着。你爷你婆要能知道,那该多好!你两个姨要能知道,那该有多高兴!"

二女的眼泪长流不止。

堡子里也在传说着这件事。受活嘴的老大儿子正在村口放羊,那辆很高级的小轿车就停在了他身旁,车窗玻璃摇下来,司机探头问:"你们村叫梁桃的老人,他家怎么走?"

他就回答说早没家了,人都死光了。

司机身后戴墨镜的人问:"坟在啥地方?"说话声腔居然是乡音,不由得让他多看了两眼。

他回说在豁口嶙峋的阳坡上,那里只有四座坟,很显眼。他还想说他可以带他们去,那样他就可以坐一下那辆高级轿车了,以后可以给人吹牛,向人炫耀。可还没等他说出口,戴墨镜的就指挥着司机往前走了。那个戴墨镜的怎么会认得路哩?他起了好奇,抄斜路跟过去,就看到了一切。

蹦娃回来了!

蹦娃还活着!

蹦娃把事做阔了,十大了,坐的是高级小轿车,跟着好几个随从!

可是蹦娃为啥这么多年,既不回来,又没音讯?

有的说他可能跟国民党队伍去了中国台湾,怎么回得来?如何报音讯?现在中国大陆和中国台湾有了来往,他这才能回来看一趟!

有的说他可能参加了共产党,事越干越大,人越来越忙,忠孝不能两全,国事大于家事,所以精忠报国,无暇顾及个人感情。

还有的说，大约他参加了革命，立了功做了官，各种运动中受了牵连蹲过牛棚，老了老了，过去的事忘不了，眼下的事记不住，怀旧了，就回家乡来看看……

说法很多，莫衷一是。

可是他既然回来了，为啥不认乡亲？就连细木匠、二先生都不去见？那可都是他亲亲的家门啊！

细木匠见人就骂："狗日的我养了一帮白眼狼，儿，儿不认！孙，孙不亲！早知今日，当初就该一泡尿溺死！白费了老子那一晌力气！"

二先生听后，嘿嘿发出快活的笑声，说："上梁歪着，下梁能正？报应！"

二先生后来找到久娃说情，想叫武魁、文魁跟上去赚钱，久娃眼睛一翻："你去找我爷说去，他要从坟里出来给我句活话，我不但带他们，还准保他们赚大发！"

二先生差点没背过气去，出门就吐着唾沫星子骂："种！杂种！"

这些，都在堡子里被传成了笑话。

而传在堡子里一个更大的新闻是，自从那辆高级轿车上过坟，就再也没听到过"嘚啾！嘚啾"的吆喝声了，多少个有雾的日子过去了，那个似有若无、忽隐忽现的声音，就变成了一个传说。

二女听说后，望着门前满坡满洼开得紫兜兜的地丁花儿，对她的孩子们说：

"你爷他这是，再没啥牵心了！"